Bettina Belitz

Luzie & Leander · Verwünscht gefährlich

Alle Bände der Reihe Luzie & Leander:

Band 1: Verflucht himmlisch
Band 2: Verdammt feurig
Band 3: Verzwickt chaotisch
Band 4: Verblüffend stürmisch
Band 5: Verwünscht gefährlich

Bettina Belitz

Luzie & Leander

Verwünscht gefährlich

Loewe

FSC
www.fsc.org
MIX
Papier aus verantwortungsvollen Quellen
FSC® C083411

ISBN 978-3-7855-7073-9
1. Auflage 2012

Dieses Werk wurde vermittelt durch die Literatur Agentur Hanauer
Umschlagillustration: Kheira Linder
Umschlaggestaltung: Christian Keller
Printed in Germany

www.loewe-verlag.de

INHALT

Affentheater 7
Beschwipstes Huhn 23
Berührungsängste 41
Ausgequetscht 54
Beziehungspause 77
Erleuchtungen 86
Dyer Maker 97
Post vom Ghostwriter 114
Alkoholkontrolle 134
Rosa Aussichten 148
Smoke on the Kraftwerk 159
Drei auf einen Streich 177
Achtung, Briefbombe 190
Kopfüber ins Pech 200
Das himmlische Kind 215
Kosmische Klänge 221
Brigadistengemetzel 228
Angel in Time 238
engelsfluegel.blog.com 251
Der fünfte Mann 261
Honig im Herzen 275

AFFENTHEATER

Ich blinzelte, um meine Augen noch ein bisschen schärfer zu stellen, doch eigentlich war ich mir längst sicher, was ich da oben sah. Die wuchtige Gestalt hinter unserem kleinen, beschlagenen Badezimmerfenster war Mama und sie versuchte gerade, sich mit einer Überdosis Haarspray eine Frisur zu machen. Sie wollte aus dem Haus gehen. Sie tat es wirklich! Nun, sie musste es; mein Vater hatte sie dazu verdonnert. Glück für mich, denn sobald sie fort war, blieb nur noch er als Gefängniswärter übrig.

Papa war leichter zu überlisten als Mama, vor allem dann, wenn er unter Zeitdruck stand und sich mit einem seiner Kunden beschäftigen musste. Toten Kunden. Papa war Bestatter und beim Waschen und Herrichten von Leichen vergaß er gerne die Welt um sich herum, inklusive seiner unerzogenen Tochter.

»Noch maximal zehn Minuten«, vermeldete ich den Jungs optimistisch und sprang mit einem geschmeidigen Satz von unserer Biomülltonne, die ich als Aussichtsturm benutzt hatte. Sie schwankte nicht einmal. Ich war immer noch gut in Form. »Dann ist sie weg und wir können abhauen. Meinen Vater trickse ich schon irgendwie aus.«

Mama gab den Kampf gegen ihre Haare spätestens nach einer Viertelstunde auf. Zurzeit eher schneller, denn ihre Nerven waren dünn. Es war ohnehin sinnlos, ihre Locken zu einer Frisur überreden zu wollen – und ihr geliebtes Glätteisen hatte Leander ruiniert, weil er aus Langeweile versucht hatte, damit die Falten aus meiner Bettwäsche zu bügeln. Beinahe hätte es einen Zimmerbrand gegeben und beinahe hätte ich Leander anschließend umgebracht, denn wenn man wie ich Hausarrest in der allerhöchsten Sicherheitsstufe hatte, waren Zimmerbrände nur bedingt nützlich.

Immerhin hatte die Bettwäsche lediglich gequalmt und gestunken und nicht lichterloh gebrannt und zu meinem großen Glück hatte Mama die Situation vollkommen falsch interpretiert. Sie dachte, ich hätte mir eine hübsche Frisur machen wollen und das Eisen versehentlich auf dem Bett liegen lassen. Deshalb kam ich gerade noch mit einem blauen Auge davon. Dabei weiß Mama eigentlich, dass mich hübsche Frisuren ungefähr so viel interessieren wie die neuesten Zickereien bei *Popstars*. Also gar nicht.

Aber ich spielte mit, denn noch mehr Überwachung hätte ich nicht verkraftet. Es war ein Wunder, dass ich alleine schlafen und aufs Klo gehen durfte. Obwohl ich ja schon seit einem knappen Jahr nicht mehr alleine schlafen durfte – aber das war ein anderes Thema und davon verstand Mama nichts. Davon verstand niemand etwas, der keinen gestrandeten Schutzengel mit unsichtbarem Menschenkörper in seinem Zimmer unterbringen musste.

Auch Seppo und Serdan, die gelangweilt auf unserer

schiefen, rostigen Gartenbank saßen und ihre Füße anstarrten, verstanden davon nichts. Serdan war ein bisschen näher dran als Seppo, aber immer noch viel zu weit weg. Vielleicht war das auch gut so. Leander konnte man nicht verstehen, wenn man ihn nicht sah und hörte, und leider war ich die Einzige, die dazu in der Lage war, auch wenn ich niemals darum gebeten hatte und ihm sein Schnattermaul manchmal am liebsten mit Paketband zukleben wollte. (Vorgestern hatte ich es sogar versucht, aber wenn Leander und ich miteinander rangelten, verlor ich immer. Auch so etwas, was mir an ihm nicht passte.)

Jedenfalls war das Glätteisen irreparabel kaputt und Mama hatte kein Geld für ein neues. Sie musste arbeiten gehen, um unsere Kasse aufzustocken und neuen Kosmetikkram kaufen zu können, den kein Mensch brauchte. Es hatte deshalb beinahe eine Ehekrise zwischen Mama und Papa gegeben. Mama meinte, es sei verantwortungslos, einem Problemkind (moi!) Hausarrest zu erteilen und dann nicht rund um die Uhr da zu sein, um es zu überwachen, ja, verantwortungslos sei das und inkonsequent. Dem konnte Papa schlecht widersprechen, denn verantwortungslos und inkonsequent waren zwei seiner Lieblingswörter, aber gegen seine Argumente war Mama ebenso machtlos. Unser Sommerurlaub war nämlich ein bisschen teurer ausgefallen als geplant. Was ebenfalls an mir lag, zumindest oberflächlich betrachtet. Ich hatte Leander aus der Patsche helfen und dafür abhauen müssen, um quer durch Frankreich zu trampen und am Ende unserer Abenteuertour bei Johnny Depp im Wohnzimmer zu landen, während meine Eltern mich an der Atlantikküste vermuteten und sämtliche Campingplätze nach mir absuchten. Wieder eine Geschichte, die niemand richtig verstehen würde, der nicht wusste, dass Leander an allem schuld war. Selbst Serdan verstand sie nicht und der war dabei gewesen. Ehrlich gesagt: Selbst ich verstand nicht alles, was in diesem Chaosurlaub geschehen war.

Sky Patrol, der Verein, zu dem Leander gehörte, war eine ziemlich kranke und verworrene Organisation. Obwohl seine Mitglieder, die Wächter, ähnlich wie Schutzengel agierten, verabscheuten sie das Wort Schutzengel, und wer nicht so tanzte, wie sie es sich vorstellten, wurde gnadenlos aus der Gemeinschaft verstoßen. Wie Leander. Inzwischen war uns beiden klar, dass es für ihn den Weg zurück nicht mehr geben würde. Leander hatte einen menschlichen Körper – eine Schande für Sky Patrol! – und es sich zudem mit all seinen Vorgesetzten gründlich verschissen. Außerdem stand er auf der Fahndungsliste der Schwarzen Brigade, einer Elitetruppe, die keinen Spaß verstand. Doch wozu Leander stattdessen auf der Welt sein sollte, wussten wir beide nicht recht. Es war kompliziert. Alles war kompliziert geworden!

Ich fuhr erschrocken aus meinen Gedanken hoch, als ohne Vorwarnung die Tür zu unserem »Garten« (ein langes, schattiges Hinterhofrechteck zwischen hohen Mauern, in dem alles verdorrte, was Papa in die trockene Erde setzte) aufgerissen wurde und Mamas Schatten auf die Gesichter der Jungs fiel. Mit gespitzten, pink getünchten Lippen sah sie erst Seppo und Serdan an – gründlich und prüfend und dabei ziemlich Furcht einflößend – und nahm dann mich ins Visier. Ich wusste nicht, was schlimmer war: ihr Gefängniswärterinnenblick oder der erdbeerfarbene Glanzsatin-Trainingsanzug, in den sie sich gequetscht hatte. Mama würde von nun an wieder als Turnlehrerin arbeiten, zweimal in der Woche. Ich hatte sehnsüchtig auf ihre erste Übungsstunde gewartet, denn wenn ich weiterhin meine kurzen Nachmittage in unserem schrecklichen Hinterhofgarten verbringen musste, würde ich verrückt werden.

Anstatt etwas zu sagen, prustete Mama nur drohend, warf den Kopf zurück und die Tür hinter sich ins Schloss und rauschte davon.

»Puh«, seufzte ich erleichtert und kickte den Ball, den wir vorhin aus Langeweile wie Grundschüler gegen die Wand geschossen hatten, zu Seppo und Serdan rüber. »Jetzt brauche ich also nur noch Papa zu bearbeiten und dann …«

»Ja, was dann, Luzie?«, motzte Seppo mich an. »Schon mal auf die Uhr geguckt? Ich muss bald wieder arbeiten. Außerdem hat das doch eh keinen Sinn. Wir können kein Parkour mehr machen, das ist Geschichte, vergiss es …«

»Das können wir wohl!«, protestierte ich zischelnd. Papa befand sich nicht weit weg von uns. In seinem Leichenkeller würde er uns nicht hören können, aber sobald er sich an die Büroarbeit machte, wurde es riskant, in Zimmerlautstärke über Parkour zu sprechen. Das Wort Parkour war seit den Sommerferien tabu. Ein böses Wort! »Wir suchen Billy und dann …«

»Ach, Luzie, bitte!« Seppo strich sich gereizt über seinen ausrasierten Nacken. »Du hast schon seit dem Sommer Hausarrest, soll es denn noch schlimmer werden?«

»Das kann es doch gar nicht. Schlimmer als Hausarrest geht nicht.« Das redete ich mir beharrlich ein. Als das mit Mamas Glätteisen passiert war, hatte ich mir den Kopf darüber zerbrochen, was sie noch tun konnten, um mich zu bestrafen, und mir fiel nichts Sinnvolles ein. Ja, Mama hätte mich gerne in ein Internat gesteckt, aber dafür fehlte das Geld. »Außerdem werden wir uns nicht erwischen lassen. Komm, Seppo, nur kurz, zehn Minuten, ein Run, mehr nicht.«

»Wir haben Parkour-Verbot! Vergessen?« Seppo rempelte Serdan grob in die Seite. »Hat es dir die Sprache verschlagen, Alter? Sag doch auch mal was ...«

»Hmpf«, machte Serdan in seiner gewohnt wortkargen Art. »Ich hab kein Verbot.«

Ich schüttelte den Kopf – wie jedes Mal, wenn Serdan davon redete. Er hatte weder Hausarrest noch Parkour-Verbot. Unglaublich! Ja, seine Eltern waren sauer auf ihn gewesen, stinksauer sogar, und er musste ständig irgendetwas Überflüssiges für sie tun, aber ihm war nichts verboten worden. Serdan fand das, wie er selbst sagte, »gruselig«. Das wäre viel schlimmer, als wenn es ordentlich gekracht hätte.

Seppo schnaubte abfällig. »Dann macht ihr beide doch zusammen Parkour«, schlug er uns vor. »Ganz romantisch zu zweit.«

»Ohne dich? Nein, kommt nicht in die Tüte«, stellte ich

klar, obwohl es momentan alles andere als lustig war, Zeit mit Seppo zu verbringen. Seine schlechte Laune konnte einen in die Flucht treiben. Andererseits schaffte er es immer seltener, sich von zu Hause loszueisen, sodass ich über jede Minute froh war, in der er mich in meinem Hausarrestgefängnis besuchen kam. Meistens brüllte seine Mutter sowieso nach einer halben Stunde quer über die Straße und beorderte ihn in die Küche zurück, damit er Kartons faltete, Geschirr spülte oder Tische abräumte. Manchmal auch schon nach zehn Minuten. Seppos Eltern hatten eine Pizzeria schräg gegenüber von uns, und seitdem sie erfahren hatten, dass Seppo Parkour machte, war er ihre neue Lieblingshilfskraft. Ein Grund mehr für ihn, seine wenige freie Zeit gut zu nutzen – und zwar nicht, indem er bei uns im Garten hockte, sondern indem wir Parkour machten.

»Du musst dabei sein«, setzte ich entschieden hinterher, als er nicht reagierte. »Wir sind ein Team.«

Ich hatte mich in den vergangenen Monaten mit Seppo mehr gezofft als vertragen, aber ohne ihn Parkour zu machen, wollte und konnte ich mir nicht vorstellen. Seppo war mein Lehrer gewesen und der beste (männliche) Traceur der Stadt! Jedenfalls kannte ich keinen besseren. Alles, was ich konnte, hatte ich von ihm gelernt. Ich wollte gar nicht erst daran denken, Parkour ohne Seppo zu machen. Es war keine Lösung, alleine mit Serdan loszuziehen.

»Ach ja, sind wir das, ein Team?«, erwiderte Seppo schnippisch. »In euren Urlaub konntet ihr doch auch ohne mich fahren.«

»Wir sind nicht zusammen in den Urlaub gefahren«, leierten Serdan und ich im Chor herunter, was wir seit den Sommerferien wie ein Gebet Tag für Tag wiederholten. Natürlich hatte sich herumgesprochen, dass Serdan mir nachgereist war und sich mit mir nach Südfrankreich durchgeschlagen hatte. Auf einem geklauten Mofa und in einem Zigeunertross. Wir hatten mehrere Tage zusammen verbracht. In einem fremden Land. Ach, was heißt, es hatte sich herumgesprochen. Nach uns war sogar gefahndet worden, sie hatten Bilder von uns in den Nachrichten gezeigt. Wir waren eine Sensation gewesen.

»Ach nein, ihr seid nicht zusammen in Urlaub gefahren? Ehrlich?«, brummte Seppo. »Dann hab ich wohl geträumt, dass ich euch im Fernsehen gesehen hab, oder? Ich möcht gerne mal wissen, was da passiert ist …«

»Ich auch«, erwiderte Serdan trocken und ich konnte mir ein Kichern nicht verkneifen, musste aber gleichzeitig nach oben zu unseren Fenstern gucken, hinter denen sich Leander unsichtbar in unserer Wohnung herumtrieb und dummes Zeug anstellte. Es fuchste mich, dass er nicht wie früher bei mir war, wenn ich mich mit den Jungs traf. Er war mindestens ebenso unleidlich geworden wie Seppo, was sicherlich mit dem Dreisprung zusammenhing, den er vollziehen musste, um den Sanktionen von Sky Patrol zu entkommen, und viel Zeit hatte er dafür nicht mehr. Zwei bis drei Monate lang sollte sein Schutzbann halten. Die gingen langsam zu Ende. Andererseits sah Leander es nicht ein, mit mir darüber zu sprechen; also sollte er sehen, wie er glücklich wurde. Dreisprung … pfff …

»Ich auch«, äffte Seppo Serdan nach. »Tu nicht so, Serdan. Ich versteh nicht, warum ihr mir das nicht sagen könnt. Was habt ihr in Frankreich gemacht und warum?« Er stand von der Bank auf und begann im Garten auf und ab zu laufen. Er erinnerte mich ein bisschen an den wütenden Pavian, den Sofie und ich bei unserem letzten Schulausflug im Karlsruher Zoo beobachtet hatten. Irgendwann hatte der Affe angefangen, Obstschalen und seinen eigenen Mist vom Boden aufzuheben und gegen die Glasscheibe zu donnern. Ich hoffte, dass Seppo sich das verkneifen würde. Denn in unserem Garten gab es keine Glasscheiben.

»Hab ich dir doch schon gesagt«, erwiderte Serdan ruhig, aber deutlich genervt. »Wir waren bei Johnny Depp.« Für eine Sekunde blickten mich seine schwarzen Augen verschworen an, bevor sie sich wieder seinen Sneakers zuwandten. Jungs-Lektion Nummer 54: Schaue ein Mädchen niemals zu lange an! Deine Schuhe sind viel spannender.

»Haaa, na klar, ihr wart bei Johnny Depp«, höhnte Seppo und trat gegen eine vertrocknete Wurzel, die mal ein Blütenbusch gewesen war.

»Ja, wir haben Johnny besucht«, mischte ich mich in das Gezanke der Jungs ein. »Das ist die Wahrheit!« Die Wahrheit abzüglich der Tatsache, dass ich nur deshalb dort gewesen war, weil Leander sich in Johnnys Anwesen verschanzt hatte und ich ihn zurückholen musste, bevor seine Eltern ihn als Strafgefangenen nach Guadeloupe verschifft hätten. Wo er sicherlich nicht länger als drei Tage überlebt hätte. Aber das wusste Serdan ja auch nicht. Insofern konnte man es so stehen lassen. Wir hatten Johnny Depp besucht. Doch wie immer, wenn wir das behaupteten, regte Seppo sich noch mehr auf.

»Hört doch mal auf, mich zu verarschen! Wenn ihr wirklich bei Johnny Depp gewesen wärt, hättet ihr ja wohl ein Foto von ihm und euch oder wenigstens ein Autogramm, irgendetwas, aber ihr habt nichts, gar nichts! Das ist nur 'ne blöde Ausrede. Ihr habt was miteinander laufen und wollt es mir nicht sagen.«

»Wir haben nix laufen«, predigten Serdan und ich erneut im Chor. Auch diesen Satz hatten wir oft proben dürfen in den vergangenen Tagen, aber so recht gewöhnen konnte ich mich nicht an ihn, obwohl er stimmte. Zwischen uns lief nichts. Wir waren kein Paar. Wir waren Freunde. Freunde, die nebeneinander in einem Heuschober geschlafen und abends am Meer gestanden hatten, wobei Serdan die Arme um meine Schultern gelegt hatte. Vergessen konnte ich das nicht. Doch am wenigsten konnte ich vergessen, wie nah er meinem Geheimnis während dieser Tage in Frankreich gekommen war und trotzdem nicht im Geringsten ahnte, was eigentlich los war in meinem Leben. Also lief schon irgendetwas zwischen uns, nur wusste Serdan nicht, was es war, und Seppo wusste es erst recht nicht. Aber wenn mir jemand eine Pistole auf die Brust gesetzt und mich gezwungen hätte, es einem von beiden zu erzählen, hätte ich, ohne zu zögern, Serdan gewählt und nicht Seppo. Obwohl ich Seppo viel länger kannte.

»Nee, ist klar, ihr habt nichts laufen ...« Nun tigerte

Seppo nicht mehr der anderen Seite des Gartens entgegen, sondern direkt auf Serdan zu, der sich langsam von seiner Bank erhob, um in Augenhöhe mit ihm zu sein. Wenn Seppo einen so anschaute wie jetzt, konnte man nicht mehr ruhig sitzen bleiben.

»Kriegt euch nicht schon wieder in die Haare!«, bat ich die beiden. Doch sie hörten nicht auf mich. Stumm standen sie voreinander, die Gesichter dicht an dicht, ihre Arme verschränkt, und zogen die Brauen so eng zusammen, dass man ihre Augen kaum mehr erkennen konnte.

»Ist euch klar, wie bescheuert ihr gerade ausseht?«, versuchte ich sie abzulenken. Wieder chancenlos.

»Wenn Luzie was passiert wäre, dann ...«, knurrte Seppo drohend.

»Ihr ist nichts passiert«, knurrte Serdan zurück.

»Hätte aber sein können ...« Seppo machte sich noch ein bisschen größer, doch das nützte nichts, Serdan überragte ihn inzwischen um einen halben Kopf.

»Hey, ich brauch euch nicht, um auf mich aufzupassen!«, rief ich. »Das kann ich selbst!« Na, so ganz korrekt war das nicht. Wenn Serdan nicht aufgetaucht wäre, wäre ich wahrscheinlich verdurstet oder an einem Sonnenstich krepiert. Trotzdem sollten die beiden sich nicht aufführen, als seien sie meine Schutzengel. Ich hatte einen Schutzengel, auch wenn der seinen Job lediglich sporadisch erledigte. Aber sie hatten sowieso nur noch Aufmerksamkeit für die Nase des anderen übrig.

Seppo ballte seine rechte Hand zur Faust.

»Wenn du schon meine Luzie entführst ...«

»Moment!«, rief ich etwas lauter. »Erstens bin ich nicht deine Luzie und zweitens hat er mich nicht …«

Ich sparte es mir, zu Ende zu sprechen, denn es war schon zu spät. Wie zwei Kampfhähne gingen sie aufeinander los. Seppo packte Serdan am T-Shirt-Kragen, Serdan packte Seppo am T-Shirt-Kragen und sie begannen gleichzeitig unverständliches Zeug zu brabbeln, irgendeinen abstrusen Kauderwelsch aus Deutsch, Italienisch und Türkisch. Koseworte waren vermutlich keine dabei.

»Hört jetzt endlich auf mit der Scheiße!« Entschlossen trat ich zu ihnen, bevor sie sich zu prügeln anfingen, und wollte Seppo unter den Achseln kitzeln, damit sie sich losließen – das funktionierte fast immer –, als plötzlich etwas Dunkles durch die Luft segelte und sich ein eiskalter Schwall über uns ergoss. Wie erstarrt blieben wir stehen und schauten verständnislos nach unten, wo eine blaue Plastikschüssel auf den Boden prallte und zwischen unsere Füße rollte.

»Autsch«, murmelte ich und rieb mir den Kopf. Die Schüssel hatte im Fall meine Schläfe gestreift.

»Hä?«, machte Seppo verständnislos und richtete seinen Blick nach oben. Auch ich guckte prüfend die Hauswand hinauf, konnte jedoch keine Bewegung hinter unserem offenen Küchenfenster wahrnehmen. Auch keine Silhouette. Kein Aufblitzen eines blauen Huskyauges. Aber ich hätte schwören können, dass Leander es gewesen war, der die Wasserschüssel zu uns hinunterfallen lassen hatte. Allerdings hätte es durchaus genügt, nur das Wasser auf unsere Köpfe zu schütten und die Schüssel oben zu behalten. Sie hätte uns verletzen können! Leander war und blieb ein miserabler Schutzengel.

Ich fuhr mir durch meine nassen Haare und musste ein Grinsen unterdrücken, als ich Serdan und Seppo anschaute. Sie sahen aus wie zwei begossene Pudel, die vergessen hatten, dass sie eigentlich gerade ihr Bein heben wollten. Mein seniler Hund Mogwai, der die ganze Zeit im Schatten gedöst hatte, erhob sich gähnend und dackelte zu uns herüber, um die Wasserlache vom Boden aufzuschlabbern.

»Was spielen sich denn hier heute wieder für juvenile Tragödien ab?«, erhob sich eine müde Stimme hinter uns. Betreten wandten wir uns zur Gartentür, in deren Rahmen Papa lehnte und uns missbilligend betrachtete. »Und wie soll ich bei diesem Tohuwabohu bitte schön konzentriert arbeiten?«

»Was?«, fragte Seppo verdattert. Ja, Papas Worte waren nicht immer leicht zu übersetzen, erst recht nicht, wenn man sich Sekunden vorher noch im Blutrausch befunden hatte.

»Ist dies etwa das Verhalten, wie es sich für heranwachsende Männer geziemt?«, fuhr Papa mit gekräuseltem Schnurrbart fort und rückte sich seine grau gemusterte Krawatte zurecht. »Sich gegenseitig mit Wasser zu begießen?«

»Wir ... äh ...«, stotterte Serdan verlegen. Seit unserem Frankreichtrip hatte er fürchterliche Angst vor meinen Eltern. »Sorry, Herr Morgenroth. War ein Missgeschick.«

»Ein Missgeschick. Sieh an«, wiederholte Papa streng.

»Ein Missgeschick. Etwa wieder ein solches Missgeschick wie …«

»Ach, Papa, jetzt sei nicht so!«, fiel ich dazwischen, bevor er wieder mit seiner Frankreichlitanei beginnen konnte. »Es ist doch kein Wunder, dass man hier auf blöde Ideen kommt.« Ich hielt kurz inne. Oh, das war gut, was ich da sagte, sehr gut sogar! »Dieser Garten ist ein Knast! Hier kann man nichts Vernünftiges machen! Ich fühle mich wie in einem riesengroßen Sarg.«

Papa streifte sich seine sterilen Gummihandschuhe von den Händen und rieb sich gequält über die Stirn. Seppo beobachtete ihn argwöhnisch.

»Ehrlich, Papa, wir müssen mal raus. Es ist so schönes Wetter.« Das war es wirklich. Bestes Parkour-Wetter. Nicht zu warm, nicht zu kalt. Wehmütig erinnerte ich mich an meinen Herbstrun vergangenes Jahr. Ich wollte auch dieses Jahr wieder einen Herbstrun eintrainieren … Doch ich würde schon glücklich sein, wenn ich etwas anderes sehen konnte als die versifften Wände dieses Hinterhofs mit Rasen, den Papa und Mama Garten nannten. Selbst wenn Papa hier grillte, war es immer noch ein schäbiger Hinterhof und kein Garten.

»Papa …« Ich blinkerte ihn bittend an. »Du musst mir auch mal eine Chance geben zu beweisen, dass ich es in Zukunft besser machen kann.«

Aus Papas Kehle drang ein undefinierbares Geräusch, das mir deutlich zu verstehen gab, dass er mir kein Wort glaubte. Ich glaubte mir ja selbst nicht. Aber mein bettelnder Blick schien zu wirken. Sein Gesicht wurde ein wenig weicher. »Giuseppe? Du passt auf sie auf, verstanden? Jede Sekunde.«

Seppo nickte so eifrig, dass glitzernde Wassertropfen von seinem Schädel perlten.

»Serdan. Ich stehe mit deinen Eltern in Kontakt. Täglich.«

»Ich weiß, Herr Morgenroth«, nuschelte Serdan.

»Luzie Marlene?«

»Ja?«, flötete ich, so mädchenhaft ich konnte, und klang dabei wie eine Meise, die Halsschmerzen hatte.

»Nur ein Eis in der Eisdiele um die Ecke und um Punkt sieben Uhr bist du wieder zu Hause, hast du verstanden? Seppo, ich verlasse mich auf dich.«

»Danke, Papa, danke!« Ich wollte zu ihm stürzen und ihm um den Hals fallen, doch er hatte sich schon umgedreht und die Tür hinter sich zugezogen. Sein Stoßseufzer aber war so laut, dass er durch die dicken Kellerwände bis zu uns nach draußen drang.

»Was hat er denn?«, fragte Seppo. »Wieso stöhnt er so?«

»Angst vor Mama«, erklärte ich schulterzuckend. »Aber die kommt erst um halb acht zurück, also wird nichts passieren. Vielleicht treffen wir sogar Billy. Na los, worauf wartet ihr? Wir dürfen raus!«

Und ich würde weder die Tür noch die Treppe nehmen, um aus meinem Knast zu flüchten. Nein, ich würde diesen »Garten« so verlassen, wie Traceure das standesgemäß taten. Ich duckte mich und sprintete in vollem Tempo los, um auf die Mülltonne zu springen und über die Mauer auf die kleine, schmale Gasse neben unserem Haus überzusetzen. Komm doch mit, Leander, dachte ich flüchtig, während ich mich in einer geschickten Drehung auf dem kühlen Kopfsteinpflaster abrollte.

Doch als ich mich umdrehte, waren da nur Serdan und Seppo. Sonst niemand.

Beschwipstes Huhn

»Oh Mann, das ist so dermaßen uncool …« Serdan zog seine Baseballkappe noch etwas tiefer ins Gesicht und blickte sich misstrauisch um, bevor er sich erneut seinem Schokoladenbecher widmete. »Wir hocken in einem Eiscafé. In einem Eiscafé!«

»Ist ja gut, wir wissen es jetzt, du brauchst es nicht im Minutentakt zu wiederholen«, versuchte ich ihn zu besänftigen. »Und so uncool ist es auch wieder nicht. Wir essen ein Eis. Na und?« Ich kratzte die Kokosraspeln von meinem Spaghettieis. Kinderportion. Zu mehr hatte mein schmales Taschengeld nicht gereicht. In Wahrheit fand ich es ebenso albern wie Serdan, dass wir in einem Omicafé vor dem Rathauscenter saßen, anstatt uns wie früher im Friedenspark zum Parkour-Training zu treffen. Es war nicht nur albern und uncool, sondern ein Abstieg. Aber Seppo hatte darauf bestanden. Ich konnte froh sein, dass ich es geschafft hatte, wenigstens dem Hemshof zu entkommen und hier zu landen statt im Café um die Ecke, wo wirklich nur Omis hingingen und Polster mit lila Blumenmustern auf den Stühlen lagen.

Trotzdem wollte ich Serdan nicht recht geben, denn das

hätte Seppo zu neuen Eifersuchtsszenen motiviert und von denen hatte ich heute genug. Dabei gab es nichts Langweiligeres, als mit zwei verkrachten, redefaulen Jungs Spaghettieis zu essen. Hoffentlich hatte Billy Seppos SMS bekommen und stieß zu uns, bevor ich wieder nach Hause musste.

Unter unseren Eisbechern vibrierten die Teller, weil Seppo ununterbrochen mit seinem linken Knie wackelte, in einem Höllentempo, und es dabei gegen das Tischbein drückte. Ich wollte ihn gerade in seinen Oberschenkel zwicken, damit er es bleiben ließ, als er von allein erstarrte und seine Augen sich weiteten. Klirrend fiel sein Espressolöffel auf die Untertasse.

»Was ist denn … neee …«, murmelte er fassungslos. »Das kann nicht sein …«

»Alles okay? Hey, Seppo!« Ich nahm seinen Löffel und schlug ihn gegen den Tassenrand. »Aufwachen!«

Doch er starrte ungläubig an mir vorbei, sodass ich mich umdrehte, um seinen Blicken zu folgen. Ich sah nur noch einen dunkelblonden Haarschopf, der in der bunten Menschenmenge verschwand, doch diesen Haarschopf kannte ich genau, inklusive des schwarz-weiß gemusterten Stirnbands, mit dem seine gewellte Pracht in Schach gehalten wurde. Leander … Ja, das war eindeutig Leander gewesen. Was machte er hier? Und war er es gewesen, der Seppos Aufmerksamkeit geweckt hatte? Nein, das konnte nicht sein. Leander war durchsichtig.

»Seppo?«, fragte nun auch Serdan. »Alles klar, Mann?« Seppo schluckte und wandte sich uns wieder zu.

»Da … da schwebte ein Huhn durch die Luft«, antwortete er tonlos.

»Ein Huhn?«, echoten Serdan und ich belustigt, bis mir das Lachen im Halse stecken blieb. Hatte Leander sich wieder Sachen »geliehen«? Seitdem meine Eltern mir das Taschengeld gekürzt hatten, reichte es nicht mehr für seine exklusiven Körperpflegeprodukte. Anders formuliert: Ich sah nicht ein, mein knappes Budget für Boss-Herrenduschgel und Armani-Bodylotion auszugeben. Es hatte bereits vorher kaum dafür gereicht. Jetzt hatte ich Leander einen Riegel vorgeschoben und trug mein Taschengeld immer bei mir. Deshalb hatte er das »Leihen« zur Kunstform entwickelt. Leihen war nichts anderes als Klauen, auch wenn Leander die leeren Duschgeltuben nach dem Verbrauch zurück ins Drogeriemarktregal stellte. Ich wusste nicht, was mich daran mehr störte: dass er stahl wie eine Elster oder sich damit ständig in Gefahr begab, entdeckt zu werden. Denn die Sachen blieben nur unsichtbar, wenn er sie blitzschnell aus dem Regal nahm und unter seine Kleidung steckte. Bei einem ausgewachsenen Huhn war das schwierig und es musste ihm für einen Moment aus seiner knappen Weste gerutscht sein. Abgesehen davon war mir schleierhaft, was er mit einem Huhn wollte.

»Ein lebendes Huhn oder ein totes Huhn?«, hakte ich unbeteiligt nach, was mir einen scharfen Blick von Serdan einbrachte, der das alles für nichts anderes als einen blöden Witz hielt. Oder aber an Seppos Verstand zweifelte.

»Ein nacktes«, erwiderte Seppo heiser und hustete, um seine Stimme wiederzufinden.

»Ein nacktes!?«

»Ja, mein Gott, ein gerupftes, küchenfertiges Huhn eben!« Seppo knetete sich hektisch die linke Wange. »Mann, ich arbeite echt zu viel, jetzt sehe ich schon Hühner … und erzähle es auch noch …«

»Schau mal, da kommt Billy!«, wechselte ich das Thema, bevor Serdan damit anfangen konnte, Seppo wegen des Huhns aufzuziehen. Serdan neigte zwar nicht dazu, sich über andere lustig zu machen, aber im Moment traute ich den beiden alles zu.

»Kein Wort von dem Huhn«, befahl Seppo warnend, als Billy am Rand der Caféterrasse von seinem Rad sprang, es abschloss und zu uns schlenderte.

»Hey«, begrüßte er uns knapp. »Was gibt's?«

»Wir essen Eis«, antwortete Seppo, obwohl nicht zu übersehen war, dass wir das taten. »Auch eins? Ich lad dich ein.«

Billy glotzte ihn an, als habe Seppo gerade verkündet, sich morgen früh in eine Frau verwandeln zu lassen. »Ähm … ja. Ja.« Sein rundes Gesicht hellte sich auf. »Einen Amarenabecher.«

»Einen Amarenabecher!«, rief Seppo der Bedienung zu, die mit verkniffenem Mund an unserem Tisch vorbeieilte.

»Oh Mann«, stöhnte Serdan. »So was von uncool …«

»Ich hab's ihrem Vater versprochen, okay?«, herrschte Seppo ihn an. »Wir essen Eis, sonst nichts. Wo ist dein Problem? Isst du zu Hause nie Eis?«

»Weißt du, was wir früher gemacht haben? Wir sind von Dach zu Dach gesprungen! Und jetzt bestellen wir Amarenabecher!«

Mir entfuhr ein Seufzer, als ich Serdans Worte hörte. Ach, es war wirklich tausendmal besser gewesen, die Senioren im Park mit unseren waghalsigen Stunts zu erschrecken, als zusammen mit ihnen im Café zu hocken.

»Ja, ich weiß es, und wir hatten nur Ärger davon … nur Ärger!«

»Also, wenn ihr wieder streiten wollt, geh ich«, moserte Billy. »Ich kann meinen Amarenabecher auch da drüben essen.« Er zeigte auf einen kleinen freien Tisch ganz am Rande des Cafés.

»Wo warst du eigentlich die ganze Zeit?«, fragte ich ihn im lässigen Jungs-Kumpelton, bevor er tatsächlich abhaute, und beschloss, das Reviergehabe von Seppo und Serdan von nun an zu ignorieren. Sollten sie sich doch die Nasen zu Brei schlagen. »Warum meldest du dich nicht mehr?« Um Billy war es still geworden seit den Sommerferien. Er hatte sich weder bei mir noch bei den Jungs blicken lassen.

»Wozu sollte ich das denn?«

»Na ja, wir haben immerhin zusammen Parkour gemacht …«

»Haben wir nicht«, fiel Billy dazwischen. »Ich durfte die Herrschaften nur noch bei ihren Aktionen filmen. Ich bin für euch der blöde, lustige Dicke, mehr nicht, gebt es doch zu. Ihr habt mich nicht mal dabeihaben wollen, als ihr es euren Eltern gesagt habt …«

»Weil du selbst beschlossen hast, 'ne Trainingspause einzulegen, da du ... ähm ...« Ich überlegte, wie ich am besten formulieren sollte, was ich sagen wollte. Aber da gab es nichts zu formulieren. »... ziemlich zugenommen hast«, schloss ich mit fester Stimme.

»He, sei froh, dass du nicht dabei warst«, mischte Seppo sich ein. »Das war kein Vergnügen.«

»Wenigstens hast du jetzt keinen Zoff mit deinen Alten«, pflichtete Serdan ihm bei. »Gibt ja auch keinen Grund dafür. Machst ja kein Parkour mehr.«

»Genau«, giftete Billy, zog der Bedienung den Eisbecher aus den Händen und verzog sich mit ihm an den anderen Tisch, weit, weit weg von uns, wo er sofort zu löffeln begann, als gäbe es kein Morgen mehr.

»Das habt ihr ja toll hingekriegt.«

»Was heißt toll hingekriegt?« Seppos Handy begann zu brummen. Er hob seinen Hintern an, um es aus der Hosentasche ziehen zu können. »Wenn er nicht mehr mit uns abhängen will, will er eben nicht. – Pronto? Ah, Mama ...«

Mama Lombardi mal wieder. Dann würde er sowieso gleich gehen müssen. Deshalb wendete ich mich Serdan zu, um ihn fragend anzublitzen, doch er hob nur entschuldigend die Achseln.

»Seh ich auch so, Katz. Zwingen können wir Billy nicht.«

Ich entschied mich, mein Spaghettieis in der Septembersonne schmelzen zu lassen, legte vier Euro auf den Tisch – viel zu viel für diese süße Pampe – und lief ohne einen Gruß zu Billy rüber, der mit düsterer Miene eine Amarenakirsche aus dem Berg Sahne fischte, der sein Eis versteckte.

Weil ich die Erfahrung gemacht hatte, dass man Jungs nicht mit Fragen löchern durfte – dann ergriffen sie die Flucht, das verkrafteten sie nicht (Ausnahme: Leander, der liebte es, wenn man ihn über sein Leben ausfragte) –, setzte ich mich schweigend neben ihn und hoffte, dass er anfangen würde zu sprechen. Nach zehn Minuten, als am Boden seines Bechers nur noch ein roter Klecks Soße klebte und ich langsam nervös wurde, weil der Uhrzeiger sich gefährlich der Sieben näherte, tat er es endlich.

»Macht echt keinen Spaß, wenn Serdan und Seppo so aggro drauf sind. Kann ich nicht ab«, erklärte Billy, als hätten wir die ganze Zeit genau darüber geredet.

»Mich nervt's auch. Aber das legt sich bestimmt wieder.« Allzu sicher war ich mir darin nicht. Die beiden hatten sich aufeinander eingeschossen. Dabei waren sie früher beste Freunde gewesen.

»Jaaaa«, meinte Billy gedehnt. »Aber selbst wenn … für mich ist das egal. Das mit dem Parkour ist Vergangenheit. Aus und vorbei.«

»Aber warum denn das?«, rief ich aufgebracht. »Wieso soll das vorbei sein? Du kommst wieder in Form, sobald du trainierst!«

»Wozu braucht ihr mich überhaupt? Nur zum Filmen? Das kann auch jemand anderes machen.«

Ich musste eine Weile überlegen, bevor ich antwortete. Ja, wozu brauchten wir Billy? Ich konnte spontan keinen

Grund nennen. Aber darum ging es ja auch gar nicht. Wir waren eine Clique gewesen, Freunde eben. Da benötigte man keinen speziellen Grund, um dabei zu sein. Ohne Billy fehlte etwas. Selbst in unserem blöden Hinterhof drehte ich mich dauernd um, um nach ihm Ausschau zu halten, ganz von allein. Weil er dazugehörte. Und das sagte ich ihm auch.

»Wir sind Freunde, Billy.«

»Nee, sind wir nicht. Freunde gehen sich nicht dauernd an den Kragen wie Serdan und Seppo. Freunde haben keine Geheimnisse voreinander. Und unter Freunden ist Gerangel um Mädels tabu. Aber Seppo und Serdan ... Außerdem weiß ich, dass du mit Serdan geknutscht hast und eigentlich was von Seppo wolltest.«

Oh Gott, dieses Thema schon wieder. Nein, darüber wollte ich mit Billy nicht reden.

»Wir sind trotzdem Freunde. Wir haben eine Freundschaft und wir gehören zusammen, für immer«, wiederholte ich, weil mir nichts Besseres einfiel. Ich konnte ihm nicht sagen, dass ich Angst hatte, wir würden nie wieder Parkour machen, wenn Billy sich endgültig von uns abwandte. Dann waren da nur noch Serdan und Seppo, die sich gegenseitig die Köpfe einschlagen wollten. Leander blieb auch immer öfter weg und den sah sowieso niemand außer mir.

»Ach, so ein Scheiß, Luzie!«, brauste Billy auf. »Nix ist für immer! Gefühle hören auf. Einfach so. Von jetzt auf nachher. Freundschaften hören auf. Das ist halt so.«

Was redete er da nur? Ich fühlte mich überfordert mit

diesem Gespräch. Ich hatte noch nie gut über Gefühle reden können. Und mit Billy hatte ich bisher allenfalls über Kaugummisorten und Handyfunktionen gesprochen. Und über Parkour. Doch Billy achtete gar nicht mehr auf mich.

»Hab ich mir heute Morgen erst sagen lassen müssen. Gefühle hören irgendwann auf, Billy. Da kann niemand etwas dafür. So ist das Leben.« Wütend zerknüllte er die klebrige Serviette. Seine Pausbacken waren rot geworden und an seinem Haaransatz zeichneten sich glitzernde Schweißtröpfchen ab. Sollte ich vielleicht das Luftblasengesicht aufsetzen? Oder eines von Serdans Hmpf-Geräuschen machen? Aber wenn ich selber wütend war, hasste ich Hmpf-Geräusche und Luftblasengesichter. Ich durfte nicht so tun, als habe Billy nichts gesagt. Das war nicht fair. Auf der anderen Seite verstand ich kein Wort.

»Kannst du mir mal einen Tipp geben, worüber du gerade redest?«

»Na, über meine Eltern, über was denn sonst!« Billy wurde so laut, dass die zwei Frauen am Tisch neben uns sich neugierig zu uns umdrehten. »Auf einmal sagen sie, dass sie sich nicht mehr lieben. Und sich trennen wollen. Auf einmal! Die haben nicht mal gestritten! Nie! Aber jetzt, jetzt streiten sie sich dauernd, wie Seppo und Serdan, ich hab das so satt … es kotzt mich an …« Billy wischte sich mit der Serviette den Schweiß von der Stirn.

»Sorry, das wusste ich nicht«, sagte ich leise, obwohl ich der Meinung war, dass das zwei völlig verschiedene Baustellen waren, die Ehe von Billys Eltern und unsere Parkour-Clique. »Meine Eltern streiten auch manchmal. Ich weiß, dass das nervt.«

Plötzlich bekam ich Angst, dass das bei uns auch so werden könnte wie bei Billy. Dass Mama mich eines Morgens weckte und sagte: »Du, Luzie, Papa und ich mögen uns nicht mehr. Wir trennen uns.« Nein, das konnte ich mir nicht vorstellen, das fühlte sich falsch im Herzen an. Komplett falsch. Aber wahrscheinlich hatte sich das für Billy auch immer falsch angefühlt. Und dann war es doch geschehen.

»Ja, genau, es nervt und ich hab keinen Bock, auch noch in meiner Freizeit Stress zu haben. Verstehste das?«

»Schon, aber ...«

»Was aber? Nix aber!«, polterte Billy. »Ihr braucht mich doch nicht! Ich will außerdem was anderes machen, etwas, bei dem ich nicht immer der Depp bin. Der Chuck hat gesagt, dass er und Ralle ...«

»Der Chuck?«, kiekste ich dazwischen. »Was willste denn mit der Lusche?«

Chuck ging auf unsere Schule, in Seppos Stufe. Da er zweimal sitzen geblieben war, war er einer der Ältesten. Er hatte lange Korkenzieherlocken, die am Ende der Woche fettig glänzten, rauchte selbst gedrehte Kippen und nahm seine Gitarre sogar mit in den Unterricht. Wenn er einen anschaute, sah er aus, als würde er in der nächsten Sekunde einschlafen. Angeblich tat er das auch ab und zu. Am liebsten in Religion und Gemeinschaftskunde. Die Lehrer ließen es ihm durchgehen, da sie es müde waren, mit ihm zu diskutieren, denn er antwortete nur auf Fragen, wenn er Lust dazu hatte. Manche Schüler bewunderten Chuck dafür. Ich fand ihn doof.

»Wieso Lusche?«, wehrte Billy sich. »Der ist keine Lusche. Und er will eine Band gründen, sie suchen noch einen Bassisten. Vielleicht frag ich ihn, ob er mich nimmt.«

»Billy ... du kannst kein Instrument spielen. Gar keins. Du kannst nicht mal Noten lesen«, erinnerte ich ihn. Unser Musiklehrer verzweifelte regelmäßig daran.

»Na und? Ich kann auch kein Parkour mehr. Trotzdem willste mich dabeihaben. Und Bass kann jeder spielen, hat Chuck gesagt.«

Ich warf einen unauffälligen Blick auf meine Uhr. Mist, ich hatte nur noch acht Minuten, um nach Hause zu rennen. Dieses Gespräch führte sowieso zu nichts. Das mit der Band war eine Schnapsidee. Billy in einer Band ... Was sollte das für eine Band sein, mit Chuck als Gitarristen? Den wollte sich doch niemand länger als drei Minuten anschauen, geschweige denn anhören.

»Ich muss los, Billy ... Denk noch mal drüber nach, okay?«

Doch Billy stierte stur an mir vorbei. Na, dann eben nicht. Nun war ich auch zornig. Das konnte doch alles nicht wahr sein! Leander ließ mich stundenlang alleine, Serdan und Seppo stritten nur noch und Billy wollte Rockmusiker werden. Ganz zu schweigen von meinem Hausarrest. Und dem Dreisprung, den Leander vollziehen musste. Dem neuen Schuljahr ... das noch anstrengender werden würde, als das letzte schon gewesen war. Nichts als Ärger.

Aber wenn ich zornig war, konnte ich immer besonders schnell rennen und so schaffte ich es, um Punkt sieben Uhr eins unsere Haustür aufzuschließen und nach oben zu hetzen. Schon auf der Treppe bemerkte ich den würzigen Zwiebelgeruch, der aus der Wohnung strömte. Zwiebeln und noch irgendetwas, was ich nicht einordnen konnte. War Mama etwa schon wieder zurück? Oh nein, bitte nicht. Denn dann hatte sie sicher Streit mit Papa angefangen, weil er mich rausgelassen hatte, und vielleicht würde es bei uns anschließend genauso werden wie bei Billy …

Atemlos stieß ich die Küchentür auf. Eine Wolke Dampf wehte mir ins Gesicht, doch das war nichts im Vergleich zu dem ohrenbetäubenden Krach, der mir aus der kleinen Stereoanlage auf dem Schrank entgegendröhnte. Kreischender Gesang, schrille Gitarren, schnelle Beats – was zum Teufel war das? Ich mochte schnelle und harte Musik, doch das hier war eine Folter. Der Sänger hörte sich an, als habe man ihm die Eier abgedreht. Und dann dieses Chaos … überall schmutzige Töpfe und Schüsseln, der Tisch bedeckt mit Zwiebelschalen, Brettchen und Messern, zerfetzte Küchentücher direkt neben der heißen Herdplatte. Eilig wischte ich sie zur Seite, bevor sie Feuer fangen konnten. Hatten Mama und Papa sich so schlimm gezankt, dass sie die Küche in diesem Zustand zurückgelassen hatten? Aber wenn ja, wo steckten sie dann? Ich schaltete die CD aus und blickte mich suchend um. Bäh, was war denn das Ekelhaftes?

»Igitt«, murmelte ich und fischte mit spitzen Fingern einen glibberigen rohen Hähnchenhals aus der Spüle. Moment … Hähnchen … Das hier war gar nicht Mama gewesen. Mama war tatsächlich noch nicht zu Hause. Das war Leander gewesen!

Ohne anzuklopfen – wäre ja noch schöner, wenn ich bei mir selber anklopfen müsste –, riss ich die Tür zu meinem Zimmer auf.

»Was soll das?«, bellte ich fordernd. Doch zur Antwort bekam ich nur einen leisen, entspannten Schnarcher. Leander lag bäuchlings auf meinem Bett, mit Schuhen natürlich, seinen Kopf auf seine Arme gebettet und auf dem Gesicht ein entspanntes Lächeln. »Wach auf, Leander, und erklär mir, was das soll!«

Er rührte sich nicht. Tat er nur so, als hörte er mich nicht, oder befand er sich im Tiefschlaf? Ich kniete mich neben ihn und rüttelte kurz an seinen Schultern. Noch immer keine Reaktion. Mogwai, der zu Hause geblieben war, weil längere Spaziergänge für ihn zu anstrengend wurden, grunzte vorwurfsvoll und drehte sich in seinem Körbchen einmal um sich selbst.

Nicht nur unsere Wohnung roch anders. Auch Leander roch anders als sonst. Ich beugte mich vor und schnüffelte. Sein Atem duftete nach Pfefferminz, Zwiebeln und … Anis? Jedenfalls roch er wie die weißen Weihnachtsplätzchen, die Oma Anni früher immer gemacht hatte, und die hatte sie mit Anis gewürzt. Sie hatten fast so widerlich wie Mamas Weihnachtsplätzchen geschmeckt.

»Luzie? Luzie-Maus!« Oh nein. Mama. Nun *war* sie zurück. »Was duftet hier so … so interessant?«

Blitzschnell flitzte ich in die Küche, angelte den Rotwein

von der Anrichte und warf ihn in hohem Bogen durch das geöffnete Fenster. Heute war offenbar der Tag der fliegenden Schüsseln, Hühnchen und Weinflaschen. Ich hoffte nur, dass die Flasche nicht in unserem Hof, sondern im Nachbargarten landete. Sonst war ich spätestens morgen in großer Erklärungsnot. Und in Erklärungsnot war ich jetzt schon. Schlimmer musste es nicht werden.

»Ja, was ist denn hier los?«

Puh, das war knapp gewesen.

Ich drehte mich zögernd um. »Hi, Mama.«

Mamas Mund zuckte im stetigen Wechsel zwischen Staunen, Freude und Misstrauen. Eifrig begann ich die Zwiebeln mit den Händen zusammenzufegen und im Müll zu entsorgen, als habe ich seit Stunden nichts anderes getan als geschuftet.

»Ich … äh … hab für dich gekocht. Also, für euch, Papa und dich.«

»Du hast – gekocht?« Mamas Erstaunen war berechtigt. Normalerweise weigerte ich mich sogar, ihr beim Kuchenbacken zu assistieren. »Was hast du denn Schönes gekocht?«

Mama nahm einen Topflappen vom Haken und hob vorsichtig den Deckel des Bräters an, der gleich zwei Herdplatten blockierte. Tja. Was hatte ich da wohl gekocht?

Ein sonorer Rülpser hinter mir ließ mich herumfahren. Aha. Monsieur war wieder auferstanden. Grinsend musterte Leander Mama und mich, während er sich mit einer lässigen Handbewegung die Haare nach hinten strich. Oh, wie ich es verfluchte, dass mein Herz sich immer noch jedes Mal aufgeregt zusammenzog, wenn ich seine zweifarbigen Augen und sein Grübchen erblickte, obwohl das nun wirklich nichts Neues war. Er wohnte seit fast einem Jahr bei mir im Zimmer. Mein Herz hätte sich längst daran gewöhnen müssen.

Was ist das?, fragte ich in Gebärdensprache und deutete auf den Herd, doch anstatt mir ganz normal zu sagen, was sich in dem Topf befand, machte sich Leander einen Spaß daraus, die Antwort mit den Lippen zu formen. Haha, sehr witzig. Ich versuchte es zu lesen. Irgendwas mit O und E. Und einem G am Anfang. Goggewäh? Was war Goggewäh? Oder hatte es mit Gockel zu tun? Ja, Gockel, das war logisch, schließlich hatte Leander ein Huhn »geliehen«.

»Gockelweh«, übersetzte ich ratlos.

»Was?« Mama blinzelte mich kritisch an.

»Na ja, ein Rezept mit Huhn und Wein und Zwiebeln ...« Und? Ich nahm die Unordnung in der Küche ein zweites Mal ins Visier und entdeckte eine leere Dose Tomaten im Müll. Tomaten ... die passten auch zu den roten Spritzern auf der Abzugshaube, die wie Blut aussahen und die ich zuerst dem armen Huhn zugeordnet hatte. »Und Tomaten. Genau, Tomaten. Ein französisches Rezept«, mutmaßte ich. Es musste ein französisches Rezept sein. Leanders Frankreichwahn kannte keine Grenzen.

»Aaaah. Coq au Vin!«, gellte Mama begeistert.

»Exakt. Kokkowääh«, sagte ich lahm.

Leanders Grinsen verbreiterte sich, bis sein Grübchen Schatten warf. Dann gähnte er ausgiebig, warf der nichts ahnenden Mama eine galante Kusshand zu und tappte zurück in mein Zimmer. Vermutlich roch ihm die ganze Situation hier zu sehr nach Arbeit. Außerdem war meine Blamage abgewendet worden und so war ein weiteres Schläfchen in seinen grün-blauen Augen die angenehmere Variante, nutzlos zu sein. Das konnte Leander perfekt. Nutzlos sein. Selbst unser kaputter Staubsauger führte ein sinnvolleres Dasein als er.

»Woher hast du das Rezept, Luzie?« Mama fischte eine Zwiebelschale aus dem Topf.

»Aus dem Internet. Ich wollte euch eine Freude machen. Muss nur noch ein bisschen aufräumen.«

Nein, eigentlich musste ich Hausaufgaben machen und darüber nachdenken, was mit Billy los war. Aber Leander hatte meine Pläne durchkreuzt. Bis die Küche sauber war, würden Stunden vergehen. Ob ich von dem Huhn etwas essen wollte, wusste ich auch noch nicht. Ich traute Leanders Kochkünsten nicht über den Weg. Wie kam er auf die Idee zu kochen? Warum war er nicht stattdessen mit mir und den Jungs unterwegs gewesen? Ich verstand es nicht.

»Rosa?« Papas Schritte näherten sich eilig. »Du hast gekocht? Ich dachte, wir hätten uns gütlich darauf geeinigt, dass du wieder etwas zum Familienbudget beisteuerst.« Nun schob sich seine graue Halbglatze zu uns in die Küche und er sah sich kritisch um. »Grundgütiger«, murmelte er. »Und an die Mülltrennung hast du dich auch nicht gehalten, liebste Rosa.«

»Nicht ich, Heribert.« Mama deutete so schwungvoll auf mich, dass ich automatisch ein Stückchen zurückwich. Ihr lackierter Zeigefinger war meinem Ohr gefährlich nahe gekommen. »Luzie hat für uns gekocht!«

»Luzie?« Papa angelte die Tomatendose aus dem Biomüll, um sie unter dem Wasserhahn auszuspülen. »Aber Luzie war doch ... Luzie ...« Er räusperte sich und tat so, als würde er sich mit der Dose beschäftigen. »Luzie hat doch ... ähm ...«

»Hausaufgaben gemacht«, rettete ich ihn. Beinahe hätte er sich verplappert. Schließlich sollte Mama nicht erfahren, dass ich mit den Jungs Eis essen war. »Hausaufgaben gemacht und zwischendurch gekocht. Ist ja ein einfaches Gericht«, fügte ich mutig hinzu. »Muss jetzt nur vor sich hinköcheln.«

Das tat es auch, während Mama und ich putzten, wischten und schrubbten, bis alles wieder blitzblank war, und Mama mir währenddessen ungefragt sämtliche Rezepte herunterbetete, die sie gerne kochte (wir wussten beide, dass das Ergebnis meistens ungenießbar war), und mich mit ermüdenden Hausfrauentipps zuballerte.

Doch das Huhn schmeckte zu meiner großen Überraschung gut – so gut, dass ich es wagte, eine zweite Portion zu nehmen, obwohl ich schon ganz zappelig war, weil ich Leander endlich zur Rede stellen wollte. Nicht nur wegen des Huhns. Sondern wegen tausend unterschiedlicher Dinge, von denen keines mehr warten durfte. Während ich kaute, stellte ich im Kopf ganze Listen an Vorwürfen zusammen. Vor allem musste er mir endlich verraten, wie der Dreisprung aussah. Ich dachte ja sogar schon darüber nach, während ich auf dem Klo saß. Manchmal träumte ich auch davon. Schöne Träume waren das nicht.

Andererseits war ein harmonisches Abendessen mit Mama und Papa nicht das Verkehrteste, denn solche Momente waren selten geworden. Vielleicht verschaffte es mir einen Vorteil oder gar eine Lockerung der strengen Gefängnisregeln, wenn ich noch ein wenig bei ihnen sitzen blieb.

Als ich gegen zehn Uhr in mein Zimmer gehen durfte – »Wer kocht, muss auch spülen«, hatte Mama mir eingetrichtert –, lag Leander wieder quer über meinem Bett. Nur hatte er dieses Mal seine Schuhe ausgezogen. Ich versuchte gar nicht erst, ihn zu wecken oder ihn von der Matratze zu schieben. Ich hatte Angst, ihn dabei versehentlich zu lange anzufassen. Leander anfassen war verboten. Nein, es war nicht nur verboten, es war auch gefährlich. Denn dabei konnte ich unsichtbar werden – ein fieser Voodoo-Zauber der Schwarzen Brigade, der trotz Leanders Schutzbann immer noch wirkte.

Also duschte ich nur schnell, putzte die Zähne, schloss mein Zimmer vorsichtshalber ab und kuschelte mich notgedrungen auf Leanders Sofa.

Alles hier roch nach Leander. Das Kissen, die Decke, der Bezug. Teures Duschgel und Pfefferminz. Und neuerdings Anis.

Als ich endlich einschlummerte, träumte ich von Oma Annis Weihnachtsplätzchen.

Berührungsängste

»Leander! Wach endlich auf! Bitte!«

Ich sagte selten Bitte zu Leander, aber jetzt war es dringend. Er musste aufwachen. Doch er lag auf dem Bett wie ein Sack Mehl – Mehl mit Anisaroma – und schnarchte mit Mogwai im Duett. Verdammt, wie sollte ich ihn nur wach kriegen, ohne zu schreien oder ihn zu berühren? Heute Abend hatte ich ihn gerüttelt, als ich nach Hause gekommen war, ohne Folgen, aber gebracht hatte es nichts. Vielleicht kitzeln? War Kitzeln nicht eine zu nette Berührung? Man kitzelte niemanden, den man nicht leiden konnte. Dann lieber ein flacher Schlag auf den Hinterkopf. Aber was, wenn er dann noch tiefer in den Schlaf sank? Er schlief ja bereits wie ein Toter!

Ich knipste mit jagendem Herzen das Licht an. Leander schnarchte unbekümmert weiter, doch im grellen Schein der Lampe fiel mir auf, dass der Hals seiner Gitarre aus dem Bett ragte. Leander musste beim Klimpern eingeschlafen sein. Außerdem steckten meine Kopfhörer in seinen Ohren. Hörte er etwa beim Schlafen Musik? Das würde erklären, warum er nicht reagierte. Und ein Kopfhörer war ein Kopfhörer, kein Körperteil von Leander.

Ihn durfte ich anfassen. Ich angelte mit zwei Fingern nach dem Kabel und zog vorsichtig daran – und dann ging alles so schnell, dass ich vor Schreck aufquietschte und vergaß, wie man sich vernünftig abrollte, wenn man fiel. Unsanft knallte mein Hinterkopf gegen die Wand. Die zweite Beule an diesem Tag, fast wie in alten Zeiten.

»Bist du bescheuert?«, zischte ich Leander drohend an, sobald ich einordnen konnte, was geschehen war und dass die Schwarze Brigade nicht ihre durchsichtigen Finger im Spiel hatte. Leander persönlich war es gewesen, der meine Hand so heftig weggeschlagen hatte, dass ich mein Gleichgewicht verloren hatte. Und es musste schon einiges passieren, damit ich mein Gleichgewicht verlor.

Doch auch Leander sah erschrocken aus. Mit aufgerissenen Augen starrte er mich an und drückte seine linke Hand gegen sein Herz. Ich quiekte ein weiteres Mal, als eine halb volle Flasche unter der Bettdecke hervorrollte und polternd zu Boden fiel.

»Na klasse, Leander.« Ich fing sie ab, bevor sie an der Wand zerschellen konnte. »Gleich stehen meine Eltern im Zimmer.«

»Merk dir eins, Luzie, d'accord? Zieh – mir – niemals – meine – Kopfhörer – aus – den – Ohren, wenn ich im Bett liege und Musik höre. Niemals. Verstanden?«

Oh, là, là, hatte der wieder einen Ton drauf. Ich versuchte, das Zittern zu unterdrücken, das mich in Schüben heimsuchte, seitdem ich erwacht war.

»Es sind *meine* Kopfhörer. Und ich konnte ja nicht wissen, dass du Musik hörst. Du hast geschnarcht, man konnte kaum etwas anderes wahrnehmen als dein Geschnarche. Jedenfalls nichts … nichts Normales.«

»Nichts Normales?« Leander zog sich die Stöpsel aus den Ohren und sah mich an. »Sag mal … zitterst du etwa, chérie?«

Oh bitte, nenn mich nicht chérie, dachte ich wütend. Chérie ist passé. Wir dürfen uns nicht mehr anfassen, also musst du mich auch nicht chérie nennen.

»Geht schon«, entgegnete ich murrig und zog seine Decke über meine Schultern, obwohl sie mich weder wärmen noch das Zittern stoppen konnte. Die Kälte war unter meiner Haut. »Leander, ich … ich hab etwas Seltsames gehört und es war garantiert nicht die Musik aus deinen Kopfhörern. Es war … es war ganz tief in meinem Ohr. Es hat mich sofort geweckt.«

»War es Musik? Eine Melodie?« Leander umfasste die Kopfhörer fest mit seinen Händen, als würde er Angst haben, ich könne sie ihm wegnehmen.

»Nein, keine Melodie. Ein schrilles Surren. So als … als ob …« Ich dämpfte meine Stimme, obwohl ich wegen Mama und Papa sowieso schon fast flüsterte. »Ich glaube, sie sind in der Nähe. Leander, ich …« Kopfschüttelnd verschränkte ich meine Arme. Ich hab Angst, hatte ich sagen wollen. Vorhin war es sogar panische Angst gewesen. Ich hatte keinen Zweifel gehabt, dass sie da waren, dass Leanders Schutzbann gebröckelt war und sie ihn gefunden hatten und dass sie ihn nicht nur wegholten, sondern auch mich bestraften. Die Schwarze Brigade strafte und petzte für ihr Leben gerne.

»Also keine Melodie?« Leander klang beinahe enttäuscht.

»Nein, keine Melodie, wie oft soll ich es noch sagen? Keine Melodie, kein Akkord, nur ein nerviges, schrilles Schutzengelgedudel ...«

»Wir dudeln nicht!«, rief Leander entrüstet und richtete sich stolz auf. »Wir sind keine Schutzengel und wir dudeln nicht.«

»Du bist sowieso kein Schutzengel mehr. Schon vergessen? Du bist ein Abtrünniger, und wenn du nicht bald den Dreisprung machst, dann werden sie dich holen ...« Wann hörte ich endlich auf zu zittern? Ich benahm mich wie ein hysterisches Burgfräulein.

»Hey, Luzie.« Leander wollte seine Hand heben, um mir über die Wange zu streichen, zog sie aber im letzten Moment wieder zurück. »So schnell holen die mich nicht. Mein Schutzbann wirkt noch. Ein bisschen jedenfalls.«

»Ein bisschen ... Mensch, Leander, du musst dich beeilen!«

»Tu ich ja! Aber ich kann nicht hexen! Es ist schwer«, verteidigte er sich mit fuchtelnden Händen. Sein blaues Auge blitzte gleißend auf.

»Nein, das tust du nicht! Du verbringst den halben Tag damit, irgendwelches Geflügel zu klauen und zu kochen und unsere Küche zu verwüsten, und ich muss meine Eltern anlügen, um alles zu erklären. Du machst gar nichts! Du baust nur Scheiße, sonst absolut nichts! Was sollte das überhaupt, warum kochst du? Und was ist das hier eigentlich?«

Ich hielt die Flasche gegen den schwachen Schein der Nachttischlampe. »Pernod«, las ich das Etikett vor.

»Pernooo«, verbesserte Leander mich wichtigtuerisch. »Das d spricht man nicht.«

Ich schraubte den Deckel auf und schnupperte. Niesend wich ich zurück. Quelle gefunden! Der Anisgestank kam aus dieser Flasche. Anis und Alkohol.

»Du hast getrunken«, stellte ich fest und hörte mich dabei an wie Papa, wenn er mich auf ein Vergehen aufmerksam machte.

»Nur ein Aperitif. Ein Aperitif zum Kochen, so wie es alle Franzosen tun. Das ist ein Kulturgut.«

Ein Kulturgut. Als Leander das letzte Mal diesem Kulturgut gefrönt hatte, war er von einer Burgmauer gestürzt und hatte sich beinahe das Genick gebrochen. Außerdem war die Flasche halb leer. Leander genehmigte sich also auch ein Kulturgut, wenn er gerade nicht kochte. Ich wusste nicht, was ich dazu sagen sollte. Oh, ich hätte tausend Sachen sagen können. Dass er keinen Alkohol vertrug, gefälligst die Küche in Frieden lassen sollte und als Schutzengel wissen müsste, dass man keinen Küchenkrepp neben die heiße Herdplatte legte. Ich hätte ihm auch sagen können, dass er etwas öfter bei mir sein sollte, damit er – ja, damit er was? Mich beschützte? Das hatte er nie sonderlich gut gemacht. Wahrscheinlich lebte ich sogar sicherer, wenn er nicht in meiner Nähe war. Heute hatte er mir eine Schüssel auf den Kopf geworfen. Seinetwegen hatte ich mir zwei Beulen innerhalb weniger Stunden zugezogen. Aber ich vermisste ihn. Und ich hatte Angst.

Zwei Dinge, die mir gar nicht passten und die vor allem nicht *zu* mir passten. Ich wollte so nicht sein. So – so unsicher und ängstlich. Das war ich sonst nie!

»Luzie ... ich ... hmmm ...« Leander begann mit den Kopfhörern zu spielen, während er nachdachte. Ich konnte nicht anders, ich musste ihn anschauen. Sein Mund wirkte traurig, zauberte kein Grübchen in seine Wange, und eine Strähne seines Haars fiel in einer weichen Welle über sein grasgrünes Auge. Für eine Sekunde musste ich mich gegen den Wunsch wehren, sie ihm aus dem Gesicht zu streichen. »Ihr habt das Huhn gegessen, oder?«

Ich nickte müde. Langsam ließ das Zittern nach. Vielleicht hatte ich mir diesen schrillen Ton in meinem Kopf auch nur eingebildet. Vielleicht waren sie wirklich weit weg und konnten ihn nicht orten. Ja, wahrscheinlich war es nur einer dieser dummen, überflüssigen Albträume gewesen.

»Voilà. Ihr habt es gegessen. Ich habe es gekocht und ihr habt es gegessen. Also bin ich da, oder?«

Was sollte ich darauf antworten? Mehr da sein als Leander konnte man nicht. Er war so präsent, dass ich mir gar nicht vorstellen konnte, wie es früher ohne ihn gewesen war (streng genommen hatte er mich ja auch von meiner Geburt an begleitet, nur hatte ich ihn weder gesehen noch gespürt). Andererseits wusste allein ich davon.

»Woran merkst du, dass du da bist, Luzie?« Leanders Stimme klang dunkler als sonst. »Woran merkst du, dass es dich gibt?«

»Daran, dass die Luft riecht, wenn ich pupse«, erwiderte ich grantig.

»Ooooh, Luzie ...« Leander wedelte entsetzt mit den Händen, als hätte ich gerade wirklich gepupst. »Sei nicht so ordinär!«

»Du hast gefragt. Jedenfalls muss ich nicht die Küche verwüsten, um zu wissen, dass ich da bin. Und ekelhaften Anisschnaps muss ich auch nicht trinken.«

»Anislikör«, korrigierte Leander mich beflissen. »Es ist ein Likör.«

Ich sparte mir einen Kommentar und auch die Überlegung, was passiert wäre, wenn Mama diese Flasche in meinem Zimmer gefunden hätte. Stattdessen dachte ich darüber nach, ob ich nun ruhig genug war, um wieder einzuschlafen. Dieses Mal in meinem Bett. Ich verpasste Leander einen kleinen Stupser, um ihm zu bedeuten, dass er sich auf sein Sofa verkrümeln sollte.

»Du bist dir also sicher, dass die Brigade nicht in der Nähe ist?« Ich wagte kaum, das Wort Brigade deutlich auszusprechen. Mich machte es schier verrückt, dass ich die Brigade nicht sehen konnte. Leanders Familie konnte ich sehen, wenn auch nur gläsern; in Frankreich hatte ich sogar ihre Sprache hören können – aber nur während jener Stunden, in denen ich für alle anderen Menschen unsichtbar gewesen war. Wie sie selbst. Ein Voodoo-Zauber der Brigade hatte dafür gesorgt. Sie hatten ihn angewendet, weil Leander sich zu mir in die Koje gelegt hatte, und das durften Wächter nicht – ihrem Schützling zu nahe kommen. Das war eines der schlimmsten Vergehen, die es gab. Ich erschauerte, als ich daran zurückdachte. Ich hatte mit Mama gesprochen und sie hatte ins Leere geblickt und bitterlich geweint ... weil sie mich nicht sehen konnte. So etwas durfte nie, nie wieder passieren. Deshalb sollte ich mich am besten gar nicht daran erinnern, dass Leander und ich uns schon geküsst und mehrere Nächte nebeneinander im Bett geschlafen hatten. Ich hatte das zwar nicht freiwillig getan, aber ... nein, stopp. Nicht erinnern. Sondern an die Zukunft denken. Eine berührungsfreie Zukunft. Das würde sie so lange bleiben, bis Leander diesen verdammten Dreisprung gemacht hatte. War er überhaupt in der Lage dazu? Und warum antwortete er mir nicht?

»He, ich hab dich was gefragt.«

Leander hob warnend die Hand, um mich zum Schweigen zu bringen. Er lauschte aufmerksam in die Nacht hinein. Mein Puls begann heftig zu stolpern. Nahm er etwa auch etwas wahr? Doch er schüttelte bedächtig den Kopf.

»Nein. Keine Brigade. Ganz sicher nicht.«

Ich atmete laut aus vor Erleichterung. »Wissen sie denn eigentlich, dass wir ... befreundet sind?«

»Glaub nicht. Wenn sie das wüssten, hätten sie mich noch härter bestraft, denke ich.«

»Sie haben mich bestraft, nicht dich«, erinnerte ich Leander nachtragend, obwohl er mir erklärt hatte, dass das aufs Gleiche rauskäme. Denn unsichtbare Menschen waren völlig schutzlos und das sei für jeden Wächter eine Strafe, zumal sie sich von ihrem unsichtbaren Klienten entfernen mussten, damit er nach einiger Zeit wieder sichtbar werden konnte. Wie gesagt: kompliziert!

»Ich versteh das trotzdem nicht«, moserte ich. »Du hast mich nach draußen gezerrt, nachdem du kapiert hast, dass ich unsichtbar war, und mich versteckt. Wie machen das dann Wächter ohne Körper, die nicht mit ihrem Klienten befreundet sind und deren Klienten nichts von ihnen wissen?« Das stellte ich mir seltsam vor. Ein Wächter, der nachts heimlich mit seinem Klienten kuschelte. Ob man das als Mensch merkte? Vielleicht hatte Leander es sogar bei mir getan, als er noch keinen Körper hatte …

»Oh, da haben wir schon unsere Mittel. Wir können uns verständlich machen. In einer solchen Situation müsste man seinen Klienten dazu bewegen, nach draußen zu gehen, bevor er merkt, dass er unsichtbar ist, oder jemand anderes es merken kann, sodass er offiziell verschollen ist. Er würde dann glauben, dass es jetzt richtig sei, wegzugehen und durch die Gegend zu laufen …«

»Wie macht ihr das?«, fragte ich fasziniert. Ich hatte auch schon oft das Gefühl gehabt, aus dem Haus gehen zu müssen. Vor allem während der letzten Wochen.

»Ihr nennt es Intuition. Wir pflanzen unserem Klienten Gedanken und Wünsche in den Kopf, die ihn im Ernstfall retten. Zum Beispiel den Wunsch, das Flugzeug nicht zu betreten, obwohl die Reise schon lange gebucht ist … Intuition. Puh.« Leander legte grüblerisch den Kopf schräg. »Das schwierigste Ausbildungsfach, das kannst du mir glauben.«

Ich glaubte es ihm aufs Wort – und auch, dass Leander

darin nicht besonders gut gewesen war. Dass die Brigade seiner Meinung nach keinen Wind von unserer Freundschaft bekommen hatte, beruhigte mich aber ein wenig. Trotzdem wollte ich wissen, was mich vorhin aus dem Schlaf aufgeschreckt hatte.

»Kann es sein, dass ich einen Ton gehört habe, weil deine Familie hier war? Dass sie nach dir sehen wollten?«

Ein wenig hatte der Ton mich an Clarissas Akkorde erinnert, die klangen, als würde man mit den Fingernägeln über eine Schultafel kratzen. Mir wurde fast übel davon.

»Was für eine Familie, Luzie?« Leander wandte sich zum Fenster und sah an mir vorbei nach draußen. »Ich habe eine Truppe, keine Familie wie bei euch Menschen, und die will mich lieber tot sehen als lebendig.«

Ich konnte ihm nicht widersprechen, denn so war es gewesen. Doch ich fragte mich, ob nicht wenigstens seine kleine Schwester Clothilde ihn vermisste. Aber vermutlich wussten Körperwächter nicht, wie sich das anfühlte, wenn man jemanden vermisste. Deshalb kapierte Leander auch nicht, wie schwierig es für mich manchmal war, einen Jungen nicht anfassen zu dürfen, den ich bereits geküsst hatte. Ich hatte selbst nicht gewusst, wie schwierig das sein würde. Ich hatte gedacht, es würde mit jedem Tag leichter werden. Dabei war es genau umgekehrt. Gleichzeitig war ich sauer auf ihn, weil er mich ständig allein ließ. Wie bescheuert von mir! Ich brauchte ihn nicht. Ich hatte ihn auch vorher nicht gebraucht. Außerdem brachte er mich ohne Unterlass in Schwierigkeiten.

»Könnte doch sein, dass deine Familie dich sucht …«

»Wenn, dann nur, um mich wegzubringen, und das darf sie nicht mehr«, sagte Leander wegwerfend. »Luzie, überleg doch mal. Mein Vater wollte mich verfluchen – ist danebengegangen. Meine Truppe hat versucht, meinen Körper zu entfernen – ist danebengegangen. Vater und Mutter wollten mich nach Guadeloupe abkommandieren – ist danebengegangen. Glaubst du im Ernst, die Zentrale würde Nathan und Clarissa von Cherubim noch mal versuchen lassen, mich zu bestrafen? Drei Versuche sind das Maximum. Ab jetzt ist es eine Angelegenheit der Schwarzen Brigade und von niemandem sonst. Denn sie hat mein Vergehen entdeckt.«

»Zwei Praktikanten haben es entdeckt«, warf ich ein.

»Na und? Die geben es weiter und die Führungsriege kümmert sich darum. Mein Vergehen war keine Bagatelle, Luzie, und dass ich meine Frequenz gewechselt habe und dank Baptistes Schutzbann meiner Truppe entwischt bin, erst recht nicht!«

Ich schluckte. Das wiederum war nicht beruhigend.

»Kannst du mir denn gar nicht verraten, was der Dreisprung ist und wie er geht?«

»Nein«, verweigerte Leander sich bockig. »Kann ich nicht. Wenn ich das tue, funktioniert er nicht mehr. Zumindest der erste Teil nicht.«

»Und die anderen Teile?« Ich hatte bis jetzt nicht gewusst, dass der Dreisprung aus mehreren Teilen bestand, obwohl das durchweg logisch klang, denn es war schließlich ein Drei-Sprung, und spürte, wie mein Magen nach unten sackte.

»Kann ich nichts zu sagen.«

»Kann vielleicht Onkel Gunnar etwas dazu sagen?«, versuchte ich es ein letztes Mal. »Deine Eltern erwähnten, dass er ...«

»Jaaa, dass er abtrünnig wurde«, beendete Leander meinen Satz genervt. »Und was passiert mit Abtrünnigen, hm?«

Ich hob fragend die Achseln. »Keine Ahnung. Sie gehören dann ja nicht mehr zu euch.«

»Bravo, Luzie! Note 1!« Leander klatschte höhnisch in die Hände. »Und deshalb redet man nicht mehr über sie. Sie sind für Sky Patrol gestorben. Luzie, ich kann ihn nicht fragen, denn ich weiß nicht, wo er lebt, und die Welt ist groß! Ich habe keine Zeit, ihn zu suchen. Und jetzt lass mich bitte endlich in Frieden.« Sein Mund bekam einen so bitteren Zug, dass ich ihn nicht mehr ansehen konnte.

Ich versteckte die Pernod-Flasche im Kleiderschrank unter den Socken und nahm mir vor, sie morgen fortzuwerfen. Dann fegte ich Leanders Gitarre aus meinem Bett (das nun ebenfalls nach ihm roch), löschte das Licht, zog die Decke bis zu meinen Augen hoch und versuchte zu schlafen. Doch das Zittern war immer noch da. Ganz tief drinnen in meinem Bauch.

»Leander?«

»Hm«, brummelte er. Ich hörte, wie er sich auf seinem Sofa unruhig von der einen auf die andere Seite warf.

»Ich hab Angst.«

Minuten vergingen, in denen er nichts sagte. Nur das gleichmäßige Atmen von Mogwai war zu hören.

Dann, als ich schon verfluchte, ihm von meiner Furcht erzählt zu haben, erhob sich plötzlich seine raue Stimme aus dem Dunkel und überzog meinen Nacken mit einer feinen, eisigen Gänsehaut.

»Ich auch, chérie.«

AUSGEQUETSCHT

Am nächsten Morgen riss mich erneut ein heller, unangenehmer Ton aus dem Schlaf. Aber dieses Mal kam er nicht aus meinem Kopf, sondern von meinem Handy. Das war ungewöhnlich. Denn die Jungs riefen mich so gut wie nie auf dem Handy an; schon gar nicht vor der Schule. Was ich richtig fand – es war viel zu früh zum Telefonieren. In solchen Momenten bedauerte ich es, dass Mama es mir zu Schulbeginn wieder zurückgegeben hatte. Von mir aus hätte sie es ruhig behalten können. Doch sie wollte mich überall und jederzeit erreichen können.

Blinzelnd sah ich dabei zu, wie die Handybeleuchtung beim Klingeln grünliche Schatten auf meinen Nachttisch warf, und hoffte, dass es bald wieder damit aufhören würde. Doch da ich keine Mailbox hatte, klingelte es ungehemmt weiter und weiter und weiter, bis ich entnervt nach oben griff, es an mein Ohr zog und blind auf eine Taste drückte.

»Hallo? Hallo, Luzie?«

»Ich schlafe noch«, murmelte ich schlecht gelaunt. Ich fühlte mich vollkommen gerädert, weil mich die ganze Nacht miese Träume von der Schwarzen Brigade geplagt hatten. In diesen Träumen hatte ich die Mitglieder der Brigade sehen können. Sie hatten keine Menschengestalten, sondern Körper wie Drachen, an deren Schuppen grünlicher Schleim herunterlief. Einer von ihnen allerdings hatte einen Hühnerkopf gehabt und zwischen dem Fauchen und Feuerspucken stets ein Gläschen Pernod getrunken.

»Luzie ... Luzie, ich vermisse ihn so!«

»Ääh – was?« Ich war immer noch nicht wach. Leander schlief sogar noch, mit dem Rücken zu mir. Sein Hintern war über den Sofarand gerutscht und die Decke halb heruntergefallen. Wie fast jede Nacht. Früher hatte ich ihn an besonders gnädigen Tagen wieder zugedeckt. Heute verzichtete ich darauf. Es reichte, dass Sofie mir ins Ohr schluchzte. Immerhin hatte ich nun ihre Stimme erkannt. Ja, das war Sofie. Sofie, meine einzige Freundin und damit auch meine beste Freundin, obwohl wir fast nie etwas miteinander unternahmen. Momentan ging das ja auch gar nicht. Mein Hausarrest galt für Unternehmungen mit Jungen und mit Mädchen. Zu mir nach Hause kommen wollte Sofie aber nicht, weil sie sich vor den Leichen im Keller fürchtete. So beschränkte sich unsere Freundschaft darauf, im Unterricht nebeneinanderzusitzen und hin und wieder die Pausen zusammen zu verbringen, wenn mir die Jungs auf den Zeiger gingen. Kam in letzter Zeit häufiger vor als früher. Trotzdem kapierte ich nicht, wovon sie redete. Wen vermisste sie? Und warum? Hatte ich etwas verpasst?

»Ich vermisse ihn!«, wiederholte sie klagend.

»Wen?«, hakte ich gähnend nach. Ich musste wahrhaftig

etwas verpasst haben. Wahrscheinlich war wieder eine SMS eingetrudelt, ohne dass ich es mitbekommen hatte. Ich hatte gestern andere Sorgen gehabt, als auf mein Handy zu schauen.

»Leon!«, nölte Sofie vorwurfsvoll. »Wen denn sonst?« Heulte sie? Sie klang verschnupft und erkältet war sie gestern nicht gewesen. Ja, jetzt schluchzte sie so stark auf, dass sie rülpsen musste.

»Aber du siehst ihn doch gleich wieder«, sagte ich gereizter, als ich beabsichtigt hatte. Ich fand es mühsam, morgens zu sprechen. Noch mühsamer war es, sich mit einer heulenden Sofie zu unterhalten.

»Ja, aber das ist etwas anderes!«, plärrte sie. »Ich hab es dir doch geschrieben, er hat Schluss gemacht. Einfach so!«

Oh. Leon hatte Schluss gemacht? Ehrlich?

»Ist doch prima. Wolltest du das nicht sowieso? Er war dir zu aufdringlich gewesen, hast du gesagt ...« Vorgestern erst hatte Sofie mir ihr Leid geklagt. Leon wolle nie reden, sondern immer nur knutschen (oder sogar mehr, was Sofie ganz sicher nicht wollte). Und dann habe er auf seinem Handy mit seinen Kumpels gechattet, während sie mit ihm *Twilight* guckte. Dabei hatte Sofie es sich so romantisch vorgestellt, mit Leon *Twilight* zu gucken. Sie hatte diesen Nachmittag wochenlang vorbereitet. Vampirgedöns bei Kerzenschein. Aber Leon besprach mit seinen Freunden derweil die neuesten Bundesligaergebnisse.

»Ich lieb ihn doch!«, heulte Sofie in mein Ohr.

Ich hielt das Handy ein Stückchen von mir weg. Ich würde sie auch so noch gut genug verstehen können. Meine Ohren waren empfindlicher, als sie sowieso schon waren, seit einigen Wochen bereits. Wenn ich Musik hörte, stellte ich sie sogar freiwillig leise. Meine Kopfhörer benutzte ich fast überhaupt nicht mehr.

»Warum hat er das getan? Meinst du, ich war ihm zu fett?«

»Aber du bist doch gar nicht mehr fett«, rutschte es mir heraus, bevor ich nachdenken konnte.

»Was?«, kreischte Sofie. »Ich war fett?«

»Nicht fett«, beschwichtigte ich sie eilig. »Ein bisschen mollig. Babyspeck. Wächst sich aus.« Diesen Spruch hatte ich von Mama. In besonders weltfremden Momenten war Mama überzeugt, dass selbst sie noch Babyspeck hatte, der sich irgendwann auswachsen würde. So mit fünfundsechzig wahrscheinlich. »Hat sich schon ausgewachsen, meinte ich natürlich«, schickte ich schnell hinterher, als Sofie dramatisch in den Hörer schniefte. »Längst ausgewachsen.«

»Ja, findest du?«

»Finde ich.«

»Okaaaay.« Sofie schnäuzte sich ausführlich. »Ich weiß nicht, wie das jetzt werden soll in der Schule. Er ist doch die ganze Zeit da … oooh … das ist alles so … so …« Sie begann von Neuem zu schluchzen.

»Ja, das verstehe ich bestens«, seufzte ich. In diesem Punkt konnte ich mitreden. Jemanden in der Nähe zu haben, den man nicht anfassen durfte und am besten gar nicht erst anschaute, weil man dann daran denken musste, wie man ihn geküsst hatte, war gemein. Gemeiner ging es eigentlich gar nicht mehr. Da war es ein schwacher Trost, dass Leander und ich uns höherer Gewalt beugten und keiner mit dem anderen Schluss gemacht hatte. Aber war Leander überhaupt in mich verknallt? Verliebt? Oder hatte er nur ein bisschen rumprobiert? Ich hatte keine Ahnung, ob es ihm etwas ausmachte, mich nicht mehr küssen zu dürfen. Wir hatten nicht ein einziges Mal darüber geredet. Aber wozu reden? Es änderte nichts. Und wenn er nach Anis stank, wollte ich ihn sowieso nicht küssen.

»Luzie, bist du noch da?«

»Ja, bin ich«, antwortete ich geduldig. »Vielleicht ist es gut, wenn wir uns ein bisschen ablenken.«

»Wir? Wieso denn wir?«

Oh Mann. Ich sollte morgens einfach keine Gespräche führen.

»Du. Nur du. Aber ich helfe dir dabei, okay?«

Ob ich sie mit Billy verkuppeln sollte? Möglicherweise würde er dann wieder pflegeleichter und schminkte sich diese dämliche Idee ab, mit Chuck in einer Band zu spielen.

»Du ... ich hab schon eine Idee, wie du mir helfen könntest«, sagte Sofie nach einer kleinen Denkpause, die sie erneut zum gründlichen Befreien ihrer Nase genutzt hatte. Ich legte das Handy neben mich auf das Kopfkissen und schielte zu Leander hinüber. Er hatte sich gerade umgedreht und döste nun mit dem Gesicht zu mir. Wenn er schlief, sah man ihm nicht an, wie nervig und fies und anstrengend er sein konnte. Es kam mir beinahe vor, als würden seine Lider bläulich schimmern ... Sein Mund war vollkommen entspannt. So ähnlich hatte er ausgesehen, als er ohnmächtig im Burghof gelegen hatte. Kurz bevor unsere Lippen sich zum ersten Mal berührt hatten ...

»... Freundebuch! Mein Freundebuch!«

»Hä?«, machte ich verwirrt.

»Och, Luzie, hör mir doch mal richtig zu!«, beschwerte sich Sofie lautstark. »Du hast doch noch mein Freundebuch, oder? Das selbst gebastelte.«

»Freundebuch«, wiederholte ich langsam. »Freundebuch ...«

»Das Ausquetschbuch, in das du reinschreiben solltest! Du hast es mir immer noch nicht zurückgegeben, aber jetzt will ich es haben! Hast du denn reingeschrieben?«

Ah. Nun erinnerte ich mich. Genau. Dieses wild gemusterte Büchlein mit Glitzerstaub, in dem sich alle Freundinnen und Klassenkameradinnen von Sofie verewigen sollten. Und natürlich die Jungs. Ich glaube, dafür hat Sofie es eigentlich erst gebastelt. Ich kannte diese Freundebücher aus der Grundschule. Man musste lauter langweilige Sachen reinschreiben – Lieblingsfarbe, Lieblingstier, Lieblingsbücher. Gähn. Sofie hatte diese Frageliste jedoch ins Unendliche erweitert. Mit noch viel langweiligeren Sachen. In ihren Augen war es eine geniale Methode, alles über die Jungs herauszubekommen, was man wissen wollte, wenn man denn zwischen den Zeilen lesen konnte. Ich wusste beim besten Willen nicht, was man zwischen den Zeilen lesen sollte, wenn ein Junge in ein Buch krakelte, dass er gerne Eminem hörte und am liebsten Gulasch mit Nudeln aß, aber Sofie schwor darauf. Denn man könne auf diesem Wege nicht nur herausfinden, was die Jungs gerne mochten und was nicht, sondern sich auch selbst interessant machen. Mit einem schönen Foto beispielsweise oder einer Vorliebe für spezielle Musikrichtungen, Filme, Stars, Fernsehserien. Sachen, die jeder kennt, aber nicht jeder guckt. Ich fand mich auch ohne Freundebuch interessant.

»Ich suche es gleich und bringe es dir mit, in Ordnung?«, willigte ich ein, denn ich musste mich sputen, wenn ich rechtzeitig die S-Bahn erwischen wollte. Ich hatte zwar keine Ahnung, wo das Buch steckte, denn sie hatte es mir bereits vor den Sommerferien gegeben, aber übermäßig groß war mein Zimmer nicht und mir war alles willkommen, was Sofies Heulerei ausbremste.

»Danke, Luzie. Das ist lieb. Vielleicht schreibt Kemal ja rein.«

»Bestimmt.« Ich unterdrückte ein Prusten. Niemals würde Kemal in Sofies Freundebuch schreiben. So ein Buch war für den nichts als alberner Kinderkram. Da war es ja cooler, vor dem Rathauscenter im Omacafé zu sitzen und Spaghettieis zu essen. Aber ich wertete es als gutes Zeichen, dass Sofie bereit war, ihre alte Kemal-Schwärmerei neu aufleben zu lassen. Kemal sah aus wie Bülent Ceylan und deshalb schwärmte die halbe Schule für ihn. Niemals würde Sofie den kriegen. Aber was sollte ich schon sagen? Wenn Leander seinen Dreisprung nicht schaffte, blieb er ebenfalls unerreichbar.

Ich legte auf und wollte mich noch einmal in meine Decke kuscheln, als jemand gegen die Tür hämmerte.

»Luzieeee – es ist …«

»Ich bin wach!«, brüllte ich. »Musst nicht reinkommen!« Mamas Guten-Morgen-Arien konnte ich jetzt nicht gebrauchen. Sie würden Leander wecken und dann … zu spät.

Mit geschlossenen Augen reckte er sich und gähnte, bis ich in seinen Rachen gucken konnte. Als er die Lider hob, starrte ich immer noch auf seine spitze dunkelrosa Zunge. Es entging ihm nicht. Bevor er blöde zu grinsen anfangen konnte, zog ich ihm die Decke weg und kickte ihn mit den Zehenspitzen in die Seite.

»Steh auf, du musst Sofies Freundebuch suchen«, befahl ich ihm flüsternd. »Ich brauche es, sie will es zurückhaben.«

»Weil mit Leon Schluss ist, oder?« So, so. Leander war voll auf dem Laufenden. Ganz im Gegensatz zu mir. Außerdem wusste er sofort, was ich mit dem Freundebuch meinte. Lag das daran, dass er sich alles merkte, was unwichtig war, und das Wichtige vergaß? Oder speicherte er Sofie-Geschehnisse ab, weil er sie auf der Klassenfahrt geküsst hatte?

»Woher weißt du das?«

»Hab ihre SMS gelesen.« Leander deutete nachlässig auf mein Handy, das immer noch auf dem Kopfkissen lag.

»Ich hab dir schon x-mal gesagt, dass du nicht an meinem Handy rumfummeln sollst! Ich will das nicht!« Mein Tonfall erinnerte mich an die gestressten Mütter im Friedenspark. Genau so redeten sie, wenn ihr Kind etwas anstellte, was es nicht sollte. Mami will das nicht! Leg die

Schaufel zurück! Und iss keinen Sand! Sonst wird Mami böse! Ätzend. Doch es juckte ihn sowieso nicht.

»Reg dich ab, ich hab immerhin zurückgeschrieben, das machst du ja nie.«

Damit hatte er leider recht. Ich schrieb nur im äußersten Notfall Kurznachrichten. Ich verstand den Sinn darin nicht. Wenn ich jemandem etwas sagen wollte, konnte ich ihn doch auch anrufen. Das ging viel schneller.

»Und was bitte hast du zurückgeschrieben?« Ich verbarg mich hinter der geöffneten Schranktür, um meinen Pyjama aus- und meine Klamotten anzuziehen, und hoffte, dass Leander weiterhin vor dem Regal knien bleiben würde, um nach dem Freundebuch zu suchen.

»Dass sie mich jederzeit anrufen kann, wenn sie Kummer hat. Also dich. Was sie ja auch getan hat. Hehe.« Stöhnend ließ er sich auf den Bauch fallen und verschwand mit dem Oberkörper unter seinem Sofa. »Warte, ich glaub, da ist es …«

Ich nutzte die Gelegenheit, in ein frisches Unterhemd zu schlüpfen und ein Longsleeve drüberzuziehen. Jetzt noch die Hose, fertig. Mein Timing war gut. Als Leander samt Freundebuch in der Hand unter dem Sofa hervorgekrochen kam, waren nur noch meine Füße nackt. Feierlich hielt er es in die Höhe.

»Wie sieht das denn aus?«, rief ich entsetzt. Auf dem Einband prangte ein großer, dunkler Fettfleck und das Bändchen, das Sofie zum Merken der Seite hineingeflochten hatte, war voller Krümel.

»Das repariere ich gleich!« Leander schob das Buch unter seine Weste, bevor ich es ihm aus den Händen reißen konnte. »Geh ruhig frühstücken. Ich mache es wieder heil. Ich komme heute erst zur großen Pause in die Schule.«

Ich fragte mich, wie er einen Fettfleck reparieren wollte, kümmerte mich aber nicht weiter darum, weil mein Magen nach Kaffee und Erdnussbuttertoast verlangte. Es war zudem wesentlich unkomplizierter zu frühstücken, ohne dass Leander unter dem Tisch saß und darauf wartete, von mir gefüttert zu werden. Deshalb ließ ich ihn mit dem Buch alleine und verschwand in die Küche.

Mama hatte ihr Müsli bereits leer gelöffelt und blickte mit trübem Blick in die Teetasse. Auf meinen Guten-Morgen-Gruß reagierte sie nur mit einem geplagten Seufzen. Was mich jedoch am meisten beunruhigte, war, dass sie kein Make-up trug. Nicht einmal Lipgloss. Ich erkannte sie fast nicht wieder.

»Ist was, Mama?«, fragte ich vorsichtig. Es war riskant, Mama nach ihrem Befinden zu fragen. Meistens bekam ich dadurch Informationen, die ich niemals hatte erfahren wollen. Und auf gar keinen Fall durfte man sie versehentlich in ein Frauengespräch verwickeln. Aus ihm gab es kein Entrinnen mehr. Mama redete liebend gerne über Hormone und deren wundersame Folgen. Doch ich mochte Mama zu sehr, um sie nicht zu fragen, warum sie seufzend in ihre Tasse starrte, als wäre für die nächsten sechs Wochen Dauerregen gemeldet worden.

»Ich glaube, es ist zu viel für mich. Zu viel Stress …«, sinnierte sie. Zu viel Stress? Was meinte sie damit?

»Das Arbeiten im Turnverein?«, mutmaßte ich, wobei

ich mir nicht vorstellen konnte, dass es für die Übungsleiterin stressiger sein konnte als für ihre Schüler. »Du hattest erst eine Trainingsstunde … warte doch mal ab«, versuchte ich sie umzustimmen, als sie nicht antwortete. »Du gewöhnst dich wieder daran.« Oh bitte, bitte mach weiter damit, flehte ich Mama in Gedanken an. Das ist meine einzige Chance auf Freigang. Und möglicherweise deine einzige Chance für eine glückliche, ausgeglichene Ehe.

»Ja, stimmt, aber …« Mama deutete mit sorgenvoller Miene auf ihr linkes Ohr. »Es piepst. Ich habe ein Piepsen im Ohr. Seit heute Nacht. Oder gestern Nacht?«

Ich legte meinen Toast wieder aus der Hand, obwohl ich noch gar nicht abgebissen hatte. Der Hunger war mir vergangen.

»Ein Piepsen? Was für ein Piepsen?«

»Na, so eins.« Mama richtete sich auf und schürzte die Lippen. »Düüüüüü-düdeldiüdeldi-düüüüüüüüüüü-dideldüdel-düüüüüü …«, ahmte sie es in schrillem Diskant nach. Das klang ja furchtbar! Instinktiv griff ich mir an die Ohren.

»Ist gut, Mama! Hab's verstanden.«

»Wie eines dieser Störgeräusche im Radio, Luzie! Und es hört nicht mehr auf. Ich glaube, ich sollte zum Arzt gehen. Bei einem Hörsturz soll man schnell zum Arzt gehen, hab ich gelesen.«

»Und ich muss schnell in die Schule. Ciao, Mama.« Ich küsste sie flüchtig auf die Wange, ließ meinen Toast unangerührt auf dem Teller liegen und lief im Eilschritt zu meinem Zimmer.

»Jetzt hat auch Mama ein Piepsen im …« Ich brach ab, denn Leander war nicht mehr da. Sofies Freundebuch lag auf meinem Bett. Der Fettfleck war mit einem Stück Silberpapier in Wolkenform überklebt worden, auf das Leander mit Edding-Stift kleine Herzchen gemalt hatte. Die Krümel befanden sich nicht mehr am Lesebändchen, sondern auf meinem Kopfkissen. Sehr schön. Widerwillig musste ich zugeben, dass das Buch besser aussah als vorher, aber die Herzchen passten mir gar nicht. In Zusammenhang mit Sofie hatte Leander keine Herzchen zu malen. Auch wenn Sofie niemals erfahren würde, dass er sie auf den Einband gekritzelt hatte und nicht ich. Es reichte, dass ich es wusste.

Ich steckte es ein und fuhr mit der S-Bahn zur Schule, wo ich im Klassenzimmer auf Sofie wartete. Sie sah verquollen aus, als sie zwei Minuten nach dem Läuten in den Saal stolperte. Sie musste stundenlang geheult haben. Doch sie reckte ihre runde Nase stolz und erhaben in die Luft, während sie an Leon vorüberhastete, und ließ sich schnaufend neben mir auf ihren Stuhl fallen, um mir sofort das Buch aus den Händen zu ziehen.

»Oh, Luzie, was hast du denn gemacht, das ist ja süß!«, hauchte sie mit belegter Stimme, als sie die Herzchen entdeckte.

»War ein Fleck drauf«, wisperte ich und tat so, als würde ich in meinem Schulheft blättern, weil Frau Schwarz mir einen strengen Blick zuwarf. Natürlich hatte sich auch in der Schule herumgesprochen, was in unserem Frankreichurlaub geschehen war. Seitdem hatten die Lehrer mich noch stärker im Visier als früher – nicht nur Herr Rübsam, der sich persönlich Vorwürfe machte, nicht ausreichend auf mich geachtet zu haben, sondern auch sämtliche seiner Kollegen. Deshalb versuchte ich mit aller Macht, Sofies überraschtes, erstauntes, begeistertes und amüsiertes Seufzen, das sich im Sekundentakt von einer Stimmung zur anderen änderte, zu ignorieren.

Was war an meinem Eintrag so außergewöhnlich? Ehrlich gesagt konnte ich mich gar nicht mehr daran erinnern, dass ich überhaupt hineingeschrieben hatte. Ja, ich hatte es mir fest vorgenommen, aber war ich nicht bei der Frage, welches mein Lieblingsfach sei, entsetzlich müde geworden und spätestens bei den Lieblingsbüchern (keine) eingeschlafen?

Ich wollte zur Seite schielen, doch nun strafte Frau Schwarz auch Sofie mit einem scharfen Blick und sie verstaute das Buch eilig in ihrem Rucksack, bevor wir Strafarbeiten aufgebrummt bekamen. Mathematikstrafarbeiten waren die unerquicklichsten aller Strafarbeiten. Sofie baute aus ihren Büchern einen Stapel neben sich, der so hoch war, dass Leon sie nicht anschauen konnte (was er gar nicht vorhatte, aber Sofie ging es ums Prinzip), und folgte dem Rest der Stunde dem Unterricht, wobei ihr hin und wieder ein überrascht-begeisterter Seufzer entwich. Ich starrte die meiste Zeit dumpf auf meine Füße, vor denen sonst immer Leander gesessen hatte, und wälzte Fragen in meinem Kopf, die ich nicht beantworten konnte.

Warum hatte Mama ein Piepsen im Ohr? Wenn sie ein Piepsen hörte, war die Brigade vielleicht doch da gewesen.

Hatte sie etwas auf Mama übertragen? War sie nun so Sky-Patrol-hellhörig wie ich? Und welche Sanktionen würde die Schwarze Brigade sich erst ausdenken, wenn sie feststellte, dass ich Leander sehen konnte und wir seit fast einem Jahr befreundet waren?

»Komm mit!« Ich schreckte hoch und konnte kaum glauben, dass die ersten beiden Stunden verstrichen waren. Es hatte bereits zur Pause geklingelt! Ein heftiges Gähnen schüttelte mich, als Sofie mich unbeirrt in die kleine Nische hinter den riesigen Pflanzen zerrte, die Herr Rübsam zwischen Aquarium und Cafeteria aufgestellt hatte und hingebungsvoll pflegte. Sie warfen regelmäßig ihre Blätter ab, was Herr Rübsam sehr persönlich nahm. Trotzdem hatten sie noch genug übrig, um Sofie und mir einen Unterschlupf zu gewähren, denn eigentlich waren wir verpflichtet, nach draußen in den Hof zu gehen.

»Willst du dich jetzt jede Pause vor ihm verstecken?«, fragte ich sie, nachdem mein Gähnreiz sich verzogen hatte. »Da mache ich nicht mit, Sofie. Ab und zu muss ich zu meinen Jungs.«

»Nee, das hat doch nix mit L zu tun.« Aha. Sie nannte Leon also nur noch L. Vielleicht sollte ich Leander auch nur noch L nennen. L wie Langweiler. L wie Lebenskünstler. L wie Labersack. L wie Liebeskummer … »Es geht um das Buch!«, holte Sofie mich euphorisch in die Gegenwart zurück. »Du hast mir ja gar nicht gesagt, dass er reingeschrieben hat!«

»Wer, er?«, fragte ich verdutzt. Aber Sofie hatte mir das Buch schon auf die Knie gedrückt und aufgeschlagen.

»Komm, lass es uns zusammen lesen, es ist echt lustig ... Das ist doch dieser Leander, von dem du mir erzählt hast, oder? Ach, er muss es sein ...«

Für einen Moment kam es mir vor, als würden mein Herz, mein Magen und alle anderen wichtigen Organe schlagartig zur Seite kippen – noch viel schlimmer, als wenn ich beim Parkour einen waghalsigen Sprung machte. Denn aus Sofies Ausquetschbuch blickte mir niemand anderes als Leander von Cherubim entgegen. Nun, er tat es nicht direkt, aber man konnte erahnen, dass er es war, und wer das nicht konnte, wurde durch seinen mit zahlreichen Schnörkeln verzierten Namen unmissverständlich darauf hingewiesen.

»Leander von Cherubim ...«, las Sofie andachtsvoll. »Was für ein Name! Hört sich irgendwie adelig und berühmt an. Und dann die Bilder ... Richtig künstlerisch, oder?«

Künstlerisch aus der Not heraus, dachte ich spöttisch. Leander war durchsichtig. Man konnte durchsichtige Wesen nicht fotografieren. Doch da Leander seine viele freie Zeit lieber mit Blödsinn als mit wichtigen Dingen ausfüllte, hatte er einen Weg gefunden, dieses Manko zu überbrücken. Er hatte sich ein dünnes Leintuch genommen – wenn ich es richtig deutete, war es Mamas Satinbettlaken – und straff über sein Gesicht gezogen, sodass sich seine Züge durchdrückten. Dann musste der Selbstauslöser der Kamera das Bild geschossen haben. Anschließend hatte Leander es an meinem Computer eingelesen und ausgedruckt. Obwohl der Druck schwarz-weiß war, sah es aus, als würden die Augenhöhlen hinter dem Satintuch bläulich schimmern. Man erkannte Leanders geschwungene Wangenknochen, seine Nase, seinen Mund und sein Kinn. Ja, das war ein menschliches Gesicht. Leanders Gesicht. Sofie konnte sich kaum davon lösen, obwohl ein weiteres Bild danebenklebte – eine Zeichnung, die Leander von sich angefertigt hatte und mit der er sich erstaunlich gut getroffen hatte. »Ich bin fotoscheu«, hatte er daruntergekritzelt. »Excusez-moi.«

Leander konnte mir vieles erzählen, aber eines wusste ich genau: Fotoscheu war er nicht, und wenn er einen Weg fand, sich abzubilden, tat er das nicht nur einmal. Er musste zig Aufnahmen gemacht haben, die sich womöglich noch allesamt auf der Speicherkarte der Kamera befanden. Unglücklicherweise war es nicht meine Kamera, ich besaß nämlich gar keine. Er musste Mamas Kamera genommen haben, ein kleines, schickes lilafarbenes Gerät, mit dem sie kein bisschen zurechtkam. Moderne Technik war für Mama ein Buch mit sieben Siegeln. Wenn sie meinen Computer ausschaltete, weil sie der Meinung war, dass ich zu lange dransaß (Leander, nicht ich ...), zog sie kurzerhand den Stecker raus, was Leander jedes Mal zur Weißglut brachte, aber davon bekam sie ja nichts mit. Jedenfalls war Mama mit der Kamera überfordert und das war meine einzige Hoffnung – dass sie die Aufnahmen nicht bemerkte, weil sie es gar nicht schaffte, sie sich anzusehen. Trotzdem wusste ich nicht, was sich noch alles durch ihr Satinbetttuch gedrückt hatte und für die Ewigkeit abgebildet worden war. Ich musste nach Hause. Sofort. Ich musste die Kamera finden und die Bilder löschen, aber das bedeutete, die Schule zu schwänzen, und das …

»Jetzt lies doch mal mit, Luzie, sonst macht es keinen Spaß. Ich wusste gar nicht, dass er reingeschrieben hat! Wann hast du ihn denn getroffen? In eurem Urlaub?«

»Ja. Kurz nur«, antwortete ich abweisend und wollte Sofie das Buch aus den Händen nehmen, doch sie hielt es eisern fest. »Er … äh … wohnt in Frankreich.«

»Oh.« Sofie klang enttäuscht, doch ihr Gesicht hellte sich sofort wieder auf, als sie sich der nächsten Seite zuwandte. »Sein Eintrag ist echt interessant! Und richtig witzig! Nicht so wie die der anderen Jungs. Er schreibt total viel …«

Er hatte ja auch total viel Zeit. Und was gab es für Leander Besseres, als über sich selbst zu reden? Nichts. Nun packte auch mich die Neugierde. Ich rückte näher und beugte mich wie Sofie über die großzügig beschriebenen Seiten.

»›Lieblingslehrer: Baptiste‹«, entzifferte ich und musste schlucken. Baptiste … Baptiste war jener Wächter gewesen, der aussah wie John Malkovich und Leander mit dem Schutzbann versehen hatte – einem Schutzbann, der zu bröckeln begann.

»›Lieblingsfach: Menschenkunde‹. Menschenkunde? Was ist denn das?«, rätselte Sofie. »Meint er Psychologie? Haben die in Frankreich Psychologieunterricht in der Schule?«

»Weiß nicht. Kann sein. Vielleicht wusste er auch nicht, wie er es übersetzen soll.«

»Hat er denn einen französischen Akzent? Oh, das fände ich niedlich, das hört sich immer so …«

»Hat er nicht«, unterbrach ich Sofie resolut.

»Aber wenn er keinen hat, wieso weiß er dann nicht, wie man Psychologieunterricht übersetzt?«, wunderte sie sich.

»Keine Ahnung. Er hat sowieso einen an der Klatsche«, erwiderte ich etwas milder. Am liebsten hätte ich Sofie das Buch aus der Hand gezerrt und im Schulaquarium versenkt.

»›Lieblingsfilme‹«, las Sofie weiter. »›*Arizona Dream, Edward mit den Scherenhänden, Gilbert Grape, Benny & Joon*‹ … hm. Kenne ich nicht. Kennst du die?«

Wieder musste ich schlucken. Schon vor einiger Zeit hatte Leander damit angefangen, Bilder und Filmszenen von Johnny Depp auf meinem Computer abzuspeichern. Unter anderem auch das Filmplakat von *Gilbert Grape* und ich wollte verflucht sein, wenn er diesem jungen *Gilbert-Grape*-Johnny mit dem wehenden Haar und dem in die Ferne gerichteten Blick nicht ähnlich sah. Vielleicht hatte ich die Bilder aus diesem Grund nicht gelöscht – weil sie mich unweigerlich an Leander erinnerten. Wenn ich sie anschaute, war mir, als gäbe es ihn wahrhaftig, auch für all die anderen Menschen, und als könne ihm deshalb nichts Ernstes zustoßen, wenn die Brigade ihn fand und verschleppte.

»Sind Johnny-Depp-Filme«, erklärte ich Sofie mundfaul.

»Jaaaa, hier steht es ja auch!« Sofie klopfte mit dem Fingerknöchel auf die Seite. »›Lieblingsschauspieler: Johnny Depp. Ich kenne ihn persönlich – er ist ein großartiger Mensch.‹ Oh Gott, er kennt Johnny Depp!« Sofie schlug die Hand vor ihren Mund, um sich zu mäßigen, bevor uns jemand entdeckte und in den Schulhof schickte. »Er kennt Johnny Depp«, wiederholte sie etwas leiser. »Wow! Mensch, Luzie, du hast mir nie erzählt, wie cool Leander ist ... Und ihr habt was gemeinsam, du stehst ja auch auf Johnny.« Sofie nickte zufrieden. »Wahrscheinlich habt ihr deshalb ...«

»Wir haben gar nichts«, fiel ich dazwischen. »Nichts.« Im Nacken brach mir der Schweiß aus, obwohl ein kühler Luftzug durch das Foyer strich. Wann läutete es endlich zur nächsten Unterrichtsstunde?

»Moment ...« Sofie geriet ins Denken. »Weißt du, worüber hier seit den Sommerferien überall getuschelt wird? Ich glaub zwar nicht, dass das stimmt, aber ... es heißt, dass du und Serdan Johnny Depp getroffen habt. Das hat doch bestimmt auch was mit Leander zu tun. Oder?«

Mit Leander. Wie sie das sagte! Als kenne sie ihn persönlich! Gut, sie wusste, wie sich seine Lippen anfühlten, ohne zu ahnen, dass es seine gewesen waren. Ansonsten war ich die Einzige, die Leander kannte. Mehr, als ich es je gewollt hatte. Mit einem Mal bereute ich es zutiefst, Sofie auf der Klassenfahrt erzählt zu haben, dass ich einen Leander mit verschiedenfarbigen Augen kennengelernt hatte. Ich hatte das sagen müssen, denn Elena hatte mich seinen Namen raunen hören und es überall rumerzählt. Das hatte für Gesprächsstoff gesorgt. Aber hätte ich nicht etwas erfinden können? Oder behaupten, dass Elena sich das ausgedacht hatte? Doch das hätte Leander wahrscheinlich kaum davon abgehalten, sich in Sofies Freundebuch zu verewigen, und so konnte sie seinen Namen wenigstens zuordnen.

Ich wollte dazu ansetzen, ihr klarzumachen, dass Leander aus meinem Leben gestrichen war und dieser Eintrag nichts zu bedeuten hatte, gar nichts, denn Sofie würde seinen Verfasser niemals zu Gesicht bekommen. Aber sie hatte sich schon in den nächsten Abschnitt vertieft. Ehrfurchtsvoll fuhr sie mit der Fingerspitze unter Leanders krakeligen Buchstaben entlang.

»›Lieblingsbücher: *Die Dornenvögel, Vom Winde verweht, Salz auf unserer Haut*‹ …« Mir stieg die Röte in die Wangen – und das, obwohl ich eigentlich nie rot wurde und mir fast nichts peinlich war. Doch Leander bediente sich liebend gerne aus Mamas Bücherregal und von ihr hatte er auch dieses *Salz auf unserer Haut*, irgendeinen schwülstigen Liebesroman aus Frankreich. Mama hat das Buch eines Morgens auf meinem Sofa entdeckt und mir einen ausschweifenden Vortrag gehalten. Ich sei noch zu jung für derlei Lektüre, sie sei viel zu offenherzig für mich und ich solle frühestens damit anfangen, wenn ich siebzehn oder achtzehn sei. »Ich find's eh langweilig«, hatte ich ihr versichert. »Hab nur die ersten drei Seiten gelesen.« Als ich Leander abends zur Rede gestellt hatte, hatte er frech gegrinst und gesagt, dass er sehr wohl reif genug für derlei Lektüre sei, vor allem dann, wenn sie in Frankreich spiele.

»*Salz auf unserer Haut.* Kenne ich nicht«, drang Sofies Stimme zu mir durch. »Aber immerhin liest er. Die meisten Jungs lesen ja nicht. Und was mag er noch ... ›*Schokolade zum Frühstück, Sturmhöhe* und alle anderen Bücher, in denen es um menschliche Gefühle geht‹. Um menschliche Gefühle ... wie romantisch! Findest du nicht, Luzie?«

»Nein. Und jetzt ...«

»Guck mal, seine Lieblingssongs! Boah, ist das viel.«

Genau genommen waren es zwei eng beschriebene Seiten voller Songs, die in zig Versionen auf meinem YouTube-Account abgespeichert worden waren. Sogar Sofie wurde es leid, sie zu studieren. Mit einem verträumten Seufzen schlug sie das Buch zu. Meine Hände kitzelten, so sehr drängte mich das Bedürfnis, es ihr wegzunehmen und Leanders Seiten rauszureißen. Aber es war ihr Buch. Ich hatte es ihr gerade erst zurückgegeben.

»Ihr habt echt nichts mehr miteinander zu tun? Ich kann das gar nicht glauben. Wo findet man schon so einen Typen?« Sofie schüttelte den Kopf. »Aber wenn er in Frankreich lebt ...«

Nein, er lebt in meinem Zimmer, dachte ich miesepetrig. Aber es könnte genauso gut Frankreich sein. Oder der Himalaya.

»Ihr habt also nichts miteinander?«, wollte Sofie wissen. »Gar nichts? Ehrlich?«

»Ehrlich.« Ich hatte das Gefühl zu lügen. Aber ich durfte Sofie nichts anderes sagen, denn sonst würde sie mich bitten, ihr Leander irgendwann vorzustellen, und das war nun mal ein Ding der Unmöglichkeit. Unsere Situation war aussichtslos. Zumal er vielleicht sowieso bald auf den Straßen von Guadeloupe vom Meister der Zeit auf die andere Seite geschickt wurde, direkt in den Tod …

»Dann hättest du nichts dagegen, wenn ich ihm mal maile, oder?«, fragte Sofie betont unbeteiligt.

»Maile?« Ich schaute verdutzt auf. »Wie willst du das denn machen?«

»Na, mit meinem Computer, womit denn sonst? Er hat ja seine Adresse angegeben. Hier, guck.«

Tatsächlich. Leander_Cherubim@gmx.de. Das durfte doch nicht wahr sein … Der hatte sich einen E-Mail-Account angelegt!

»Doch, dagegen habe ich sehr wohl etwas! Das wirst du nicht! Gib mir das Buch!«, rief ich wütend und sprang auf.

»Das ist mein Buch!«, wehrte sich Sofie und zuckte erschrocken zurück, als ich es ihr aus der Hand zog, Leanders Seiten herausriss, zerknüllte und in meinen Rucksack stopfte. Dann warf ich es vor ihre Füße. Das Silberpapier raschelte, als es auf den Boden schlug.

»Aber Luzie, was ist denn auf einmal los …« Sofies Lippen zitterten verräterisch. »Ich hab das doch nicht böse gemeint!«

»Ist mir egal!«, fauchte ich. »Und jetzt lass mich in Ruhe mit deinem blöden Freundebuchkram, ich hab genug davon!«

Leander mailen – was dachte sie sich nur dabei? Das wäre ja noch schöner. Eine Brieffreundschaft zwischen

Leander und meiner besten Freundin. Damit er jemanden hatte, vor dem er ohne Unterlass prahlen konnte, wie toll und belesen und musikalisch er doch war.

Ich musste hier weg, raus, an die frische Luft. Ich stapfte durch die raschelnden Blätter der Pflanzen davon, obwohl Sofie hinter mir laut zu heulen begann, und rannte nach draußen in den Schulhof, um Leander zu suchen und ihm ein für alle Mal klarzumachen, dass er sich nicht mehr in mein Leben einmischen sollte.

Beziehungspause

»Hey, Katz. Wo willste denn hin?«

Ja, wo wollte ich eigentlich hin? Genau wusste ich das gar nicht. Meine Suche nach Leander hatte zu nichts geführt, aber zurück in den Unterricht wollte ich auch nicht gehen, obwohl es schon zur nächsten Stunde geläutet hatte. Wir hatten Kunst. Kunst war ein Fach, in dem wir miteinander reden durften. Ich wollte aber nicht mit Sofie reden. Ich würde ihr nicht erklären können, warum ich so überreizt reagiert hatte. Auf der anderen Seite war ich immer noch sauer auf sie. Fast so sauer wie auf mich selbst.

Ich schaute zu Serdan hoch, der mit ernster Miene vor mir stand und mich musterte, als wolle er mich mit seinen schwarzen Augen röntgen.

»Keine Ahnung, wo ich hinwill«, sagte ich gefrustet. »Und du?«

»Ich würde gerne mit dir reden. Hast du einen Moment?«

Tja. Ums Reden kam ich offensichtlich nicht herum an diesem verkorksten Morgen. Ich nickte knapp. Mit Serdan zu reden, war immer noch die bessere Alternative, als mit Sofie zu streiten. Serdan wartete, bis ein paar Unterstufenschüler krakeelend an uns vorbeigezogen waren, und ging mit mir bis zum Turnhalleneingang, wo wir uns einigermaßen gut vor den Blicken der Pausenaufsicht, die gerade die letzten verlorenen Schäfchen ins Schulhaus scheuchte, verbergen konnten.

»Ich glaub, es ist besser, wenn wir uns erst mal nicht mehr sehen.«

Im ersten Moment dachte ich, ich träumte. Was hatte er eben gesagt? Nicht mehr sehen? Serdan nicht mehr sehen?

»Warum denn das? Und wie soll das funktionieren, wir gehen in die gleiche Klasse! Wir sehen uns automatisch.« Das war ja beinahe wie bei Sofie und Leon. Nun verstand ich sie doppelt so gut. Man konnte sich nicht nicht sehen, wenn man zusammen in eine Klasse ging.

»Pass auf, Luzie. Ich mag dich, das weißt du, oder?«

In meiner Kehle bildete sich ein dicker, zäher Knoten. Vielleicht war dieses Gespräch doch nicht besser, als mit Sofie zu streiten. Serdan blickte immer noch viel zu ernst und erwachsen. Er laberte hier nicht rum. Er hatte ausführlich über das nachgedacht, was er jetzt sagen würde, wie immer, wenn er mal seinen Mund aufmachte. Serdan fing nicht aus purem Blödsinn ein Gespräch an. Dazu schwieg er zu gerne.

»Hm«, machte ich kühl und verschränkte meine Arme. »Klar weiß ich das.«

»Okay. Was wir in Frankreich erlebt haben, war krass und das werde ich auch nicht vergessen. Aber ich weiß, dass du mir was verheimlichst. Du bist nicht ehrlich zu mir. Dazu der Stress mit Seppo und der ganze Ärger zu Hause …«

»Du hast doch gar keinen Ärger«, widersprach ich trotzig.

»Anderen Ärger als ihr. Türkischen Ärger Marke Suleinam. Die bestrafen mich jeden Tag, mit kleinen Dingen. Ja, und Billy ist sowieso nicht mehr dabei, also dachte ich, es ist Zeit für eine Pause. Kannst ja mal drüber nachdenken, ob du mir nicht doch erzählen willst, was wirklich los ist.«

»Das kann ich nicht, Serdan, wie oft soll ich dir das noch sagen? Und ich brauche auch keine Pause. Pause …« Ich prustete abfällig.

»Aber ich brauche eine, Luzie«, sagte Serdan ruhig. »Von dir.«

Er stieß seine Faust gegen sein Herz, eine Geste, die mich innerlich ganz weich machte und mir den Mund verschnürte; ich konnte nichts mehr sagen. Gar nichts mehr. Dann tippte er mir an den Oberarm, ließ mich stehen und steuerte dem Eingang des Schulhauses entgegen.

»Du verklemmter Idiot!«, brüllte ich ihm hinterher, als ich meine Sprache wiedergefunden hatte, doch das Gebäude hatte ihn schon verschluckt. Serdan brauchte eine Pause von mir! Er hatte ja keine Ahnung, wovon ich alles eine Pause brauchte. Was war das jetzt eigentlich genau gewesen? Hatte Serdan mit mir Schluss gemacht? Nein, wir waren ja gar nicht zusammen gewesen. Verliebt war ich auch nicht in ihn. Das hatte ich gemerkt, als ich Leander in Johnny Depps Anwesen wiedergesehen hatte. In diesem Moment hatte ich nur noch Augen für ihn gehabt und es hatte mir wehgetan zu beobachten, wie hingebungsvoll er Johnnys Tochter beschützte. Aber eine stinknormale Freundschaft war das zwischen Serdan und mir inzwischen auch nicht mehr. Dazu hatten wir viel zu viel zusammen erlebt. Dazu waren wir uns auch zu nahegekommen …

»Luzie! Herrgott, da bist du ja!« Herr Rübsam hastete mit flatterndem Jacket auf mich zu und zündete sich im Gehen eine Zigarette an. »Du musst doch in den Unterricht! Was machst du hier draußen?«

»Nachdenken«, antwortete ich kurz angebunden.

»Es wäre besser, wenn du das im Unterricht tun würdest, liebe Luzie«, bemerkte Herr Rübsam und nahm einen langen Zug, bevor er den Rauch sorgsam an mir vorbeipustete. Leidend deutete er auf seine Zigarette. »Mach das nicht nach, Luzie, das ist ein teuflisches Zeug.«

»Hab ich nicht vor.«

»Gut. Gut, Luzie … Wo ich dich gerade vor mir habe – hast du dir nun endlich etwas überlegt wegen unserer sozialen Wochen?«

Oh, verdammt. Die sozialen Wochen. Wieder eine von Herrn Rübsams überflüssigen Erfindungen. Bis zum Schulfest sollten wir uns jemanden aussuchen, um den wir uns ein bisschen kümmerten und für den wir jederzeit da waren, wenn es ein Problem gab. Aber es sollte nicht einer von unseren besten Freunden sein, sondern ein Klassenkamerad oder Schulkamerad, mit dem wir ansonsten nicht allzu viel zu tun hatten. Ziel war nämlich, uns alle besser kennenzulernen und einander näherzukommen. Gemeinschaftlicher Zusammenhalt und so.

Leander war hingerissen gewesen, als ich ihm davon erzählt hatte. »Dann hat es also etwas gebracht!«, summte er zufrieden. »Er hat es gelesen ...« Was Herr Rübsam gelesen hatte, wollte er nicht verraten, doch mit ziemlicher Sicherheit hatte Leander ihm etwas auf den Schreibtisch geschmuggelt. Leander hatte sich immer wieder darüber ausgelassen, wie wenige Wächter es bei uns in der Klasse noch gebe. Wir seien ein frühreifer Haufen. In unserer Clique – die gerade auseinanderbrach – gab es sogar überhaupt keinen Wächter mehr. Leander konnte ich ja nicht mehr als Wächter zählen. Seppos Wächter hatte ihn als Erstes allein gelassen; danach folgten Billys und Serdans Wächter. Jetzt sollten wir also selbst Wächter spielen?

Herr Rübsam erinnerte mich zu Recht daran: Ich hatte mir noch nicht überlegt, um wen ich mich kümmern wollte. Dabei zog es keine große Arbeit nach sich, wie Herr Rübsam betont hatte. Nur ein waches Auge. Unsere Aufgabe sei es, aufmerksam unseren Mitmenschen gegenüber zu sein, insbesondere unserem Schützling, sodass es uns nicht entgehe, wenn ihn Sorgen und Ängste plagten oder er drohe, in Schwierigkeiten abzurutschen.

Daraufhin hatte Serdan Herrn Rübsam vorgeschlagen, für mich doch gleich eine ganze Klasse anzuheuern. Alle hatten gelacht, vor allem Leander (was niemand hörte außer mir), doch ich hatte es nicht besonders komisch gefunden. Jetzt, nachdem Serdan mir gesagt hatte, dass er eine Pause von mir brauche, fand ich es noch viel weniger komisch.

In unserer Klasse hatte es beinahe eine Meuterei gegeben, weil Herr Rübsam Wert darauf gelegt hatte, dass auch Mädchen auf Jungs aufpassen durften, warum denn nicht? Die Lage beruhigte sich erst wieder, als er uns versicherte, dass wir ausschließlich ihm mitteilten, wen wir uns ausgesucht hatten; wir selbst erfuhren nicht, wer auf uns achtgab.

Herr Rübsam hatte die gesamte Mittel- und Oberstufe für sein Projekt gewinnen können und seitdem gab sich Sofie der seligen Vorstellung hin, Kemal hätte sich niemand anderen als sie persönlich zum Schützling auserkoren. Damit es keine Doppelungen gab, führte Herr Rübsam streng Listen. Und da ich eine der wenigen war, die sich noch keinen Schützling ausgesucht hatten, würde es für mich schwierig werden, keinen Volldeppen abzubekommen. Die Normalen und Coolen würden alle schon belegt sein.

»Billy?«, fragte ich spontan, weil mir niemand anderes einfiel. »Ich könnte Billy nehmen.«

»Luzie, er ist in deiner Clique … Es muss jemand sein, den du nicht so gut kennst.«

»Oh, wie haben keine Clique mehr. Und mit Billy war ich sowieso nie eng befreundet.« Das stimmte. Er war immer dabei gewesen, aber eigentlich wusste ich nichts über ihn. Nur dass er kaugummisüchtig war, Gewichtsprobleme hatte und sein Vater aus Serbien stammte. Herr Rübsam beäugte mich skeptisch. Doch dann wurden seine

Blicke von Frau Bräsig abgelenkt, die sich aus dem Fenster unseres Klassensaals lehnte und zu uns hinunterwinkte. Hektisch winkte Herr Rübsam zurück, wobei ein grauer Ascheregen durch die Luft rieselte.

»Luzie kommt gleich, Susanne! Wir müssen noch etwas wegen des Projekts besprechen.«

Frau Bräsig verzog die Brauen und verschwand hinter dem Vorhang. Anscheinend war Herr Rübsam nicht überall auf Zustimmung gestoßen. Vielleicht mussten die Lehrer sich ja untereinander ebenfalls Schützlinge suchen. Herr Rübsam wandte sich wieder mir zu.

»Nein, Billy ist nicht ideal, fürchte ich. Wir wollen schon fair bleiben«, erinnerte er mich an die Regeln.

»Hat er denn schon jemanden, der auf ihn achtet?«, hakte ich nach.

»Nein … nein, ich glaube nicht.«

»Dann geben Sie mir doch Billy. Außerdem …« Ich senkte meine Stimme. »Außerdem lassen seine Eltern sich scheiden.«

Vor lauter Betroffenheit vergaß Herr Rübsam, den Rauch an mir vorbeizublasen, und ich wurde augenblicklich eingenebelt. Hustend wedelte ich den Qualm aus meinen Augen.

»Oh, um Himmels willen, Entschuldigung, Luzie …« Herr Rübsam ließ die Kippe auf den Boden fallen, als hätte ihn jemand in die Hand geschossen, und trat sie mit den ausgelatschten Sohlen seiner Birkenstocks aus.

»In den Aschenbecher, Peter!«, tönte es von oben. »Nicht auf den Boden!« Frau Bräsig hatte ihre Augen überall.

»Ja, richtig, Aschenbecher. Richtig.« Herr Rübsam klaubte die Kippe vom Boden auf und trug sie hinüber zum Ascher. Ich folgte ihm.

»Also, was sagen Sie? Vielleicht braucht Billy ja jemanden.«

»Na gut, Luzie. Ausnahmsweise. Dann nimmst du Billy. Ich notiere es mir. Jetzt aber schnell in den Unterricht, ja? Susanne wartet.«

Ich ließ mir auf meinem Weg zum Klassensaal trotzdem Zeit, um über das nachzudenken, was eben geschehen war. Serdan wollte mich nicht mehr sehen. Leander kam nicht mehr zur Schule. Sofie wollte ihm E-Mails schreiben. Und ich hatte mich ihr gegenüber benommen wie eine Tussi. Zickig und überempfindlich. Dabei hasste ich es, wenn Mädchen sich so verhielten. Ich hatte es immer gehasst!

Zu allem Überfluss musste ich nun auch noch Billy beschützen. Ich hatte nicht den geringsten Schimmer, wie ich das anstellen sollte. Aber wer beschützte eigentlich mich? Wer hatte mich gewählt? Serdan würde es kaum sein. Nicht nur, weil er eine Pause brauchte, sondern weil wir zu Beginn des Projekts noch befreundet gewesen waren. Das Gleiche galt für Seppo.

Was war mit den anderen? Plötzlich fühlte ich mich einsam. Da war sicherlich niemand, der auf mich achten wollte. Wenn schon ein echter Schutzengel in Streik getreten war, wie sollte sich dann ein Mensch dazu bereit erklären? Wahrscheinlich rannte Herr Rübsam seit Tagen verzweifelt im Schulhaus umher und suchte händeringend nach einem Schüler, der Luzie Morgenroth beschützte.

Als ich zurück ins Klassenzimmer kam, war ich den Tränen nahe, ließ mir aber nichts anmerken. Serdan bastelte verbissen an seiner Miniatur-Halfpipe herum, ohne aufzuschauen. Sofie tuschelte mit Lena. Und Billy hatte sich die Kopfhörer in die Ohren gestopft, während er lustlos Pappmaschee zu einem schiefen Vulkan formte.

Ich setzte mich abseits vor meine Engelsflügel aus Holz und Federn, die aussahen wie die Überreste eines geschlachteten Geiers, und blieb stumm auf meinem Stuhl kleben, bis es endlich zur nächsten Stunde klingelte.

Ich war mir hundertprozentig sicher, dass niemand aus meiner Klasse auch nur eine einzige Sekunde auf mich geachtet hatte.

ERLEUCHTUNGEN

»Kelly … natürlich. Es muss Kelly sein.« Ich merkte zu spät, dass ich laut gedacht hatte, und die beiden Anzugmänner vor mir schauten gleichzeitig von ihren Smartphones auf, um mich fragend unter die Lupe zu nehmen. Doch ich scherte mich nicht um sie. Von mir aus sollten sie glotzen, bis ihre Augen herausfielen. Ich war viel zu sehr damit beschäftigt, meine Erkenntnis über Seppos Schützling zu verdauen. Ich hatte mir den Kopf zermartert, wer es sein könnte, bis ich kapierte, wie offensichtlich es war: Er konnte niemand anderen als Kelly gewählt haben. Er kannte sie nur ein bisschen (hoffte ich), schließlich war sie noch nicht lange bei uns und momentan sowieso auf einer Kulturreise nach Berlin, im Rahmen ihres Schüleraustauschs, aber ich war überzeugt davon, dass während unserer Klassenfahrt etwas zwischen den beiden gelaufen war. Nach den Sommerferien hatte Seppo zwar immer so getan, als hätte er sich niemals für sie interessiert – was ich merkwürdig fand, mir aber ganz recht war –, doch Herrn Rübsams bescheuerte soziale Wochen waren für ihn die beste Gelegenheit, ihr das Gegenteil zu beweisen. Außerdem hatte ich keine Idee, wen er sonst hätte wählen sollen.

Allerdings kannte ich die Mädchen und Jungen in Seppos Klasse nicht. Trotzdem, es musste Kelly sein. Es war keine Vermutung, die wie ein tonnenschwerer Stein in meinem Bauch lag, sondern Gewissheit.

Seit dem Beginn meines Hausarrests hatte ich den Heimweg von der Schule immer extra lang und umständlich gestaltet, um mir noch ein bisschen Freiheit zu erkämpfen, bevor Mama mein Leben unter ihre Fuchtel nahm. Heute konnte ich es kaum erwarten, in den Hemshof zu kommen. Es gab so vieles, was ich herausfinden musste und Leander fragen wollte. Außerdem hatte ich das Gefühl, beobachtet zu werden. Nicht von den beiden Anzugmännern vor mir, die sich schon wieder in ihre Handys vertieft hatten. Nein, es hatte bereits in der Schule angefangen. Es kam mir nicht so vor, als würde mich jemand anschauen, der hinter mir stand oder mich von der Ferne ausspionierte. Eher war es, als hätte er Zugriff auf meine Gedanken und könnte diese wie Funkwellen wahrnehmen. Funkwellen, die aus meinen Ohren kamen. Das hörte sich dermaßen beknackt an, dass ich es nicht einmal Leander erzählen konnte, obwohl er wahrscheinlich der Einzige war, der möglicherweise eine Erklärung dafür hatte. Es musste etwas mit den Wächtern zu tun haben. Irgendjemand war hier und hatte sich an meine Fersen geheftet, einer von der Schwarzen Brigade, und er wollte, dass ich ihn zu Leander leitete. Und dann …

Ich legte die flachen Hände auf meine Ohren, als könnte mich das schützen. Sofort fühlte ich mich ein wenig besser und sicherer. Vielleicht drehte ich auch nur durch. Gewundert hätte mich das nicht. Obwohl ich mich danach sehnte, unser Haus zu betreten, nahm ich von der Haltestelle etliche verschlungene Umwege und legte zum Schluss einen Zwischenstopp in Papas Keller ein, um eventuelle Verfolger abzuschütteln. Die meisten Wächter hatten panische Angst vor dem Meister der Zeit und Papa hatte gestern Nacht eine frische Lieferung bekommen. Vielleicht würden sie sich davon abschrecken lassen.

Kurioserweise ließ das Gefühl, ausspioniert zu werden, in dem Moment nach, als ich die Wohnung betrat, meinen Schlüssel an den Haken hängte und all die vertrauten Geräusche und Gerüche wahrnahm. Die Waschmaschine arbeitete summend vor sich hin, aus der Küche drangen das Scheppern von Geschirr und das Geplapper einer der Nachmittags-Talkshow, die Mama beim Kochen gerne laufen ließ, und wie immer tickten und tackten die alten Bodendielen. Als Kind hatte ich mich manchmal davor gefürchtet, jetzt konnte ich mich kaum daran satthören. Auch etwas anderes hörte ich noch – es war zwischen diesen Geräuschen, es klang schön und heimelig, aber ich konnte es nicht zuordnen und schon gar nicht festhalten.

Egal. Ich beschloss, meinen Verfolgungswahn zu vergessen. Ich hatte mir das alles bestimmt nur eingebildet. Dennoch galt meine Sorge zuerst Mama und nicht der Frage, was Leander in meiner Abwesenheit wieder angestellt hatte.

»Und? Was hat der Arzt gesagt?«, bombardierte ich sie, sobald ich die Küche betrat, und schmiss meinen Rucksack in die Ecke.

»Luzie! Du bist ja schon da. Hast du Hunger?«

Ich lugte in den Backofen, wo ein undefinierbarer Auflauf dicke Käseblasen warf. Womöglich war es besser, keinen Hunger zu haben, obwohl mein Magen bettelnd knurrte.

»Noch nicht. Warst du nun beim Arzt?«

»Och, meine Kleine, machst du dir Sorgen um mich? Das finde ich ja niedlich.« Mama packte meinen Kopf in ihre Diskuswerferhände und presste ihn an ihre Brust. Ich hielt still, denn wie ich nach zahlreichen Beinaheerstickungstoden gelernt hatte, war das die beste Taktik, bald wieder freizukommen. Sie küsste mich dreimal schmatzend auf meine kurzen Haare und ließ mich glucksend los.

»Nichts Schlimmes. Kein Hörsturz. Mein Hörvermögen ist gut, sogar sehr gut!«, berichtete Mama stolz und ich zwang mich, ihr Lächeln zu erwidern. Ein gutes Hörvermögen ... Bisher hatte ich die Theorie verfolgt, dass Mama sich mit ihrer eigenen Stimme halb taub geschrien hatte. Denn sie stellte Fernseher und Radio immer extra laut und hin und wieder verstand sie nicht, was Papa ihr sagen wollte. Letzteres konnte eine Strategie sein. Doch ausnehmend gut hatte sie nie gehört.

»Und warum hast du dann das Piepsen im Ohr?«

»Stress, Durchblutungsstörungen, zugeschwollene Nebenhöhlen oder ...« Mamas Gesicht verdunkelte sich. Mit Schwung warf sie eine halbe Zitrone, die sie eben mit ihrer bloßen Faust bis auf den letzten Tropfen ausgequetscht hatte, in den Bioeimer. »Hormonstörungen.«

Nun schrillte auch in meinem Ohr etwas. Nämlich eine Alarmglocke. Achtung, Achtung. Nicht nachfragen. Eines der bösen Worte ist gefallen. Hormon! Höchste Gefahrenstufe.

»Hmhm«, brummte ich verständnisvoll, als wäre mit Mamas Andeutung alles gesagt, was man über Piepgeräusche im Ohr sagen konnte, und nahm Reißaus, bevor sie mich erneut packen und an sich drücken konnte, um mich zu einem Mutter-Tochter-Frauengespräch zu nötigen.

Einen kurzen Stopp legte ich vor meiner Tür trotzdem ein. Mein Zimmer lag einige Meter von der Küche entfernt, aber seitdem Leander bei uns »wohnte«, war ich so manches Mal mit einer bösen Überraschung konfrontiert worden, wenn ich unvorbereitet hineingegangen war. Ein Aufschrei hätte Mama – wo sie doch nun so gute Ohren hatte – sofort zu mir gelockt. Also atmete ich tief durch, drückte die Klinke hinunter und versuchte, mit allem zu rechnen, was ich mir so vorstellen konnte.

Doch ich musste das Wort »alles« neu definieren. Das, was ich erblickte, hätte ich mir in meinen kühnsten Träumen nicht ausmalen können. Ich war nicht einmal in der Lage dazwischenzugehen, weil ich mir dieses Schauspiel noch eine Weile angucken musste, um zu kapieren, was Leander überhaupt tat.

Mir bot sich eine Szene wie aus einem Irrenhaus. Leander hatte sich das Gesicht dick mit Mamas Gesichtscreme eingeschmiert und eine Sonnenbrille aufgesetzt. Statt seines gemusterten Tuchs prangte auf seinem Kopf Papas Duschhaube und seinen Körper hatte er mit unserer Weihnachtslichterkette umwickelt, die im Wechsel rot und blau und weiß blinkte, während er mit theatralischen Bewegungen und weit ausgestreckten Armen von einer Pose in die andere sprang. Zwischendurch blitzte es grell, was die Gesichtscreme bläulich aufleuchten und mich fast erblinden ließ. Deshalb konnte ich die Quelle der Blitze auch erst nach einigen Sekunden orten. Sie kamen aus Mamas Digitalkamera, die Leander auf meinem Bücherbrett positioniert hatte und in die er hineinstarrte, als käme in der nächsten Sekunde ein Vögelchen herausgeflattert.

»Hey!«, rief ich unterdrückt und ruderte mit den Armen, um mich bemerkbar zu machen. »Was treibst du da?«

Doch Leander posierte unverdrossen weiter. Wie fast immer in letzter Zeit steckten meine Kopfhörer in seinen Ohren – er konnte mich gar nicht hören. Wenn Leander mit sich beschäftigt war, nahm er sowieso nichts mehr anderes außer sich selbst wahr und schon gar nicht seine ehemalige Klientin.

Was hatte er mir gestern noch gesagt? Ich solle niemals wieder an »seine Kopfhörer« gehen? Was bildete er sich eigentlich ein? Es waren meine. Ich schloss die Tür, hechtete nach vorne, zog den Stecker der Lichterkette aus der Buchse und griff nach den Kabeln der Kopfhörer.

Leanders Reaktion kam blitzschnell. Wie ein Wirbelwind fuhr er herum und wollte mir mit der einen Hand die Kabel wegreißen und sich mit der anderen den herausrutschenden rechten Stöpsel zurück ins Ohr drücken, doch er hatte vergessen, dass er sich selbst gefesselt hatte. Er schwankte bedrohlich nach rechts und links, bis er das

Gleichgewicht verlor und direkt auf mich fiel. Ineinander verknäult stürzten wir zu Boden, wobei sich seine Duschhaube löste und unter das Bett segelte. Ich wollte mich von ihm wegdrehen, doch die Lichterkette schnitt so fest in meinen Hals, dass ich gurgelnd aufkeuchte und mich nicht mehr rühren konnte. Hysterisch begann Leander an ihr zu zerren, bevor ich erstickte, doch durch sein heilloses Gefummel wurde es nur schlimmer. Schon begann der Speichel aus meinem Mund zu laufen, ein warmes Rinnsal auf meinem Kinn, und ich spürte, wie mir schwindelig wurde.

»Merde … merde!« Leander wand sich panisch, um seine Hände und Beine freizubekommen, während ich verzweifelt an dem Kabel um meine Kehle zog, das sich immer fester um meine Luftröhre schnürte. Nun wurde es also doch wahr: Weihnachten war nicht das Fest der Liebe, sondern tatsächlich das Fest des Todes, wie Leander immer zu behaupten pflegte. Ich starb, weil mich eine Lichterkette erwürgte …

Endlich konnte Leander seine Hände und Beine befreien. Doch als er sich über mich beugen wollte, hieb ich unwillkürlich mein Knie in sein Gesicht – nicht etwa, weil ich ihn verletzen wollte, sondern weil mein Körper sich aufbäumte, um der Schlinge um meinen Hals zu entkommen. Leander kippte zur Seite und knallte mit der Schläfe gegen das Bett. Jetzt bitte nicht ohnmächtig werden, Leander, bitte nicht …

»Luzie! Um Gottes willen, Luzie!!!«

Mamas lackierte Finger schnellten auf mein Gesicht zu,

schoben sich unter die Schlinge und rissen sie mit einem kräftigen Ruck entzwei. Klirrend fielen die Kettenteile zu Boden. Ich rang zitternd nach Luft, konnte aber nur husten und würgen, nicht atmen. Erst ein kurzer Schlag in meinen Rücken erinnerte meine Lungen an das, was sie tun mussten. Gekrümmt wand ich mich am Boden, bis das Schwindelgefühl ein wenig nachließ und Mamas Kreischerei mir langsam lästig wurde.

»Oh Gott, Luzie, mein Baby, Luzie, Luzie. LUZIE!? LUZIE, ANTWORTE!« Sie haute mir eine runter, erst rechts, dann links. »Ich ... bin ... okay, Mama ... Bitte nicht mehr schreien ... und auch nicht mehr hauen ... Alles in Ordnung.«

Unter einem weiteren angestrengten Husten richtete ich mich auf und schielte unauffällig zur Seite. Von Leander war nichts zu sehen. Er musste sich mit dem Rücken zu uns unters Bett verkrochen haben. Das Problem war nämlich – eines von vielen Problemen, die Leander so mit sich brachte –, dass seine Kleidung und das, was er sich an Accessoires zulegte, erst nach einigen Stunden unsichtbar wurde, manchmal auch erst nach Wochen. Bei der Gitarre zum Beispiel hatte es lange gedauert, und wenn er sie nicht regelmäßig spielte, nahm sie wieder Gestalt an. Die Gesichtscreme von Mama war eben noch sichtbar gewesen, jede Wette. Die Sonnenbrille auch. Ich wollte gar nicht daran denken, was passiert wäre, wenn Mama beobachtet hätte, wie ein Creme-Sonnenbrillen-Gesicht durchs Zimmer schwebte.

»Luzie ... was machst du denn mit der Lichterkette? Es

ist doch erst September!« Mamas Stimme hatte ein schrilles Timbre angenommen. Sie war außer sich vor Angst und Sorge, wie so oft. Irgendwie konnte ich es verstehen. Meine Krankenakten waren so dick wie Telefonbücher.

»Ich … ich wollte mein Zimmer dekorieren und dann bin ich gestolpert und habe mich beim Fallen in der Kette verheddert«, log ich. Etwas Besseres fiel mir auf die Schnelle nicht ein.

»Du wolltest dein Zimmer dekorieren? Oh Luzie …« Mama grapschte nach meinen Schultern, schleuderte mich an ihren Busen und fing hemmungslos zu weinen an. Ich war doch gerade erst wieder zu Atem gekommen … Vorsichtig stemmte ich meine Hände gegen ihre Schultern. »Luzie, wenn ich das gewusst hätte … warum sagst du denn nichts? Ich hätte dir helfen können! Ich liebe es zu dekorieren!«

»Mama … Mama, kannst du mich bitte loslassen? Danke.« Ich setzte mich auf die Bettkante, bevor Mama mich erneut zu sich ziehen konnte. Schluchzend ging sie auf die Knie und suchte die Einzelteile der Lichterkette zusammen. Ich sah ihr reglos dabei zu. Noch immer fiel es mir schwer zu begreifen, was gerade geschehen war.

»Luzie, wenn du magst, kannst du ausnahmsweise ins Rathauscenter gehen und im Nanu Nana nach einer neuen Lichterkette schauen, aber vorher ruhst du dich aus, ja? Vielleicht findest du eine Kette mit bunten Blumen? Oder kleinen Sternchen, für süße Träume?«

Oh nein, keine Sternchen. Und auch keine Blumen. Vor allem nichts in Rosa. Selbst der unverhoffte Freigang konnte mich nicht dafür erwärmen. Ich zuckte zusammen, als eine Hand über meinen nackten Knöchel streichelte, zärtlich und tröstend. Leander. Aber das durfte er nicht! Er durfte mich nicht anfassen. Auch wenn es nur kurz war und allerhöchstens mein Fuß durchsichtig werden konnte. Ich wollte mich gar nicht erst daran gewöhnen.

Ich nahm meine Beine hoch und schob mich rückwärts bis zu meinem Kopfkissen. Dann ließ ich mich seufzend auf die Matratze fallen. Obwohl mein Herz in doppeltem Tempo schlug und dabei Pirouetten drehte, fühlte ich mich so ausgebrannt, dass ich kaum mehr die Kraft hatte, meine Augen offen zu halten. Das eben wäre nicht nur ein dummer, sondern auch ein peinlicher Tod gewesen. Jeder hätte gedacht, dass ich mich versehentlich mit einer Weihnachtslichterkette erdrosselt hätte. Kein würdiger Abgang für die beste Traceurin der Stadt. Wenn, dann wollte ich beim Parkour sterben und nicht beim vermeintlichen Dekorieren meines Zimmers. Aber eigentlich wollte ich überhaupt nicht sterben.

»Sorry, Mama«, murmelte ich, weil sie immer noch leise vor sich hin schluchzte. Schon die Zweite, die ich heute zum Weinen brachte. Nein, Korrektur. Leander brachte sie zum Weinen. Nicht ich. Hätte er nicht in Sofies Freundebuch geschrieben und seine bizarre Fotosession abgehalten, hätte niemand weinen müssen.

»Luzie, Liebling, ich muss gleich nach unten zu Papa, er braucht meine Hilfe … Kann ich dich alleine lassen?« Mama tätschelte meine erhitzte Stirn. Ich nickte mit geschlossenen Augen.

»Ruh dich ein bisschen aus, in Ordnung? Ja?«

»Ja.«

»Das Essen steht im Ofen. Ich lege dir zehn Euro auf die Kommode, für die Kette. Soll ich nicht doch besser einen Arzt holen?«

»Nein.« Oh, es war so mühsam zu sprechen und zu denken. »Mir geht's gut.« Es ging mir wirklich gut. Selbst der Striemen am Hals tat nicht mehr weh. Außerdem glaubte ich, wieder etwas zu hören, was mich besänftigte und friedlich stimmte … Als würde mich jemand in eine warme, weiche Decke einpacken, unter der mir nichts passieren konnte. Es war kein Sirren oder Klingeln, sondern eine … eine Melodie? Aber sie entfernte sich … wurde immer leiser und undeutlicher …

Bevor ich sie begreifen und mir merken konnte, war ich eingeschlafen.

DYER MAKER

»Luziiieeeee … Nun mach doch mal die Augen auf! Ich weiß, dass du wach bist. Schon die ganze Zeit.«

Ja, das war ich. Und wie! Ich wusste nicht, was Leander da trieb, aber es raschelte, klimperte, knisterte in einem fort und ab und zu hüpfte er sogar auf mein Bett, wo er wie ein Storch im Salat um mich herumstapfte, sorgsam bedacht, mich nicht zu berühren. Doch meine Matratze gab bei jedem seiner Schritte quietschend nach. Es war völlig unmöglich, dabei zu schlafen.

Trotzdem gab es für mich keinen triftigen Grund, die Augen aufzuschlagen. Denn die geheimnisvolle Melodie war fort. War es denn überhaupt eine Melodie gewesen? Nicht einmal das konnte ich mit Sicherheit sagen. Mein nächster Gedanke machte mich noch wacher, als ich sowieso schon war.

Vielleicht war dieses Geräusch ja ein fieser, hinterhältiger Wächtertrick gewesen, mit dem mich die Brigade einlullen wollte. So ein Käse, Luzie, schalt ich mich, als ich genauer darüber nachsann. Die wissen doch gar nicht, dass du sie hörst. Warum sollten sie das versuchen? Ach, das war alles viel zu verworren und undurchsichtig, obwohl ich es bis auf Leander ausschließlich mit durchsichtigen Wesen zu tun hatte.

»Luzie. Chérie. Augen auf! Ich hab mir solche Mühe gegeben!«

»Wie vorhin mit der Kamera?«, fragte ich säuerlich, blieb aber stocksteif liegen. Wie gut, dass Mama ihren Fotoapparat vor lauter Chaos und Panik nicht bemerkt hatte! Ich musste dringend die Speicherkarte löschen und die Kamera an einen leandersicheren Platz bringen. Doch wahrscheinlich gab es keine leandersicheren Plätze mehr in unserer Wohnung.

»Nein, viel besser. Obwohl das vorhin auch nicht schlecht war. Vom Prinzip her war es …«

»Vom Prinzip her war es vollkommen idiotisch«, fiel ich dazwischen. »Niemand will sich solche Fotos anschauen, und selbst wenn, was nützt es dir? Sie können dir doch nicht begegnen und dich kennenlernen.«

»Ja, das ist wohl wahr«, bestätigte Leander leise, völlig ohne Ironie und Spott. Sein anschließendes Schweigen verunsicherte mich so sehr, dass ich doch meine Augen öffnete. Ich blickte direkt in den Himmel. Die Sterne blinkten und funkelten über mir um die Wette und sogar ein gelber, halbrunder Mond mit Grinsegesicht hatte sich dazugesellt. Unter die kleinen Lichter hatte Leander ein schwarzes samtenes Tuch an die Decke gepinnt, sodass ich auch tagsüber das Gefühl bekam, direkt ins nächtliche Firmament zu schauen. Es war kein bisschen kitschig, auch wenn der Mond irgendwie tuntig wirkte. Nein, es war schön. Eigentlich viel zu schön für mein Zimmer.

»Hast du das gemacht?«, fragte ich verblüfft, obwohl die Frage sich erübrigte. Wer sollte es sonst getan haben?

»Sonderangebot!«, verkündete Leander mit geschwellter Brust. »Hab nicht mal was leihen müssen. Kette geschnappt, den Zehner auf den Ladentisch geworfen, alles korrekt, keine Bange. Okay, den Samt, den hab ich leihen müssen, aber er lag unten in der Restekiste von deinem Papa. Wird niemand merken.«

Oh. Die Restekiste. Leander hatte sich allein in den Keller gewagt? Freiwillig? Respekt. Papa bekam ab und zu Stoffreste von einem befreundeten Sargausstatter geschenkt. Meistens schwarzer oder dunkelvioletter Samt und Satin. Mama wollte diese Reste haben, weil sie fand, dass man damit allerhand hübsche Dinge basteln könne. Natürlich schlug sie Papas Freund regelmäßig vor, dass man Särge ruhig auch mal mit Pink oder Rosa ausbetten solle, aber damit stieß sie auf taube Ohren. Bei Toten war Dunkellila sozusagen der letzte Schrei.

»Findest du das jetzt … unheimlich? Macht es dir Angst?«, fragte Leander behutsam, als ich nichts mehr sagte, sondern still an die Decke guckte.

»Nein … nein. Das ist es nicht.« Ich fand es sogar beruhigend, dass Sargstoff an meine Decke gepinnt worden war, exakt über meinem Bett. Vielleicht würde er mich schützen, vor der Brigade. Herrgott, Luzie, schimpfte ich erneut. Wächter tun Menschen nichts. Das widerspricht ihren Aufgaben! Warum fürchtete ich die Brigade dann so sehr? Weil ich wusste, was sie mit Leander machen konnten? Oder weil ich sie nicht sehen konnte? Beides? Außerdem stimmte es nicht, dass sie Menschen nichts taten. Sie hatten mich unsichtbar werden lassen, selbst wenn sie das Leander in die Schuhe schieben wollten. Ich hätte sterben können. Ich musste noch einmal versuchen, mit ihm über den Dreisprung zu sprechen, ganz gleich, wie sehr er sich dagegen sträubte.

Langsam richtete ich mich auf. Es war bereits dämmrig geworden, und da Leander die restlichen Lichter im Zimmer ausgeschaltet hatte, spendeten nur die Sterne über uns eine matte, weiche Helligkeit.

»Wie weit bist du mit deinem Dreisprung?«

»Ach! Immer nur Dreisprung, Dreisprung, Dreisprung!« Aufgebracht schleuderte Leander eine Rolle Klebeband in die Ecke und fuhr sich mit beiden Händen durch seine Haare. »Luzie, nerv mich nicht, bitte ... Es geht nicht schneller, wenn du dauernd fragst.«

»Ich muss fragen! Mama hat ein Piepsen im Ohr, es hört nicht mehr auf ... Sie war sogar beim Arzt!«

»Na und? Was ist daran so ungewöhnlich? Was?«

Ich kräuselte meine Nase. Hatte ich da eben Pernod gewittert? Doch, es lag ein leichter Anisgeruch in der Luft. Leander hatte wieder getrunken.

»Na ja, sie hatte dieses Piepsen bisher nicht und nun ist es da, ausgerechnet jetzt, wo du gesucht wirst und dein Schutzbann bröckelt.«

»Luzie, jetzt mach mal halblang. Seitdem ich deine Mama kenne, ist sie kurz vorm Durchdrehen. Die musste früher oder später einen Tinnitus kriegen. Und ja, es hat mit uns zu tun, aber ...«

»Also hat es das! Und du bleibst so ruhig und kippst dir einen hinter die Binde? Pinnst Sternchen an die Decke? Während die Brigade hinter dir her ist?« Ich war aufgesprungen und ans Fenster gelaufen, um hinauszuschauen, als könne ich draußen auf den Dächern etwas sehen, was mir helfen würde. Denn Hilfe brauchten wir dringend.

»Luzie, Luzie …« Leander machte ein überhebliches Tststs-Geräusch. »Du verstehst wirklich nicht viel von Sky Patrol. Wenn die Brigade jagt, sendet sie Frequenzen, die selbst wir nicht hören können. Das wird jedenfalls behauptet.« Der letzte Satz klang zögerlich. Restlos sicher war er sich nicht.

»Ist die Brigade schon in der Nähe?«, bohrte ich nach und drückte meine Stirn gegen den kalten Fenstergriff, um meine Gedanken besser ordnen zu können. »Was ist, wenn sie merken, dass ich dich sehen kann? Dann werden sie dich holen und dafür sorgen, dass ich dich vergesse, stimmt's?« Mit Sofie hatte Sky Patrol das bereits getan, nachdem Leander sie geküsst hatte. Sie hatte sich kaum mehr daran erinnern können. Mit mir durften sie das nicht tun. Ich wollte Leander niemals vergessen.

Herausfordernd sah ich ihn an, doch Leander widersprach nicht. Mit gesenktem Kopf saß er auf meinem Schreibtisch und ließ seine Beine baumeln. Irgendwann würde ich ihm neue Schuhe kaufen müssen. Ich verstand nicht, wie er diese zerfetzten Boots noch zubinden konnte. Aber vielleicht waren neue Schuhe bald gar nicht mehr nötig. Ein toter Schutzengel brauchte keine Schuhe. Ach, ein echter Schutzengel brauchte gar keine Kleidung. Er hatte keinen Körper! Er stellte sich seinen Körper nur vor, wenn überhaupt.

»Weißt du, Luzie, vielleicht ist Guadeloupe gar nicht so schlimm, wie wir denken. Ich hab mich ein bisschen informiert, im Internet und so. Ich meine, da machen Menschen Urlaub, sie würden ja nicht auf einer Insel Urlaub machen, auf der ständig der Meister der Zeit umhergeht …«

Ich schüttelte nur den Kopf. Ich hatte das Gleiche getan wie Leander, auch ich hatte im Internet nach dieser verfluchten Karibikinsel gesucht und war erstaunt, wie harmlos das klang, was ich las. Aber ich hatte die Bilder, die seine Eltern mit ihren Klangbildern gezeichnet hatten, in meinem Kopf gesehen. Niemals würde ich sie wieder vergessen können. Die straffälligen Wächter wurden in ein hochkriminelles Armutsviertel versetzt und Leander würde dort in seiner faulen Schusseligkeit keine einzige Nacht überleben. Begriff er das nicht?

»Wo hängt es denn beim Dreisprung? Und was genau ist es, was Mama hört?«

»Mich«, antwortete Leander schlicht und überprüfte in aller Seelenruhe die Sauberkeit seiner Fingernägel.

»Dich?«

»Ja, mich. Das ist nichts Ungewöhnliches. Deine Mama steht unter Stress. Stress mit ihrem Kind – vor allem Stress mit ihrem Kind, was ich sehr, sehr gut nachvollziehen kann, wirklich, Luzie …«

»Komm zum Thema zurück!«, fuhr ich ihn an.

»Bien sûr. Stress mit ihrem Kind, Stress mit der Arbeit, Stress mit ihren Hormonen, ja, und dann werden die Menschen dünnhäutig, vor allem Frauen, und fangen an, ein Piepsen zu hören. Eigentlich hören sie das immer, sie merken es nur nicht. Sie merken es erst, wenn sie gestresst sind. Und sie sollten sich Gedanken darüber machen. Leider tun sie das oft nicht. Das Piepsen ist ein Warnsignal von uns, nicht mehr und nicht weniger. Es ist unsere natürliche Grundfrequenz, die eigentlich jeder Mensch hört, aber es merken nur diejenigen, die in ihrem Leben einige Dinge ändern sollten. Wahrscheinlich hört sie mich, vielleicht auch andere Wächter in der Nähe. Irgendetwas fehlt deiner Mama.« Leander hob fragend die Schultern. »Könnte mir vorstellen, dass sie sich ein netteres Kind wünscht ...«

»Sag mal, geht's noch? Ein netteres Kind – so ein Blödsinn! Ich bin nett!«, protestierte ich.

Leander schaute zur Seite, damit ich sein Grinsen nicht sah. Aber das Grübchen, das sich in seine Wange drückte, konnte er nicht verbergen. Okay, okay, ich war nicht besonders nett. Doch mir Mamas Stress vorzuwerfen, war nicht fair. Ohne Leander hätte es diesen Stress nie gegeben.

»Mama will kein anderes Kind als mich«, beharrte ich. »Auf keinen Fall. Sie liebt mich, auch wenn du dir das als Sky Patrol nicht vorstellen kannst. Von Liebe habt ihr ja keine Ahnung.«

Leanders Grübchen löste sich auf. »Das haben wir schon. Zumindest in der Theorie.«

»Liebe funktioniert nur in der Praxis. So, und jetzt will ich wissen, wo es beim Dreisprung hängt.«

Leander fegte gereizt ein paar Hefte und Bücher von meinem Schreibtisch.

»Mensch, Luzie, frag nicht immer! Es hängt eben, kapiert? Abgesehen davon bin ich mir gar nicht sicher, ob ich ihn machen will, ich meine, hast du dir mal überlegt, was danach ist? Dann hänge ich zwischen den Welten! Jetzt bin ich wenigstens noch ein bisschen Sky Patrol, aber dann ... dann ...« Er brach ab. »Luzie, hast du nie darüber nachgedacht, was dabei mit mir passieren könnte? Vielleicht verliere ich meinen Körper, weil der Fluch nicht mehr wirkt.«

Nein, darüber hatte ich tatsächlich noch nicht nachgedacht. Leander ohne Körper? Ohne Augen, Haare, Stimme? Ohne sein hyperaktives Gezappel? Erst jetzt realisierte ich, dass ich alles, was ich an Leander mochte – leider war das inzwischen einiges –, dem Fluch seiner eigenen Truppe zu verdanken hatte. Wenn er den Dreisprung schaffte, war er möglicherweise sicher und die Wächter konnten ihn nie mehr finden. Aber sollte es ganz dumm laufen, konnte auch ich ihn nicht mehr finden. Weil ich ihn weder sah noch hörte. Doch was war die Alternative? Dass er auf Guadeloupe vom Meister der Zeit auf die andere Seite gerissen wurde? Und tot war, mausetot?

»Oh nein«, flüsterte ich.

»Blöd, was?« Er grinste mich schief an. »Ich denke, ich werde es herausfinden müssen.«

»Heißt das, du ... du versuchst es doch? Du machst den

Dreisprung?« Ich hatte das Gefühl, nicht richtig atmen zu können. Egal, was Leander nun tun würde – es konnte damit enden, dass ich ihn nicht wiedersah.

Anstatt zu antworten, warf er sich der Länge nach auf sein Sofa. Vorsichtshalber trat ich einen Schritt zurück, damit wir uns nicht zu nahe kamen. Er verschränkte gähnend die Arme unter dem Nacken, als hätten wir eben einen vollkommen harmlosen Plausch gehalten, und zwinkerte mich verschmitzt an. Für einen Moment wollte ich alle Sorgen wegschieben und mich zu ihm legen, nur kurz. Mein Kopf an seiner Schulter, ob er nun nach Anis stank oder nicht. Zwei Minuten. Mehr nicht. Zwei Minuten? Reichten die bereits, um unsichtbar zu werden?

»Ich weiß jedenfalls, was *du* machen musst, Luzie.«

»Ich?« Irritiert schaute ich ihn an und versuchte, das kühle Schneeblau seines Auges auszublenden. In das grüne Auge konnte ich besser schauen, ohne verliebte Gedanken zu bekommen. Bisher war das so gewesen. Aber jetzt ... nein, ich wollte mich immer noch zu ihm kuscheln. Früher hatte ich niemals kuscheln wollen. Kuscheln! Das war etwas für Sofie, aber nicht für mich!

»Ja, du. Du hast einige offene Baustellen, meine Liebe. Und die wichtigste ist Seppo.«

»Seppo!?« Ich hätte mit jedem gerechnet, nur nicht mit ihm.

»Seppo. Ihr müsst euch langsam mal aussprechen, findest du nicht? Tausend kleine süße Missverständnisse schwirren durch die Luft ...« Leander hob seine Hände und ließ sie flattern wie Engelsflügel.

»Süße Missverständnisse? Was redest du da für einen Stuss?«

»Du weißt, dass ich recht habe, Luzie. Ich habe recht, oder?«

Weil ich nicht wusste, was ich antworten sollte – ein Zustand, der mir langsam auf den Keks ging –, drehte ich mich um und flüchtete in die Küche, um zu sehen, wie es Mamas Auflauf ergangen war. Die Schüssel war immer noch warm, als ich ihn aus dem Ofen zog. Und darin? Irgendetwas mit Käse, Kartoffeln und Hackfleisch. Ich nahm einen winzigen Bissen, um zu probieren. Schmeckte gar nicht mal so übel. Also riskierte ich eine große Portion, setzte mich an den Tisch und begann zu löffeln.

Leander wollte also, dass ich mich mit Seppo versöhnte? Er hatte Seppo immer als haarigen Affen verhöhnt. Ja, sogar mein allererstes Date mit Seppo hatte er mir ruiniert. Oh, war ich damals wütend auf ihn gewesen … Leander hatte nie zu verbergen versucht, dass er kein Seppo-Fan war. Trotzdem hatte er eben ins Schwarze getroffen. Seppo und ich hatten uns nicht richtig ausgesprochen. Wir hatten uns immer wieder versöhnt, aber es war nicht mehr so gewesen wie vorher. Ich war nicht in ihn verknallt, das war vorbei. Doch ich kannte ihn schon ewig. Er war immer mein engster Vertrauter und mein Vorbild zugleich gewesen. Zwischenzeitlich hatte Serdan seine Position eingenommen, obwohl er ganz anders als Seppo war, doch der brauchte ja eine Pause von mir. Und ohne Seppo würde ich unsere Parkour-Clique niemals wiederbeleben können.

»Kann man das essen?« Leander war mir in die Küche gefolgt und inspizierte mit kritischem Blick den Auflauf.

»Hm«, mümmelte ich mit vollem Mund. »Geht so.« Er nahm sich ebenfalls eine Portion und setzte sich mir gegenüber an den Tisch, weit genug entfernt, um nicht versehentlich meine ausgestreckten Beine zu streifen.

»Schreib ihm einen Brief.«

»Einen Brief?« Ein paar Hackfleischkrümel landeten auf dem Tischtuch, weil ich meinen Bissen noch nicht komplett heruntergeschluckt hatte. »Ich kann nicht gut Briefe schreiben. Was soll ich überhaupt sagen? Er hat doch die ganze Zeit Mist gebaut. Er muss mir etwas erklären, nicht ich ihm!«

»Oh Luzie, du bist so stur ... Haben wir Wein da?«

»Nein! *Wir* sowieso nicht! Wenn, dann meine Eltern und du lässt die Finger davon! Du hast deinen Pegel für heute schon erreicht. Glaub bloß nicht, dass ich das nicht rieche.«

Wenigstens eine gute Sache der diversen Dreisprung-Gefahren, dachte ich. Ein körperloser Wächter kann nicht Alkoholiker werden. Und ein toter Wächter auch nicht.

»Jaaa, stimmt, chérie, und genau deshalb bin ich heute Abend besser denn je ...«

»Besser in was? Im Dummlabern? Oder im Nichtbeschützen? Ich glaube, das geht nicht mehr. Mann, du hast mich vorhin beinahe umgebracht!« Ich spürte die Lichterkette, die sich bei unserer sinnlosen Rangelei um meine Kehle gewunden hatte, mit jedem Bissen, den ich hinunterschluckte. Leanders Mundwinkel zuckten.

»Nun, in Letzterem wohl eher nicht«, entgegnete er würdevoll, aber ich konnte hören, wie das Lachen blubbernd seinen Bauch hinaufwanderte. Und wenn Leander lachte, konnte ich nicht böse bleiben. Das ging nicht. Niemand würde das fertigbringen, der ihn dabei sehen und hören könnte.

Doch ehe ich sein breites Schmunzeln entgegnen konnte, flitzte er aus der Küche und kehrte mit seiner Gitarre und einer CD zwischen den Zähnen zurück. Ein Privatkonzert? Hatte er schon lange nicht mehr gegeben. Ich wusste, dass er noch spielte und übte, denn die Gitarre blieb unsichtbar. Doch offenbar tat er es, wenn ich zur Schule ging oder unten im Gartengefängnis saß und auf bessere Zeiten wartete.

Als er mit dem Rücken zu mir Mamas Kuschelrock-CD aus dem Rekorder befreite und seine hineinschob, fiel mir auf, dass seine Jeans fast über die Hüftknochen rutschte. Er war dünn geworden. Seinen Teller hatte er nicht leer gegessen – und das, obwohl Leander normalerweise zuschlug, als hätte ich ihn monatelang bei Wasser und Brot eingekerkert. Eine Fleischklößchen-Session hatten wir seit Wochen nicht mehr gehalten. Außerdem waren die Krümelattentate auf Teppich und Sofa seltener geworden und Mama fand keine klebrigen Joghurtbecher mehr unter meinem Bett. War er auf einem Diättrip? Und wenn ja, warum wusste ich davon nichts?

»Achtung, es geht los!« Leander startete den CD-Player. »Du wirst sehen, Luzie, damit könnte ich bei DSDS auftreten. Und gewinnen!«

»Woher hast du die CD?«, wollte ich wissen, denn ich hatte sie noch nie gesehen, aber meine Stimme wurde von lautem Schlagzeug und Gitarrengeschrubbel übertönt, das mir sofort ins Blut ging und meine Füße zum Wippen brachte. Ich kannte diesen Song nicht und er musste uralt sein, doch er gefiel mir vom ersten Ton an – nein, vor allem gefiel mir, wie Leander ihn sang und performte, seine zweifarbigen Huskyaugen halb geschlossen, den Kopf leicht zurückgelegt, die Hüften im Takt, nicht zu viel, nicht zu wenig. Er spürte mit allen Sinnen, was er da sang.

»Oh, oh, oh oh oh oh ... all the tears I've cried ... oh oh oh oooh ...«

Bisschen viele Ohs, dachte ich, was mich jedoch nicht stören konnte, es war nicht lächerlich. Es passte. Leanders Stimme hatte sich verbessert. Sie klang wie die eines Rockstars – na, eines jungen Rockstars –, aber es machte mich traurig, dass ich niemandem davon erzählen konnte.

»Was ist das?«, brüllte ich, um mich abzulenken.

»Led Zeppelin«, rief Leander schnell, um sofort weiterzusingen und die Stimme des Sängers zu übertönen. Oder vermischten sie sich sogar? Ja, es klang, als würde aus zwei Stimmen eine werden. Da gab es nur noch einen Sänger. Leander. Von Led Zeppelin hatte ich sowieso noch nie etwas gehört.

»Baby, please ... please ... please ... oh oh, I love you so ...«

Schluss jetzt. So etwas durfte er nicht singen. Klar, er meinte nicht mich damit, Leander kannte Liebe nur in der

Theorie und selbst theoretisch verstand er nichts davon, aber solche Texte mochte ich nicht hören, wenn er und ich allein in der Küche waren. Ich wollte aufstehen und den CD-Player ausschalten, doch sobald ich mich erhoben hatte, kroch der Beat so unerbittlich in meine Beine, dass ich mich dabei ertappte, wie ich ebenfalls zu tanzen begann.

Nicht, Luzie. Nicht! Mach den verdammten Rekorder aus! Erst beim dritten Anlauf klappte es. Leander spielte und sang noch ein paar Takte weiter, dann verstummten auch er und seine Gitarre.

»Gefällt's dir nicht?«

»Schon«, gab ich widerstrebend zu. »Aber ich muss jetzt Hausaufgaben machen. Dringend. Wie heißt der Song?«

Ich bemühte mich, uninteressiert zu wirken, eben so, als würde ich nur aus Höflichkeit fragen. In Wahrheit wollte ich das Lied später, wenn Leander mit Mogwai draußen war – meistens drehte er spätabends noch eine Runde mit ihm –, auflegen und anhören. In voller Länge.

»*Dyer Maker.*«

»*Dyer Maker*? Totmacher? Na, das passt ja bestens.« Ich lachte trocken auf. Erst erdrosselte er mich um ein Haar mit einer Weihnachtslichterkette und dann spielte er mir *Dyer Maker* vor.

»Nein, nicht Totmacher. Der Titel hat eine völlig andere Bedeutung …«, belehrte Leander mich mit wichtiger Miene. »In dem Song geht es um die Liebe. Was allerdings so ähnlich sein kann wie der Tod, denn Liebe ist bekanntlich eine der schrecklichsten Krankheiten, die euch Menschen heimsuchen kann.« Ach, dieses Thema also wieder. Leander betrachtete Liebe immer noch als Krankheit. Und trotzdem sang er darüber?

Ohne mich weiter zu beachten, schlenderte er pfeifend und mit der Gitarre unter dem Arm hinüber zu meinem Zimmer. Erst als die Tür klickte, atmete ich erleichtert aus. Meine Schultasche stand immer noch in der Küche. Ich würde hier meine Hausaufgaben erledigen, wie so oft in den letzten Wochen. Neben Leander konnte ich mich nicht mehr konzentrieren.

Ich räumte das Geschirr weg, spülte ab – etwas, wobei Leander mir grundsätzlich nicht half – und setzte mich hin, um das Mathebuch aus meinem Rucksack zu ziehen. Raschelnd schoben sich die zerknüllten Seiten von Sofies Ausquetschbuch dazwischen. Ich angelte sie heraus und wollte sie in den Papiermüll werfen, als ich es mir in letzter Sekunde anders überlegte. Erstens bestand die Gefahr, dass Mama oder Papa sie dort fanden (eine von Papas wenigen Leidenschaften bestand darin, unsere Mülltrennung zu kontrollieren) und Verdacht schöpften. Zweitens sollte ich das Bettlakenfoto vielleicht aufbewahren, falls Leander tatsächlich ins Nirwana verschwand. Und drittens … drittens … ich entknüllte die Seiten und strich sie auf dem Küchentisch glatt. Drittens hatte ich noch nicht alles gelesen. Die ausufernde Aufzählung von Bands und Songs überflog ich. Led Zeppelin war dabei. Wunderte mich nicht mehr. Aber dann …

»Berufswunsch: Promi-Wächter (am liebsten Rockstars und Künstler) oder Guard bei Everest-Besteigungen.«

Everest-Besteigungen? Die hatten Wächter dabei? Davon hatte Leander mir ja noch nie erzählt. Und wo blieb Johnny Depp? Hatte er ihn nicht erwähnt, weil er sowieso nicht mehr zu ihm zurückkehren konnte? Wie glücklich er ausgesehen hatte, als er Johnnys Tochter bewacht hatte … Ich wollte nicht daran denken. Es tat weh, daran zu denken. Also weiter im Text.

»Lieblingsessen: die Fleischklößchen von Luzies Mama, Schokolade, Knusperjoghurt, Weihnachtsplätzchen. Lieblingsgetränk: Pernod, Rotwein.«

Ich seufzte. Ja, das hatte ich auch schon festgestellt.

»Ich mag nicht: zu viel Brustbehaarung bei Männern (bei Frauen aber auch nicht, hehe), Strafversetzungen, Atomkraft (die Menschen sind manchmal so bescheuert, so blind!), misstönende Akkorde, Angeber und Blender, Parkour …«

»Ja, klar, Leander«, spöttelte ich fast flüsternd. »Von wegen …«

»… wenn mir jemand vorschreiben will, was ich zu tun habe, gefahrensüchtige Mädchen, auf dem Boden schlafen, *Grey's Anatomy* (dauernd kommt der Meister der Zeit vorbei), Silvester, frühreife Jugendliche, Burgmauern. Ich mag: Johnny Depp, meinen Körper, Landschulheim (ohne Burgmauern), Küssen, Mogwai, Luzies Mama, gute Musik, Castingshows, Ostern (ist nicht so gefährlich wie Weihnachten und die Schokolade schmeckt genauso gut), Breakdance, Schnee, den Rhein (manchmal), ja, und ich mag es, andere zu beschützen, auch wenn sie es mir schwer machen … hm … was mag ich noch … rote Haare, grüne

Augen … zierliche, kleine Mädchen mit wenig Oberweite und Sommersprossen …«

Mein Gesicht wurde knallheiß. Ich wusste nicht, ob ich laut lachen oder dem Druck nachgeben sollte, der mit einem Mal auf meinen Lidern lastete. Mir war nach beidem zumute.

»… und wenn Luzie nicht immer so kratzbürstig und eigensinnig wäre, würde ich sie am allerliebsten mögen.«

Post vom Ghostwriter

»Leander? Bist du da?«, fragte ich flüsternd in die nächtliche Stille hinein, sobald mir mein pumpendes Herz erlaubte zu sprechen. Ich hörte meine eigene Stimme nur wie ein schwaches, fernes Echo. Doch ich hatte noch etwas anderes gehört, eben gerade. Kein Piepsen und keine Andeutung einer Melodie, sondern ein sehr reales Scharren auf unserem Dach. Als wäre dort jemand.

Mein Fenster stand weit offen; immer wieder wehte ein Hauch kühle Oktoberluft ins Zimmer und streifte mein Gesicht. Es war ein ungewöhnlich warmer, trockener Tag gewesen, wie geschaffen zum Parkour, und ich hatte ihn ganz allein in unserem Gartenknast verbringen müssen, zusammen mit meinem alternden Hund, der schwer hechelnd im Schatten gelegen hatte.

Auch jetzt war ich allein. Ich konnte darauf verzichten, ein weiteres Mal nachzufragen, ob Leander da war. Es roch nicht nach Pfefferminze, Aftershave und Anis und außerdem spürte ich es immer sehr genau, ob Leander in meiner Nähe war oder nicht.

Wo bist du denn dann?, dachte ich erzürnt. Was treibst du? Stammte das Scharren, das ich eben gehört hatte, von ihm? Leander ging seit einiger Zeit nicht mehr über das Dach nach draußen. Das Fliegen hatte er fast verlernt; deshalb war es zu riskant geworden, vom Dachfirst abzuspringen. Ich hatte ihm heimlich und von meinem kargen Taschengeld einen Zweitschlüssel anfertigen lassen, sodass er ganz normal durch die Wohnungs- und Haustür gehen konnte, sofern Mama und Papa nicht in der Nähe waren.

Ich schob mich etwas tiefer unter meine Bettdecke und lauschte. Da – schon wieder! Schritte! Kein Scharren mehr, sondern Schritte, schräg neben dem Fenster auf unserem Dach! Du mieser, fauler, verantwortungsloser Schutzengel, verfluchte ich Leander in Gedanken. Wenn du das da draußen bist, muss dir klar sein, dass du mir damit Angst einjagst. Und wenn du es nicht bist, dann ... dann lässt du mich im Stich, während ein fremder Mann versucht, in unser Haus einzudringen.

Ob ich noch genügend Zeit hatte, aus dem Zimmer zu sprinten und Mama und Papa zu wecken, bevor er am Fenster war und mich sah? Aber was, wenn er mich dabei bemerkte oder Mama so laut zu schreien anfing, dass er durchdrehte und um sich schoss? Ich hatte das so oft in der Zeitung gelesen: dass Raubüberfälle mit einem Mord endeten, weil die Opfer wach geworden waren oder sich gewehrt hatten. Nein, am besten tat ich so, als würde ich tief und fest schlafen und nichts von dem Aufruhr da draußen mitbekommen. Zu holen gab es bei uns sowieso nichts. Das Wertvollste befand sich im Keller: Papas Kunden samt ihren Särgen. Die wollte der Einbrecher bestimmt nicht mitnehmen.

Jetzt war es wieder ruhig geworden. Hatte ich mich geirrt? War es doch nur eine nachtaktive Taube gewesen? Manchmal hüpften Tauben und Krähen über das Dach, das konnte sich ganz ähnlich anhören wie menschliche Schritte ... Oder lauerte der Einbrecher nun vor meinem Fenster, glotzte mich an und überlegte, was er mit mir anstellen konnte, bevor er Mama und Papa umbrachte?

Beim nächsten Geräusch zuckte ich so heftig zusammen, dass niemand mehr ernsthaft annehmen konnte, ich würde schlafen. Dieses Rumpeln war kein Schritt gewesen und auch kein Scharren und keine einzelne Taube war in der Lage, einen solchen Rumms zu verursachen. Winzige Erdbröckchen lösten sich und rieselten die Schräge hinunter, fast direkt an meinem Fenster.

»Shit ...«, murmelte eine dunkle Stimme. Shit, weil er gesehen hatte, dass ich wach war und mich killen musste? Oder Shit, weil er sich verletzt hatte? Mir kam jede Verletzung entgegen. Den Hals sollte er sich brechen! Und ich wollte auch keine Sekunde länger wie ein verschrecktes Kaninchen unter meiner Bettdecke kauern und mir vor Angst in die Hosen machen. Ich hatte schnelle Reaktionen, ich hatte Parkour betrieben, jeden Tag – so schnell, wie ich am Fenster war, konnte der Mann gar nicht reagieren und erst recht keine Pistole ziehen. Ich würde auf das Sims hechten, ihm einen Stoß gegen die Brust verpassen und dabei zusehen, wie er zappelnd den Dachfirst herunterrutschte. Das, was ich beim Parkour immer am meisten gefürchtet hatte ...

Wie ein Torpedo schoss ich aus dem Bett – zugegebenermaßen ein Torpedo, der vor Angst wimmerte – und trotz meiner Furcht saß mein Sprung auf das Fensterbrett wie eine Eins. Ich hatte ihn immerhin monatelang jeden Abend trainiert und nun war er endlich zu etwas gut. Der Schatten hinter dem Fenster, der in der Hocke auf dem Dach kauerte, gehörte eindeutig zu einem Mann und eindeutig nicht zu Leander. Dafür war er zu kräftig und lange Haare hatte er auch nicht. Ich holte mit meinem rechten Bein aus und wollte mein Knie in seine Brust rammen, um ihn zu Fall zu bringen, als ich mitten in der Bewegung ein silbriges Schimmern an seinem Hals aufblitzen sah – ja, ein silbriges Schimmern, dazu ein länglicher, gebogener Schatten. Ich stockte. Mein Knie blieb in der Luft hängen. Konnte das … war das etwa …?

Er nutzte mein Zögern sofort aus. Seine Hand schloss sich um mein Fußgelenk, um mich zu stoppen. Ich geriet ins Torkeln, keine Balance mehr, und musste mit den Armen rudern, um nicht nach vorne zu kippen. Nun war ich leichte Beute, er musste nur noch warten, bis ich das Gleichgewicht verlor. Dann war ich diejenige, die mit zerschmetterten Knochen auf der Straße lag und wahrscheinlich würde ich erst am nächsten Morgen entdeckt werden … wenn schon die Tauben auf mir herumpickten und der Bus mich überrollt hatte ….

»Mensch, Luzie, ich bin's! Mach keinen Scheiß!«

Eine andere Hand packte meinen Oberarm und zog mich in die Knie, bis der Mann mich wie ein kleines Päckchen in seine Arme nahm und durch das Fenster im Zimmer absetzte. Meine Beine waren butterweich. Ich konnte mich nicht auf ihnen halten und sank schlotternd zu Boden. Der Mann sprang mir hinterher und kniete sich vor mich.

»Alles in Ordnung?«

»Seppo«, flüsterte ich und schluchzte kurz auf vor Erleichterung. Ich hatte das Schimmern und den gebogenen Schatten, der mich eben so irritiert hatte, also richtig zugeordnet: Sie stammten von der Kette, die Seppo seit einigen Monaten trug. Eine silberne Kette mit einer einzelnen polierten Bärenklaue, die ich als ein Geschenk von Kelly interpretiert hatte. Solche Ketten konnte es nur in den USA geben. Doch nun war ich glücklich, sie zu sehen, sie und Seppo, obwohl sich schon beim nächsten verkrampften Atemzug ein tosender Zorn in mein Glück mischte.

»Bist du vollkommen wahnsinnig?«, schnauzte ich ihn an. Er wusste gar nicht, wie wahnsinnig er war ... Normalerweise schlief Leander in meinem Zimmer und ich wollte mir nicht ausmalen, was er getan hätte, wenn er den »Fremden« auf dem Dach entdeckt hätte. Er hätte die Bärenklaue niemals erkannt und völlig kopflos gehandelt. Am Ende hätten alle beide tot auf dem Asphalt gelegen. Auf der anderen Seite standen die Chancen neuerdings gut, dass Leander Seppo überhaupt nicht bemerkt hätte. Wenn er Pernod trank, schlief er nicht, sondern lag im Koma. Abgesehen davon schnarchte er dabei fürchterlich.

»Sorry, Katz, aber klingeln konnte ich nicht, oder? Es ist schon nach Mitternacht.« Seppo ließ mich wieder los. »Du hättest mich beinahe vom Dach gestoßen ...«

»Ich dachte, du bist ein Einbrecher! Was machst du hier überhaupt?«

»Scht.« Seppo legte sacht den Finger auf meinen Mund. »Nicht so laut. Meinst du, du kannst dich rausschleichen? Schlafen deine Eltern schon? Das Licht in ihrem Schlafzimmer ist jedenfalls aus. Seit ungefähr einer Stunde.«

»Aha«, sagte ich tumb. Bisschen zu viel Informationen auf einmal. Deutete ich das richtig – Seppo hatte unser Haus beobachtet? Er wusste sogar, wann Mama und Papa schlafen gingen? Eigentlich nannte man so etwas Stalken. Hatte Herr Rübsam uns beigebracht. Wir sollten das Aufpassen auf unsere Schützlinge nicht mit Stalken verwechseln, hatte er uns gestern noch eingetrichtert. Ich war nicht Seppos Schützling und es gab für ihn keinen Grund, nachts auf unser Dach zu klettern. Oder doch?

»Wieso rausschleichen?«

»Weil ich mit dir reden möchte. Das wolltest du doch, oder?« Seppo sah mich durchdringend an. Selbst im Halbdunkel meines Zimmers konnte ich sehen, wie unglaublich lang und gebogen seine Wimpern waren. Als Mama noch nichts von Parkour gewusst hatte, war sie ein glühender Seppo-Fan gewesen und hatte ganze Hohelieder auf seine Wimpern gesungen. Auch ich fand sie immer noch schön, selbst jetzt, in dieser unwirklichen Situation.

»Reden? Nein, äh, eigentlich wollte ich schlafen …«

»Kannste später. Los, zieh dir was an, es ist eine warme Nacht, wir gehen ein paar Schritte. Aber sei bloß leise!«, warnte er mich. »Wenn uns jemand entdeckt, bringt meine Mutter mich um.«

»Meine mich sowieso«, entgegnete ich seufzend, schlüpfte aus dem Bett und verbarrikadierte mich wie in Leanders

Gegenwart hinter der Schranktür, um mir unbeobachtet eine Cargohose und ein Kapuzenshirt überzustreifen. Als ich meine Schuhe zuband, war ich schon etwas wacher, ja, ich fühlte mich kribbelig und lebendig. Das hier roch nach einem kleinen Abenteuer und ich hatte so lange keine Abenteuer mehr erlebt – vor allem keine Abenteuer, die nichts mit Sky Patrol, Leanders Truppe und der Brigade zu tun hatten. Insgeheim labte ich mich an der Vorstellung, dass Leander in ein paar Minuten von seinem nächtlichen Trip zurückkam und mein Zimmer leer vorfand. Es geschah ihm recht, in Sorge zu zerfließen.

Trotz meiner Vorfreude nagte jedoch auch an mir für einen kurzen Moment die Sorge. Ich hatte nicht die leiseste Ahnung, wo Leander steckte. Schon in der vergangenen Woche war er mehr weg als zu Hause gewesen, aber wenn ich ihn fragte, wo er sich herumtrieb und was sein Dreisprung machte, wich er mir elegant aus und verlor sich in Andeutungen. Mamas Piepsen im Ohr war noch da, aber ich selbst hatte keine unerklärlichen Geräusche mehr gehört und hoffte deshalb darauf, dass Leanders Schutzbann noch hielt und ich mir alles nur eingebildet hatte.

»Fertig?«, fragte Seppo, nachdem ich mir meine Schuhe zugebunden hatte. Ich nickte.

»Dann komm!« Er sprang wie ich vorhin auf die Fensterbank. Ich folgte ihm. Genüsslich atmete ich die herbstliche Luft ein. Es roch würzig nach Rheinwasser, Benzin und feuchter Erde.

Seppo deutete nach links. »Bis da drüben gehen wir Hand in Hand, die Ziegel sind etwas wackelig, keine Widerrede, Katz! Ab da zeige ich dir, wie wir springen. Wir müssen ein paar Dächer hinter uns bringen, dann kommen wir an die Bäckerei, da ist um diese Uhrzeit niemand, sodass wir uns in Ruhe nach unten arbeiten können.«

Ein freudiger Jauchzer entfuhr mir. Wir würden Parkour machen, Seppo und ich, mitten in der Nacht! Ich verstand nicht, warum er dabei so ernst schaute – hatte er etwa wieder Angst, ich würde abstürzen? Er musste doch inzwischen kapiert haben, dass nicht nur er talentiert war. Selbst David Belle, der Erfinder des Parkour, hatte meine Fähigkeiten gelobt.

Dennoch ließ ich es zu, dass Seppo meine Hand ergriff und wir uns im vorsichtigen Gleichschritt dem Dachfirst näherten. Wie eine Katze ihre Pfoten setzte ich meine Füße auf den Ziegeln auf, vollkommen lautlos und sicher. Ich spürte bei jeder Bewegung die unendliche Weite des Nachthimmels über uns. Sie machte mir keine Angst. Es war vielmehr so, dass diese plötzliche Freiheit über den Dächern von Ludwigshafen mir neue Energien schenkte. Das hier war mein Herbstrun, ungeahnt und riskant, aber besser als jeder andere Run, den ich bisher gemacht hatte. Na, der zu Johnnys Balkon war auch genial gewesen, bis auf die Ziegen und meinen dämlichen Rock. Der Rock gab Punktabzug. Insofern hatte dieser hier jetzt schon den ersten Platz verdient.

Nach einer knappen Minute standen wir am äußersten Ende des Nachbardaches. Von hier aus war auch Leander immer abgesprungen, wenn er sich auf den Weg zu seinem nächtlichen Freiflug gemacht hatte.

»Siehst du das?« Seppo streckte die Hand aus und deutete nach unten. Ja, ich sah es: Dort befand sich ein Flachdach, ich schätzte den Höhenunterschied zwischen uns und ihm auf circa zwei Meter, das war locker zu schaffen, wenn man sich korrekt abrollte, und das hatte ich im vergangenen Jahr bis zum Exzess trainiert. Ich folgte Seppos Zeigefinger, der langsam weiterwanderte.

»Dort drüben kannst du am Rohr der Klimaanlage Schwung holen, wenn du dich nach oben wuchtest. Anschließend schräg übers Dach laufen, dann gelangst du zur Bäckerei, dort hinunter auf die Leuchtreklame, sie hält, ich habe es getestet. Spring aber nicht auf das B, da ist eine Schraube locker. Von dort aus kannst du dich auf den Zeitungskasten und weiter auf die Straße gleiten lassen. Sollen wir Stopps einlegen oder –?«

»Keine Stopps!«, rief ich entrüstet. »Das ist Parkour, kein Rentnerwettrennen!« Stopps einzulegen, widersprach dem Prinzip von Parkour. Parkour verlangte nach fließenden, dynamischen Bewegungsabläufen. Alles andere sah nicht nur beschissen aus, sondern konnte auch die Sicherheit gefährden, weil es einem den Schwung nahm, und eigentlich musste Seppo das genauso gut wissen wie ich. Er machte sich nur wieder Sorgen, mir könne etwas passieren. Ich sah es ihm an.

»Ich sollte das echt nicht tun … Mann, was tu ich da …«, grummelte er ungläubig, während er mich von oben bis unten taxierte. »Ich muss verrückt sein.«

Bevor er es sich anders überlegen konnte und mich zurück in mein Zimmer eskortierte, ging ich in die Knie und löste mich mit einem weichen Sprung von der Dachkante. Den Rest des Runs sah ich wie einen Film vor mir ablaufen, ja, ich glaubte zu sehen, was ich da tat, und ich machte es gut. Ich spürte, dass ich mich hätte aufwärmen sollen und meine Kraft in den Wochen meines Hausarrests nachgelassen hatte, aber ich war immer noch in Form und hatte nichts vergessen. Ich glaube, es war sogar mein erster längerer Run, bei dem nichts schiefging. Gut, es war kein besonders schwieriger Run – nichts, wobei man sich zu Tode stürzen konnte. Aber das Verletzungsrisiko war immer da, bei jedem Move und jedem Sprung und jedem Salto.

»Was hab ich dir beigebracht, Luzie, hm?« Seppo atmete schwer, nachdem er neben mir auf dem Boden aufgekommen war. Ich lachte laut auf, wie so oft nach einem Run. Oh, ich war süchtig nach diesem Gefühl, absolut süchtig …

»Weiß nicht«, nuschelte ich. Seppo hatte mir so vieles beigebracht, vor allem Regeln, und Regeln wurden bei mir grundsätzlich im Kurzzeitgedächtnis abgespeichert.

»Nie einfach so losstürmen, kapiert? Man gibt sich ein Zeichen und spricht vorher die Reihenfolge ab! Ich wollte vorgehen!«

»Oh Seppo, jetzt spiel hier nicht den Oberlehrer. Hat doch super geklappt! Können wir das nicht jede Nacht machen? Warum bist du nicht früher auf die Idee gekommen, ich meine, das ist die Lösung, wir treffen uns nachts zum Parkour …«

»He, he, he, langsam, Katz. Ich hab mich nicht zu dir geschlichen, um Parkour zu machen.«

»Nicht?«, fragte ich enttäuscht.

»Nein. Das war nur Mittel zum Zweck. Auf der Straße kann meine Mutter uns sehen und hören und du plapperst ja immer irgendetwas. Aber die Dächer nach hinten raus liegen im Verborgenen, die kann sie von unserem Haus nicht überblicken.«

»Na dann.« Das Stalken schien bei den Lombardis in der Familie zu liegen. Ohne uns darüber abzustimmen, schlugen Seppo und ich gemächlichen Schrittes den Weg zum Friedenspark ein. Ich streckte glückselig meine Arme in die Luft, um die neu gewonnene Freiheit am ganzen Körper fühlen zu können.

»Ach, Seppo, gib es schon zu, natürlich hast du das wegen Parkour gemacht, weswegen denn sonst?«

»Das müsstest du selbst eigentlich am besten wissen. *Du* willst doch mit mir reden.«

»Ich ...« Ich blieb stehen, um mich zu sammeln. »Was? Wieso ... Aber ich hab doch gar nicht ...« Konnte Seppo neuerdings Gedanken lesen? Dabei war es genau genommen nicht mal ich, die mit ihm reden wollte. Leander hatte mich dazu bewegen wollen, mit ihm zu reden. Mich »auszusprechen«. Doch da Leander nie wieder etwas dazu gesagt hatte, hatte ich diese Aufforderung bald wieder vergessen und nur flüchtig daran gedacht, wenn ich in meinem Gartenknast wie ein Schwerverbrecher auf und ab ging und mich nach meinen Jungs sehnte.

Da Seppo mir nicht auf die Sprünge helfen wollte, setzte ich mich wieder in Bewegung. Nach wenigen Minuten hatten wir den Friedenspark erreicht und liefen rüber zur

Halfpipe, unserem alten Revier, wo Seppo sich auf die Absprungrampe schwang und mich verschwörerisch angrinste.

»Na, gib's schon zu, Luzie ... ist doch nicht schlimm. Ich fand's außerdem sehr süß, ehrlich.«

»Was?« Nun verstand ich gar nichts mehr. »Was fandest du süß?«

»Deinen Brief. Ich wusste nicht, dass du so schön schreiben kannst ...«

»Kann ich auch nicht«, erwiderte ich abwehrend.

»Doch, kannst du wohl! Und soll ich dir was verraten? Ich hab schon die ganze Zeit geahnt, dass du nicht so tough bist, wie du immer tust.«

»Aber ich hab doch gar keinen Brief geschrieben!«, rief ich laut und schreckte damit ein Eichhörnchen aus dem Schlaf, das mit fliegenden Füßchen aus seinem Baum floh und raschelnd im Dickicht des Gebüschs verschwand.

»Luzie ...« Seppo streckte seine linke Hand aus, um mich neben sich zu ziehen, doch ich schob sie von mir weg und blieb am tiefsten Punkt der Pipe stehen. »Ach, Katz, jetzt stell dich nicht so an. Dachtest du denn, ich reagiere gar nicht darauf?«

Ich schwieg ein paar Sekunden, in denen meine Gedanken wild umherwirbelten und doch nur eine Schlussfolgerung zuließen – eine Schlussfolgerung, die ich nicht wahrhaben wollte.

»Du hast nicht darauf reagiert«, entgegnete ich mit leisem Vorwurf, um Zeit zu gewinnen.

»Jaaaa ... ich kann das nicht gut, Briefe schreiben. Aber

ich bin zu dir gekommen und jetzt sind wir ja beide hier, oder?«

»Ja. Sind wir.« Meine Kehle war trocken geworden. Seppo hatte also einen Brief bekommen. Von mir. Mit meiner Schrift. Es gab nur einen Menschen, nein, Verzeihung, ein Wesen, das mich so gut kannte und meine Schrift so perfekt nachahmen konnte, dass jeder davon ausgehen musste, ich sei die Verfasserin der Schriftstücke. Leander von Cherubim. Diese Ausgeburt der Hölle hatte sich allen Ernstes hingesetzt und in meinem Namen einen Brief an Seppo geschrieben. Ich kannte keinen einzigen Satz aus diesem Brief!

Das war ein Albtraum. Mir blieb nichts anderes übrig, als darin mitzuspielen und zu hoffen, dass Leander Seppo in meinem Namen keine überschwänglichen Liebesgeständnisse gemacht hatte. Das hätte mich doppelt geärgert. Zum einen hätten sie nicht der Wahrheit entsprochen und zum anderen: Wenn hier überhaupt irgendjemand Liebesgeständnisse machen sollte, dann war es Leander und nicht ich.

Zögerlich kletterte ich zu Seppo hinauf und nahm neben ihm Platz, achtete aber darauf, dass sich weder unsere Arme noch unsere Beine berührten.

»Und jetzt?«, fragte ich ungewohnt schüchtern. Was um Himmels willen sollte ich sagen? Ich wusste doch gar nicht, was ich geschrieben hatte. Aber Seppo schien mit seinen Gedanken woanders zu sein.

»Weißt du eigentlich, was für ein Glück du hast, dass ich den Brief bekommen habe?« Sein Lächeln wurde bitter.

Ja, echt, war das Glück gewesen? Ich empfand es eher als Pech.

»Hm«, antwortete ich dröge. »Warum Glück?«

»Weil meine Mutter Briefe an mich normalerweise abfängt und kontrolliert. Briefe von Mädchen werden entweder vor der ganzen Familie beim Essen vorgelesen und dabei ins Lächerliche gezogen oder aber ... oder ich kriege sie gar nicht erst.« Nun war sein Lächeln verschwunden. »Aber du hast deinen Brief in mein Zimmer gelegt, unter meine Computertastatur, das war clever. Wann wart ihr überhaupt bei uns essen?«

»Mama hat nur 'ne Pizza geholt«, schwindelte ich. In Wahrheit traute sich von uns keiner mehr rüber zu den Lombardis und schon gar nicht würde ich es wagen, eben mal schnell zu den Privaträumen zu stiefeln und Briefe in Seppos Zimmer zu schmuggeln. Trotzdem fiel mir ein kleiner Stein vom Herzen. Es ging bekanntlich immer noch schlimmer, als man dachte – wahrscheinlich wäre es für Mama Lombardi ein Fest gewesen, Leanders beziehungsweise meinen Brief vor der versammelten Mannschaft zum Besten zu geben.

»Wieso fängt deine Mutter Briefe an dich ab?« Zweite Frage: Von wie vielen Mädchen bekommst du überhaupt Briefe? Meiner war ja offensichtlich nicht der erste gewesen. Ich stellte fest, dass ich allmählich selbst an meinen Brief zu glauben begann. Wie auch immer – mein Brief, Leanders Brief. Mama Lombardi durfte das nicht tun, mit keinem Brief, ob echte oder gefälschte.

»Alles Schlampen außer Mutti«, erklärte Seppo bissig.

»So sieht sie das. Die passende Frau für mich muss ihrer Meinung nach erst noch gebacken werden, und wenn, dann muss es eine Italienerin sein, am besten aus dem Gastrogewerbe ... Die mich genauso gängelt wie sie und mir alles hinterherträgt.« Er schnaubte und ich spürte, wie sich seine Muskeln anspannten. »Luzie, wir beide hätten nie eine Chance gehabt. Niemals. Sie hätte es uns vermiest, bevor es angefangen hätte.«

Ich konnte nicht glauben, was Seppo mir erzählte. Es war zu viel Input in zu kurzer Zeit. Seppos Mutter hielt mich für eine Schlampe, Seppo sollte später eine Italienerin heiraten und wir beide hatten keine Chance für eine gemeinsame Zukunft? So weit, so gut. Damit konnte ich einigermaßen leben. Aber warum sagte Seppo mir das? Weil ich in »meinem« Brief darum gebettelt hatte, dass wir ein Paar wurden? Bitte nicht ...

Seppo stand ruckartig auf und sprang mit Wucht auf die andere Seite der Halfpipe, als müsse er sich an ihr abreagieren. Dann beruhigte er sich wieder, blieb aber abgewandt von mir stehen, sodass ich ihn in Ruhe anschauen konnte. Ich musste an den kleinen, runden Seppo mit den dunklen Krussellocken denken, zu dem mich meine Kindergärtnerin gesetzt hatte, weil ich mich bei den Mädchen in der Puppenecke nur gelangweilt hatte. Er hatte mich sofort angestrahlt und mir seinen blauen Lastwagen auf den Kopf gehauen. Seit diesem Moment waren wir unzertrennlich gewesen.

Jetzt war von seinen Locken nichts mehr zu sehen. Er trug seine Haare raspelkurz und ließ sich ab und zu Tribal-

Motive in die Partien oberhalb der Schläfen oder in den Nacken rasieren. Leander meinte, er würde die Haare nur deshalb so kurz tragen, weil sie ihm bald ausgehen würden. Schadensbegrenzung. Seppo selbst pflegte zu sagen, ein schönes Gesicht brauche Platz, ein Spruch, bei dem Serdan früher immer anerkennend gegrinst hatte.

Ich betrachtete Seppo gerne, ganz egal, welche Länge seine Haare hatten. Doch mir war vorher nie aufgefallen, wie traurig er gucken konnte. Er erinnerte mich an einen eingesperrten Wolf, der sich nach der Wildnis sehnte und nachts den Mond anheulte. Das konnte jedoch nichts daran ändern, dass ich mich in seiner Gegenwart so sicher fühlte wie bei kaum jemand anderem, erst recht, seitdem das blöde Bauchflattern sich gelegt hatte, das mir das Zusammensein mit Seppo in den vergangenen beiden Jahren so schwer gemacht hatte. Jetzt war ich nicht mehr in ihn verknallt und mein Plan, dass er der erste Mann war, der mich küssen durfte, war ebenfalls nicht aufgegangen. Es war Serdan gewesen. Seppos bester Freund. Und Seppo hatte es sicherlich noch in der gleichen Nacht herausgefunden, fast die ganze Klasse hatte darüber geredet. Erst jetzt wurde mir klar, wie blöd das für ihn gewesen sein musste. Trotzdem hatte er mir geholfen und mich gesucht, nachdem ich zusammen mit Leander von der Burgmauer gestürzt war.

»Aber du hast mit Kelly rumgemacht!«, sprach ich versehentlich laut aus, was ich zu meiner Verteidigung gedacht hatte.

»Ach, Luzie, da ist doch nichts gelaufen. Fast nichts.«

Seppo winkte ab. »Kelly ist Vergangenheit. Es war außerdem … es war … oh Luzie. Wie soll ich dir das erklären?«

»Definiere ›fast nichts‹.« Ohne dass ich damit gerechnet hatte, war die alte brennende Eifersucht zurückgekehrt. Sie zerfraß mich beinahe. Was sollte das? Ich wollte doch gar nichts mehr von Seppo.

Seppo drehte sich wieder zu mir um. Er wirkte ein wenig unsicher, als er sich neben mich setzte und hinauf in die Wipfel der Bäume starrte, die leise im Wind flüsterten. Ich hatte Ludwigshafen noch nie so ruhig erlebt. Ich nahm die Stadt um uns herum kaum noch wahr.

»Fast nichts …«, wiederholte Seppo seine eigenen Worte. »Hm. Sagen wir so. Es hat nicht geklappt. Um ehrlich zu sein, es war – furchtbar.«

Nun war die Stille auch in meinem Kopf, in meinen Ohren, in meinem Bauch. Überall. Sie dröhnte.

»Was war furchtbar?«

»Wir – wir wollten miteinander schlafen. Also, wir haben es versucht und … oh Scheiße …«

Obwohl ich es geahnt hatte – nicht die ganze Zeit, nur in den letzten Sekunden unseres Gesprächs –, traf die Erkenntnis mich wie ein Donnerschlag. Seppo hatte es getan. Er hatte mit Kelly geschlafen. Und ich hatte gedacht, sie hätten nur Arm in Arm auf dem Boden gelegen und sich allerhöchstens kurz geküsst …

»Warum?«, krächzte ich hilflos. Eigentlich hätte ich spätestens jetzt davonrennen müssen, nicht ohne Seppo noch eine Beleidigung an den Kopf zu knallen, eine deftige Beleidigung, doch ich blieb einfach nur neben ihm sitzen und hörte ihm zu. Zu meiner allergrößten Verwunderung fühlte es sich gar nicht schlimm an. Jedenfalls nicht so schlimm, wie meine Eifersucht dachte.

»Ich weiß nicht ... Kann ich nicht genau erklären. Ich glaub, sie ... sie ... Luzie, sorry, ich kann es nicht erklären. Ich will es am liebsten nie wieder machen. Nie wieder!«

»Nein, ich meine ... warum hast du es überhaupt getan? Wieso? Es war auf der Klassenfahrt, oder?«

Seppo atmete angestrengt aus. »Ja. Genau. Warum ich es getan hab? Weil es die einzige Chance für mich war, dort, auf der Klassenfahrt. Ich darf keine Mädchen mit nach Hause bringen. Ich darf auch nicht mit Mädchen ausgehen oder sie besuchen. Erinnerst du dich an unser geplatztes Kinodate?«

Ja – wie hätte ich es jemals vergessen können? Leander hatte es gar nicht erst dazu kommen lassen.

»Glaub mir, das wäre sowieso nichts geworden. Spätestens nach zwei Minuten Film hätte sie mich per Handy nach Hause geordert. Sie kontrolliert alles, was ich mache, jeden Schritt, jeden Gedanken. Alles. Die Klassenfahrt war meine einzige Chance ... meine einzige Chance ...«

»Sex zu haben?«, ergänzte ich giftig.

»Nein. Meine einzige Chance, frei zu sein.« Plötzlich kam mir wieder in den Sinn, was Seppo quer über den Gang gebrüllt hatte, als wir in der Burg wegen des doofen Flaschendrehens miteinander gestritten hatten. »Das verstehst du nicht! Du verstehst das einfach nicht!« Ja, ich hatte nichts verstanden – wie auch? Aber nun begriff ich nach und nach, was er damals gemeint hatte.

»Na, und du hast ja mit Serdan geknutscht ...«

Ich stöhnte genervt auf. Wie oft würde mir das eigentlich noch vorgehalten werden?

»Außerdem hätte ich es mit dir nie tun wollen, Katz.«

Meinte er mit »es« etwa das, was er mit Kelly getan hatte? Und warum bitte schön mit mir nicht? War ich ihm zu jungenhaft? Zu dünn? Zu rothaarig? Doch ich fragte nicht nach, da ich im Grunde wusste, wieso. Weil wir Freunde waren und weil er mich nicht hatte ausnutzen wollen. Ich konnte nichts dagegen tun, dass mir die Tränen in die Augen stiegen. Verzweifelt nagte ich auf meiner Zunge herum, um nicht zu weinen. Doch es nützte nichts.

»Du warst der erste Junge, in den ich verliebt war«, brach es aus mir heraus. »Der allererste!«

»Und du bist das wichtigste Mädchen in meinem Leben. Du bist so wichtig für mich, Luzie, ehrlich. Das weißt du gar nicht. Ich möchte, dass das so bleibt, bis ich uralt bin, ganz egal, was passiert. Du bist doch meine Katz.«

Heulend ließ ich meinen Kopf an seine Schulter sacken. Was er sagte, klang zu endgültig, zu entschieden, zu resigniert. Es klang nach Abschied.

»Was hast du vor, Seppo?«, hörte ich mich weinend fragen. Leander musste mehr gewusst und gesehen haben als ich, die ganze Zeit schon. Obwohl er Seppo stets veralbert hatte, war ihm nichts entgangen; er hatte gespürt, dass bei ihm vieles im Argen lag. Wahrscheinlich war es höchste Zeit für seinen vermaledeiten Brief gewesen. Und ich hatte keine Ahnung gehabt! Seppos Vater hatte mich immer geknuddelt und geherzt, wir hatten jeden Freitag dort Pizza gegessen und Silvester alljährlich in der Pizzeria gefeiert, zusammen gelacht und getanzt. Stimmt, in Mama Lombardis Gegenwart hatte ich mich oft befangen gefühlt, es kam mir nicht so vor, als ob sie mich mochte, aber niemals hätte ich gedacht, dass Seppo in einem solchen Gefängnis sitzt. Und auch nicht, dass sie mich für eine Schlampe hielt.

Seppo legte seinen Arm um meine Schultern und zog mich zu sich, bis ich fast auf seinem Schoß saß.

»Ich werde abhauen, Luzie. Ich halte es hier nicht mehr aus. Ich gehe weg. Nach Italien.«

Alkoholkontrolle

»Das ist Mist, was du da vorhast, Seppo, totaler Mist!« Wie er vor wenigen Minuten trat ich gegen die Umzäunung der Absprungrampe, weil ich nicht wusste, wohin mit meinen überschüssigen Energien. Alles in mir tobte und schrie. »Du kannst nicht weggehen. Wo genau willst du überhaupt hin?«

»Zu meinem Onkel. Der hat ein Hotel in Apulien und dort kann ich meine Gastroausbildung machen. Er sucht im Moment ganz dringend jemanden, der sofort mit anpackt …«

»Also dasselbe in Grün«, fiel ich schneidend dazwischen. »Gastroausbildung. Dann bekommen deine Eltern doch, was sie wollen!«

»Ja, aber woanders. Nicht bei ihnen. Und mein Onkel wird mich nicht verpfeifen. Selbst wenn, meine Mutter holt mich da nicht weg, das wagt sie nicht. Er hat noch eine Rechnung mit ihr offen.«

»Wolltest du nicht eigentlich Mechatroniker werden?«

Seppo hatte immer davon geredet, dass er später den ganzen Tag an Autos herumschrauben wolle. Bloß nicht Gastronomie. Aber als seine Klasse Berufspraktikum hatte, hatten seine Eltern es über tausend Tricks und Umwege geschafft, ihn bei sich selbst Praktikum machen zu lassen. Ich hatte Seppo selten so schlecht gelaunt erlebt wie in dieser Woche. Er hatte sogar schon die Zusage einer Kfz-Werkstatt aus Mundenheim gehabt – und dann das. Wieder einmal Pizzateig kneten. Er hasste es. Und ich fand, dass es herzlich egal war, ob man in Deutschland oder in Italien Pizzateig knetete. Das machte in Italien nicht mehr Spaß als hier.

»Seppo, jetzt tu nicht so …«

»Ja, stimmt, ich wollte Mechatroniker werden. Ich wollte auch eine Freundin haben, ganz normal, und Parkour machen und mich mit Kumpels treffen können …« Seppo brach mit düsterer Miene ab.

Kumpels treffen. Stimmt, das war in den vergangenen Wochen zu kurz gekommen. War zwar Seppos eigene Schuld, aber vielleicht ließ sich mit diesem Punkt arbeiten. Ich überredete mich dazu, etwas ruhiger zu atmen und mich wieder neben ihn zu setzen.

»Pass mal auf. Das mit Serdan renkt sich bestimmt wieder ein. Wir haben nichts miteinander, wir hatten auch in den Ferien nichts miteinander, du kannst ganz entspannt sein …«

»Ich bin entspannt!«, brüllte Seppo.

»Warum schreist du dann so?«, fragte ich mit eingezogenem Kopf. Meine Tränen waren versiegt. Im Moment war ich vor allem sauer. Und vorsichtig. Seppo schien mir unkalkulierbar zu sein, wie ein Feuerwerkskörper, von dem man nicht weiß, in welche Richtung er hüpft.

»Okay, ich bin nicht entspannt, aber es hat nichts mit Serdan zu tun.«

»Ach, komm, Seppo, ihr habt euch nur noch dumm angemacht …«

»Ja. Weil ich neidisch war auf euren Trip. Ich durfte noch nie alleine wegfahren, aber ihr, ihr habt das durchgezogen, alleine durch Frankreich. Während ich jeden Tag bis zum Umfallen geschuftet habe. Ich durfte nicht ein einziges Mal ausschlafen!«

»So toll war es auch wieder nicht«, gestand ich. »Außerdem hab ich bis Weihnachten Hausarrest. Willst du das etwa auch haben?«

»Ich hab Hausarrest, Luzie. Immer. Jeden Tag. Deshalb bin ich ganz froh, dass wir kein Parkour mehr machen. Die haben mich doch sowieso kaum mehr rausgelassen … Und wenn ich dann trotzdem gegangen bin, gab es anschließend immer Ärger. Nein, Katz, ich muss weg aus Ludwigshafen. Ich hab hier keine Zukunft.«

Ich ließ meinen Kopf auf meine angezogenen Knie sinken. Fielen mir denn gar keine guten Argumente mehr ein?

»Du willst also ganz ernsthaft in Italien Pizzabäcker werden? Für immer?«

»Natürlich nicht für immer. Nur bis ich achtzehn bin. Dann melde ich mich freiwillig beim italienischen Militär und kann dort mein Geld verdienen.«

»Beim Militär«, echote ich fassungslos. Seppo wollte Soldat werden? Das nannte man dann wohl »von einem Gefängnis ins andere«.

»Ja. Beim Militär. Ich will endlich frei und unabhängig sein.«

Ich lachte dünn auf. Frei sein beim Militär. Dachte Seppo manchmal auch über das nach, was er sagte? Oder war es derart schlimm bei ihm zu Hause, dass man als Soldat ein freieres Leben führte? Nein, er redete sich etwas ein. Ich musste ihn davon abbringen, unbedingt. Irgendwie drehten im Moment alle durch. Billy wollte in einer Band spielen, Seppo plante eine Militärlaufbahn, Leander schrieb in Freundebücher, obwohl ihn niemand sehen konnte. Jungs eben. Nur Müll im Kopf.

Doch lachen konnte ich darüber nicht. Das Wort Militär lag wie eine Zeitbombe in meinen Eingeweiden. Vergangene Woche hatte ich mit Leander darüber diskutiert, ob erwachsene Soldaten nicht einen Wächter verdient hätten. Politiker und wichtige Wissenschaftler und Stars bekamen welche, Soldaten im Kriegseinsatz keine. Ich fand das hochgradig ungerecht. Doch Leander sagte, dass die Zentrale seit Jahrhunderten immer wieder darüber streite und sich nicht einig werden könne. Bisher stimme die Mehrheit gegen den Wächtereinsatz im Krieg. Offizielle Begründung: Zum einen sei die Gefahr zu hoch, dass etliche Wächter im Kriegseinsatz auf die andere Seite gerissen würden; zum anderen bräuchten die Menschen die Schrecken des Krieges, um zu begreifen, dass man ihn gar nicht erst führen solle. Wenn sämtliche Soldaten stets heil und gesund von ihren Einsätzen nach Hause kämen, würde der Krieg auf die leichte Schulter genommen und unnötig oft angezettelt – so die Meinung der Zentrale. Meine Meinung war im Gegensatz zu dem zerstrittenen Wächterhaufen sonnenklar. Sky Patrol hatte mächtig Schiss in der Hose, wenn es auf das Thema Krieg kam.

Aber wie sollte ich Seppo das beibringen? Dass er völlig ohne Schutz sein würde, wenn er sich für den Militärdienst verpflichtete? Unmöglich. Dann musste ich eben betteln.

»Seppo … Geh nicht. Bitte geh nicht weg. Lass mich nicht allein.«

»Ich muss dich doch so oder so ständig alleine lassen. Hey, wir können uns mailen …« Er strich mir tröstend über die Wange.

»Du hast mir noch nie gemailt. Warum solltest du jetzt mailen?«

»Weil ich weit weg bin? Deshalb?«

»Pfff«, machte ich, ein waschechtes Leander-Pff, und spürte, wie die Tränen zurückkamen. Ich stand hier auf verlorenem Posten. Seppo hatte sich entschieden. Für ihn gab es nur diesen einen Weg, und wenn ich ehrlich zu mir war, sah ich auch keinen anderen. Aber es musste einen dritten Weg geben! Ob ich mit seinen Eltern darüber reden sollte? Sie bitten, ihm ein bisschen mehr Freiheit einzuräumen? Ich musste an den kalten, vernichtenden Blick denken, mit dem seine Mutter mich immer wieder gestreift hatte, als wir in der Pizzeria Lombardi unsere Parkour-Beichte abgelegt hatten. Sie verachtete mich. Niemals würde sie mir auch nur eine Minute lang zuhören. Und sein Vater? Hatte der überhaupt etwas zu melden bei den Lombardis?

Aber wenn alles andere nicht half, half vielleicht Erpressung. Probieren konnte ich es.

»Solltest du das wirklich durchziehen, Seppo, dann bist du für mich gestorben. Ein für alle Mal. Dann schaue ich dich nie wieder an, rede nie wieder mit dir und wehe, du versuchst, mich anzufassen ...« Ich blitzte ihn warnend an. »Wenn du mich anfasst, schlage ich dich tot.«

Hm. Das klang nicht sehr überzeugend. Und nun schlich sich auch noch ein vertrautes Schmunzeln in Seppos Augen ... so dunkle, samtige Augen ...

»Du bist ein blöder, gemeiner, egoistischer Idiot, Giuseppe!«, schrie ich, sprang mit einem Satz von der Halfpipe und begann zu rennen, zurück nach Hause – nach Hause? Wie sollte ich überhaupt in mein Zimmer gelangen? Ich hatte keinen Schlüssel dabei. Es blieb nur der Weg über die Dächer. Nun, das sollte kein unüberwindbares Problem darstellen. Vom Vordach der Bäckerei aus würde ich die Strecke über die anderen Dächer leicht finden können. Ich musste nur auf die Buchstaben der Leuchtreklame hechten; erst der Zeitungskasten, dann die Reklame, wie viele Meter mochten das sein? Zwei? Zwei Meter in die Höhe und nur ein hüfthoher Zeitungskasten als Absprungrampe? Ich war doch kein Känguru! Aber mir blieb nichts anderes übrig, als es zu versuchen, obwohl ich völlig außer Atem war und Seitenstechen hatte, als ich die Prinzregentenstraße erreicht hatte. Ich bremste gar nicht erst ab, um erneut zu überlegen. Seppo hatte mir stets eingebläut, wie wichtig es beim Parkour sei, während des Runs das Ziel im Auge zu behalten, ohne Zweifel, ohne Zögern, nur das bewahre die Energie auf einem konstanten Level … Hier, da war der Zeitungskasten, ein Sprung auf den Rand, noch ein Sprung …

»Shit!« Meine Hände griffen einen halben Meter unter den Buchstaben der Leuchtreklame ins Leere und ich landete unsanft auf meinen Füßen. Ich war zu klein. Für diese Distanz war ich schlichtweg zu klein …

»Du bist zu klein, Katz. Das schaffst du ohne Hilfe nicht. Komm, ich heb dich hoch.«

»Du schon wieder …«, murrte ich, ohne Seppo eines Blickes zu würdigen. Seppo schnaufte nach dem langen Sprint hierher, doch sein stressiger Sommer in der Pizzeria hatte ihn wieder schlanker werden lassen. Ich spürte seine altvertraute Kraft, als er mich bei den Hüften nahm und anhob, sodass ich mich am Ä auf das Vordach hangeln konnte. Tja, so schnell hatte ich vergessen, dass er mich eigentlich nie wieder anfassen durfte. Aber ich war zu ausgepowert, um weitere Erpressungsdrohreden zu schwingen oder gar umzusetzen.

Schweigend arbeiteten wir uns bis zu unserem Nachbardach vor. Bei der Klimaanlage musste Seppo mich ein weiteres Mal nach oben stemmen. Dieser Run funktionierte für mich nur abwärts, nicht aufwärts. Seppo würde den ganzen Weg wieder zurückgehen müssen, denn er hatte vor, die Pizzeria auf normalem Wege zu betreten, ungeachtet der Gefahr, dass seine Mutter ihn bemerken konnte.

»Ich hab nichts mehr zu verlieren«, erklärte er müde, als wir auf dem Nachbardach angekommen waren.

»Wann willst du fahren?«, fragte ich erstickt. Gleich würde ich wieder anfangen zu heulen.

»Ich muss noch ein bisschen Geld zusammensparen, für das Zugticket. Ich schätze, in zwei Wochen bin ich so weit. Vielleicht auch schon früher. Ich kann mich doch auf dich verlassen, Katz? Oder? Bitte verpfeif mich nicht, ja? Und bitte, schreib mir keinen Brief mehr. Das nächste Mal findet sie ihn.«

Ich sah kühl durch ihn hindurch. Hatte er das verdient? Immerhin hatte er mich vergangenes Jahr verraten. Richtig link war das gewesen. Aber ich musste seine Fehler ja nicht nachmachen. Außerdem fuhr er erst in zwei Wochen: ein klitzekleiner Hoffnungsschimmer. Zwei Wochen war nicht morgen. Ja, zwei Wochen konnten eine lange Zeit sein ... Ich würde sie nutzen müssen, um mir eine Lösung auszudenken. Von nun an würde nicht nur Billy mein Schützling sein, sondern auch Seppo. Es ging nicht anders.

»Klar verrate ich dich nicht«, sagte ich nach einer Weile, in der Seppo mich ununterbrochen ansah. »Ehrensache.«

»Danke, Katz.« Ich erstarrte beinahe, als er sich zu mir beugte und mir einen zarten Kuss auf die Wange drückte. »Schlaf gut. Na los, Marsch ins Bett!«

Er blieb auf dem First hocken, um mir hinterherzuschauen, wie ich hinüber zu unserem Dach kraxelte und mich zu meinem Fenster vortastete. Er tat das, um mir im Notfall helfen zu können. Dabei wussten wir beide, dass ein einziger Fehltritt den Tod bedeuten konnte, und der kam beim Parkour so schnell, dass manchmal jede Hilfe vergebens war.

Ich wollte meine Füße gerade auf das Sims schwingen, als mir der schwache Lichtschimmer auffiel, der aus meinem Zimmer nach draußen drang und die Ziegel gelblich glitzern ließ. Nanu? War Leander inzwischen nach Hause gekommen? Ich war mir sicher, das Licht der Nachttischlampe ausgeschaltet zu haben, bevor Seppo und ich losgezogen waren – wäre ja auch blöd gewesen, es anzulassen; es hätte Mama misstrauisch stimmen können, falls sie wie hin und wieder in letzter Zeit schlaflos durch die Wohnung taperte.

Klar, Leander war wieder da. Endlich. Ein zufriedenes Grinsen machte sich auf meinem Gesicht breit, als ich mir vorstellte, wie er heimgekehrt war und das Zimmer leer vorgefunden hatte, um dann voller Sorge und zerschunden von seinem schlechten Gewissen auf und ab zu laufen, in Gedanken allein bei mir ... Und nun saß er auf seinem Stammplatz auf dem Schreibtisch und wimmerte klagend vor sich hin. Ich sollte ihn wohl mal erlösen.

»Guck-guck!«, rief ich fröhlich und schob mich mit einer schwungvollen Bewegung auf das Fenstersims. »Oh nein ... Kacke ...«

Die Gestalt, die auf dem Bett saß und mehrere zerknüllte Taschentücher um sich herum verteilt hatte, war nicht Leander. Sie war viel zu vollbusig und bunt für Leander. Leander trug keine rosafarbenen Frotteeplüschbademäntel und auch keine violetten Satinnachthemden. Es war Mama.

Ein bebendes Aufschluchzen brachte ihre Locken zum Vibrieren, als sie sich aufrichtete und einen länglichen Gegenstand in die Höhe streckte. Was war das – ein Schlagstock? Wollte sie mir zur Strafe eins über die Rübe ziehen?

»Wo kommst du her, Luzie? Und was ist das hier?« Ihre Stimme hatte eine solch schrille Frequenz angenommen, dass Mogwai sich unruhig in seinem Körbchen drehte, und das, obwohl er fast taub war. Auch ich hätte mich gerne wieder umgedreht.

»Das ist … äh …« Ich kniff die Augen zusammen, um es erkennen zu können. »… ein Taschenregenschirm?«

»Eine Thermoskanne mit Schnaps! Schnaps!«, brach sich Mamas Kreischen an den hohen Wänden meines Zimmers. Sie schwenkte die Kanne hin und her wie ein Fluglotse sein Fähnchen. Ein durchdringender Anisgeruch breitete sich aus.

»Das ist kein Schnaps, Mama. Das ist Likör. Pernod. Und er gehört nicht mir.«

»Keine Lügen, mein Fräulein! Wem soll er denn bitte sonst gehören? Dem Pumuckl?«

Hm. Das traf es eigentlich ganz gut.

»Mama, er gehört echt nicht mir, ich hab keinen Schluck davon getrunken, der ist … von … für …«

»Luzie.« Ein neuerliches Schluchzen schüttelte Mama, wobei die Schlafbrille, die sich auf ihre gerötete Stirn geschoben hatte, leise knisterte.

»Für ein Chemieexperiment! Herr Rübsam hat ihn mir gegeben, damit ich …«

»Luzie, es reicht jetzt ein für allemal. Herr Rübsam unterrichtet kein Chemie. Keine Lügengeschichten mehr! Es steht mir bis hier!« Mama machte eine Bewegung, als wolle sie sich die Kehle durchtrennen. »Du verlässt nachts das Haus, über das Dach, aus dem Obergeschoss! Und unter deinem Sofa finde ich eine Thermoskanne mit Alkohol! Du bist erst vierzehn!! Hast du das vergessen? Und hast du vergessen, dass wir dir Parkour verboten haben? Was soll ich nur machen, um dich zur Vernunft zu bringen, was soll ich tun? Was?« Mama blickte flehend an die Zimmerdecke, während dicke Tränen über ihre Wangen kullerten.

Ich bringe dich um, Leander, dachte ich mit einem eisigen Gefühl in meinem Bauch. Diesmal bist du dran. Und du auch, Seppo. Beide seid ihr dran.

»Dann teste doch meinen Atem, Mama. Hier, riech.« Obwohl meine Mutter mir in diesem Zustand ganz und gar nicht geheuer war, trat ich mutig auf sie zu und hauchte ihr ins Gesicht. »Nichts, oder? Und dass ich übers Dach gegangen bin, war eine Ausnahme, ehrlich … ich wollte es eigentlich gar nicht, aber S–« Ich schluckte. Nein. Ich hatte Seppo eben noch versprochen, ihn nicht zu verraten, und das galt auch für Parkour. »'s war halt so eine schöne Nacht«, vollendete ich meinen Satz. »Ich hab's hier drinnen nicht mehr ausgehalten. Ihr sperrt mich ein …«

»Ja, und weißt du was, Luzie? Ab sofort werden wir dich doppelt und dreifach einsperren. Ich werde Papa bitten, dein Fenster mit einem Schloss zu versehen. Alle Fenster werden wir mit Schlössern versehen, alle! Schlösser und Gitter! Und sobald du nachmittags aus der Schule kommst, händigst du mir deinen Hausschlüssel aus. Ach, wenn wir nur genug Geld hätten, dich in ein Internat zu schicken ...« Oh, die Internatspredigt. Seit den Ferien hörte ich sie ständig. »Ein Internat wäre die Lösung. Was hab ich nur falsch gemacht? Was?« Wieder blickte Mama mit verweinten Augen zur Decke.

»Gar nichts, Mama.« Ich tätschelte ihr plüschiges Knie, bereit, jeden Moment in Deckung zu gehen. »Du hast ganz bestimmt nichts falsch gemacht. Bis auf den Hausarrest vielleicht ...«

Sie heulte röhrend auf. Ich sah mich ratlos in meinem Zimmer um. Wie konnte ich sie nur beruhigen? Musik auflegen? Den schönen Sternenhimmel anschalten? Sie liebte Lichterketten.

»Du hast ja nicht einmal ein schlechtes Gewissen, Luzie!«

Ich widersprach nicht. Es stimmte, dass ich während des gesamten nächtlichen Dates mit Seppo keinen Augenblick lang an Mama und Papa gedacht hatte – und auch nicht daran, bei unserem Trip über die Dächer abstürzen zu können. Aber exakt das war das Geheimnis eines guten Runs. Dass man *nicht* an einen Absturz dachte. Doch davon verstand Mama nichts. Und erst recht wusste sie nicht, was Seppo mir eben verkündet hatte. Sagen durfte ich es ihr jedoch auch nicht. Das hatte ich ihm versprochen.

»Es war ein Ausrutscher, Mama. Wird nicht wieder vorkommen. Geh wieder ins Bett, ja?«

»Und wie willst du mir das mit dem Alkohol erklären?«

Nun waren neue Lügengeschichten gefragt. Ich blickte ertappt zu Boden und mimte die reuige Tochter.

»Na gut, ich geb es zu, ich hab probiert. Einen Schluck. Aber es hat scheußlich geschmeckt! Ich hab es beinahe wieder ausgespuckt! Bei uns in der Klasse geht diese Kanne ...« Ich stockte und musterte sie. Gehörte sie uns? Oder hatte Leander sie geliehen? Sie kam mir nicht bekannt vor. »... diese Kanne geht rum, von Bank zu Bank, wie eine Mutprobe, weißt du ... Seppo hat mir verboten, daraus zu trinken, und deshalb wollte ich es erst recht tun. Aber das Zeug ist total eklig.« War das überzeugend gewesen? Ich fand den Pernod tatsächlich eklig, das war nicht gelogen. Er roch sogar so eklig, dass ich ihn freiwillig auf keinen Fall probieren würde. Aber das würde mir Mama niemals glauben.

Und dieses Mal war sie nicht willens, mir zu verraten, ob sie mir verzieh und glaubte oder nicht. Ihre verständnisvolle Mutter-Tochter-wir-dekorieren-zusammen-das-Zimmer-Phase war endgültig vorüber. Sie stand wortlos auf, wankte mit gezückter Kleenex-Box zur Tür und ließ sie ohne einen Gutenachtgruß ins Schloss fallen. Sie würde die ganze Nacht kein Auge zutun und sich mit Vorwürfen quälen, genauso wie Papa, der vermutlich alles mit angehört hatte – ich wusste es. Ihre Enttäuschung waberte wie ein unruhiges Spukgespenst durch unsere Wohnung.

Auch ich fand keinen Schlaf. Wann immer ich daran dachte, dass Seppo weggehen würde, rannen mir die Tränen aus den Augenwinkeln, ohne dass ich etwas dagegen tun konnte. Und wann immer ich zum Fenster sah und hoffte, dass Leanders Schatten auftauchen würde, verwandelte sich meine Traurigkeit in einen heißen, beißenden Zorn.

Er ließ mich allein. Nicht aus Not, nicht aus dem Willen heraus, mich von Gefahren fernzuhalten, nicht aus Zwang und Druck seitens Sky Patrol. Auch nicht aus Freiheitsliebe wie Seppo. Und erst recht nicht, weil er eine Pause von mir brauchte.

Nein. Ich war ihm einfach nur gleichgültig geworden.

ROSA AUSSICHTEN

»Chérie ...?« Es war mehr ein Wimmern als ein Wort, was da durch den Raum zitterte, schwach und leidend, doch ich stellte mich weiterhin komatös. »Bist du wach?«

Natürlich war ich wach. Wie sollte man auch schlafen können, wenn sich jemand zwei Meter Luftlinie entfernt im Sekundentakt drehte und wälzte und dies mit dramatischem Stöhnen und Seufzen bekräftigte, ein Klagegesang, der nur von französischen Stoßgebeten unterbrochen wurde. Doch ich drehte Leander stur den Rücken zu.

»Luzie ... mir ist nicht wohl.«

Ach. Ihm war nicht wohl? Fein. Mir war auch nicht wohl. Mir war sogar selten weniger wohl gewesen als an diesem Morgen. Ich fühlte mich, als wäre mir ein Laster über den Kopf gefahren, nachdem tausend winzige Zwerge auf meinem Bauch Pogo getanzt hatten. Ich hatte nicht mehr als ein oder zwei Stunden geschlafen. In dieser Zeit musste Leander zurückgekehrt sein. Jedes Mal, wenn er sich drehte und wälzte, wallte der Geruch nach abgestandenem Zigarettenrauch, vermischt mit einer leichten Bierfahne, durch das Zimmer. Auch das hielt mich vom Schlafen ab. Das und mein Zorn.

Dabei wäre Schlafen jetzt eigentlich die Lösung Nummer eins gewesen. Schlafen und vergessen. Doch mein Wecker hatte bereits geklingelt, und wenn ich nicht bald durch den Flur zum Bad schlich, würde Mama sich berufen fühlen, den Weckdienst zu übernehmen.

Aber wie sollte ich in diesem Zustand zur Schule gehen? Der Unterricht begann heute mit einer Doppelstunde Sport, etwas, worauf ich mich normalerweise freute. Nicht heute. Ich würde nicht einmal einen Ball in die Hände nehmen können. Als ich von Leanders Gestöhne aufgewacht war – das musste gegen Morgen gewesen sein –, hatte meine gesamte rechte Seite geschmerzt, weil ich völlig verkrampft eingenickt war, den Kopf zum Fenster gedreht, damit ich es ja nicht verpasste, falls erneut ein Schatten darin auftauchte. Seppo, der es sich anders überlegt hatte und mir gestand, dass alles nur eine Schnapsidee gewesen war. Oder Leander, dem ich bitterste Vorwürfe machen würde, bevor ich es zuließ, dass er sich reuig bei mir entschuldigte.

Doch nichts dergleichen war geschehen. Ich wartete vergebens, bis alle meine Muskeln sich verspannten. Wenn ich nicht wollte, dass mir das Gleiche mit meiner linken Körperseite passierte – ich spürte bereits meine Fingerspitzen nicht mehr –, musste ich mich rühren, auch wenn selbst diese kleine Reaktion Leander jene Aufmerksamkeit schenken würde, nach der er in seinem übertriebenen Passionsspiel verlangte.

Als ich mich wie im Schlaf auf die andere Seite drehte, begann meine Schläfe zu pochen, ein leiser, ziehender

Schmerz. Auch das noch. Ich lauschte nach draußen, wo sich ein sanftes, gleichmäßiges Rauschen unter den Verkehrslärm der erwachenden Stadt legte. Das Wetter hatte umgeschlagen. Es regnete in Strömen. Der Spätsommer war endgültig vorüber. Ich konnte kaum glauben, dass ich erst heute Nacht mit Seppo im Friedenspark auf der Halfpipe gesessen war. Dass er weggehen wollte, für immer ...

»Luzie! Bist du wach!? Es wird Zeit! Aufstehen!«

Ich hatte es ja geahnt. Gleich würde sie an die Tür klopfen, was bei Mama so ähnlich war, als würde ein Zwei-Meter-Handwerker seinen Vorschlaghammer dagegendonnern. Sie klang nicht, als hätte sie sich über Nacht entschieden, mir zu glauben und zu verzeihen. Ganz im Gegenteil: Sie klang zu allem entschlossen und tief verletzt dazu. Ich öffnete mein linkes Auge einen vorsichtigen Millimeter und sah, wie sich die Klinke nach unten bewegte. Irgendwann in der Nacht war ich noch einmal aufgestanden und hatte die Tür abgeschlossen. Für den Fall, dass Seppo erneut auftauchte. Aber wie gesagt – vergebliche Hoffnungen.

»Hast du etwa abgeschlossen? Luzie? Luzie, rede mit mir! Bist du da? Oh Gott, sie ist wieder abgehauen ... Heribert!«

»Ich bin da, Mama!«, rief ich und jaulte leise auf, weil ein Krampf in meine linke Wade fuhr, als ich mich bewegte. Ich umgriff meine Zehen und zog sie in Richtung meiner Brust. »Kannst du mir eine Entschuldigung für die ersten beiden Stunden schreiben?«

»Eine Entschuldigung?«, japste Mama empört. »Luzie, du …«

»Bitte, Mama. Wir haben Sport und ich hab meine Tage bekommen. Mir geht es echt nicht gut. Ich hab solche Kopfschmerzen. Und Bauchkrämpfe.«

Schweigen hinter der Tür. Sie überlegte. Meine Ausrede war die beste, die ich hatte, auch wenn sie frei erfunden war. Bis auf die Kopf- und Bauchschmerzen.

»Sport, sagst du?«, hakte Mama nach einigen stillen Sekunden etwas sanfter nach.

»Ja«, antwortete ich gequält. »Bodenturnen.«

Ich hielt die Luft an. Bodenturnen war eine gute Wahl. Wir machten derzeit Basketball, aber mir schien Bodenturnen die mitleiderregendste Variante für ein Mädchen mit Menstruationsbeschwerden zu sein.

»Zur dritten Stunde wirst du zur Schule gehen, ist das klar? Und nachher gibst du mir deinen Zimmerschlüssel.«

»In Ordnung.« Ich atmete erleichtert aus und zog die Decke wieder über meine Schultern. Ich durfte noch ein bisschen liegen bleiben, im warmen, weichen Bett. In meinem Zimmer war es nämlich eiskalt geworden in den Morgenstunden. Wir hatten »erst« Anfang Oktober. Da wurde nicht geheizt, selbst wenn draußen ein Schneesturm tobte. Die Heizsaison begann für Papa Mitte Oktober und keinen Tag früher.

»Brauchst du etwas?«, hakte Mama nach einer kurzen Weile nach. »Soll ich dir, äh …«

»Hab alles!«, vermeldete ich kurz angebunden. »Ich will

nur noch ein bisschen daliegen. Sonst nichts.« Ja, das hörte sich nach wahrem Leiden an. Wenn Mama Zipperlein oder gar ein Migräneanfall plagten, wollte sie nicht schlafen, sondern »nur daliegen«. Besorgen musste sie mir auch nichts. Jetzt nicht und vermutlich nie wieder. Ich hatte alles da, für die nächsten fünf Jahre mindestens. Denn Leander hatte es sich zu seiner persönlichen Aufgabe gemacht, für meine Hygieneartikel zu sorgen, wenn er in den Drogeriemarkt ging und sich etwas »lieh«. Eine Packung Binden oder Tampons passte immer unter seine Weste. Nun hatte ich sämtliche Größen und Ausführungen in meinem Schrank liegen, die der Markt so bot. Besonders fasziniert war Leander von den Binden mit Flügeln. Ich hingegen konnte es gar nicht leiden, wenn er sich in Frauenthemen einmischte. Aber das kümmerte ihn nicht.

»Kleine Lügnerin …«, murmelte er strafend, nachdem es hinter der Tür ruhig geworden war, bevor er sich in einer neuen Stöhnarie verlor. »Au, au, au … merde … Weißt du, wie die Franzosen sagen? Ai, nicht au. Sie sagen ai! Warum eigentlich? Au trifft es besser … oh … oder oh … oh mon Dieu …«

Das »mon Dieu« klang aufrichtig leidend. Ich entschied mich, Leander einen flüchtigen Blick zu gönnen. Er sah heruntergekommen und übernächtigt aus. Die Haare fielen ihm strähnig in seine blasse Stirn und die Augen waren von bläulichen Schatten umrandet. Seine Haut war so fahl und grau, dass er mich an einen Vampir erinnerte. Einen kranken Vampir. Aus meinem flüchtigen Blick wurde ein langer Blick. Leander erwiderte ihn müde. Kein Funkeln und Schneeglitzern in seinem blauen Auge. Es sah trüb aus und das grüne ähnelte Erbsensuppe, nicht frischem Gras.

»Hast du wieder gesoffen?«

»Ich saufe nicht, Luzie, ich …«

»Doch, das tust du! Und du lässt deine Flaschen überall rumliegen, sodass Mama sie finden und mir in der nächsten Zeit das Leben zur Hölle machen kann, weil sie denkt, sie sind von mir! Räum in Zukunft gefälligst deinen Kram weg! Sie wollen Gitter an meinem Fenster anbringen. Gitter! Wie im Knast!«

»Pscht, Luzie, bisschen leiser, bitte …« Leander hob abwehrend seine Hände. Seine Finger zitterten leicht.

»Ich habe geflüstert!« Das hatte ich wirklich. Es gab keine Garantie dafür, dass Mama sich schon von meiner Zimmertür entfernt hatte. Im Zweifelsfall immer flüstern.

»Jaaa, aber du hast aggressiv geflüstert, mit vielen Zischlauten, und mein Kopf mag keine Zischlaute. Nicht heute Morgen. Ich glaube, er zerspringt gleich … au …« Leander drückte das zusammengeknüllte Sofakissen gegen seine Schläfe.

»Du hast einen Kater«, stellte ich mitleidslos fest. »Wundert dich das? Mensch, Leander, du hast doch schon auf der Klassenfahrt gemerkt, dass du Alkohol nicht verträgst!«

»Bien sûr. Aber da hatte ich Bier und Wodka getrunken. Keinen Pernod. Und ich hatte alles wieder ausgespuckt. Keine Kopfschmerzen am nächsten Morgen.« Na ja. Vielleicht hatte er die nur nicht wahrgenommen, weil sein Hauptproblem eine ausgekugelte Schulter gewesen war, während er halb gelähmt im Burghof lag. »Jetzt hab ich nichts ausgespuckt … obwohl mir übel ist, so übel …«

Ich hoffte, dass es nur bei der Übelkeit blieb. Sicherheitshalber zog ich meine Zimmerpflanze aus ihrem Topf und schob ihn neben Leander vor das Sofa.

»Wo warst du überhaupt die ganze Nacht?« Er stank, als habe er sich in einem Aschenbecher gewälzt. Aber in Discos und Kneipen durfte man nicht mehr rauchen. Hatte er etwa selbst damit angefangen?

»Kann ich dir nicht sagen. Geht dich nichts an.«

»Doch, das tut es!«, widersprach ich heftig. Leander hob erneut seine Hände, damit ich meine Zischlaute dämpfte. »Außerdem möchte ich wissen, warum du trinkst!«

»Du willst so allerhand wissen, Luzie.« Leanders Stimme war kratzig vor Schmerz. »Ich kann dir das nicht sagen. Nicht jetzt.«

»Ich will es aber jetzt wissen, weil du jetzt verkatert in meinem Zimmer liegst und möglicherweise jetzt in meinen Blumentopf kotzt!«

»Wenn du aufhörst zu schreien, vielleicht nicht. Kannst du mir eine Tablette bringen? Etwas gegen die Kopfschmerzen, bitte, Luzie.«

»Nein«, lehnte ich seinen Wunsch entschieden ab. »Niemals. Das ist mir zu riskant. Wer weiß, wie sie bei dir wirkt!?«

Leander ließ sein Gesicht tief ins Kopfkissen sacken und schnaufte dort laut und gepeinigt vor sich hin. Ein flaues

Gefühl breitete sich in meinem Magen aus, während ich ihn beobachtete. Das hier war keine Show mehr. Vielleicht war es das von Beginn an nicht gewesen. Ihm ging es tatsächlich schlecht, noch schlechter als damals in der Burg. Da war ihm nur übel gewesen. Doch nun wirkte er krank. Alkohol war Gift für ihn. Er konnte ihn umbringen.

»Leander, warum tust du das? Erklär es mir, bitte. Du hast doch andere und wichtigere Dinge zu tun! Du müsstest an deinem Dreisprung arbeiten, anstatt dich zu besaufen!«

Leander griff nach vorne und zog sich an der Sofakante so weit nach oben, dass er sich aufsetzen konnte. Doch er ließ seine Augen geschlossen.

»Luzie, ich … erst einmal kann ich dir nicht alles sagen, sosehr du es auch möchtest. Ich kann nicht! Und ich will es nicht. Es ist nicht klug.«

»Sich zu betrinken ist auch nicht klug.«

»Oh doch, das ist es.« Leander schlug die Augen auf. Ich wandte mich ab, als er mich ansah. Wo war sein freches, schelmisches Grinsen geblieben? Sein Humor? Er machte ein Gesicht, als müsste er morgen sterben. »Sie sind ausgeschwärmt, Luzie. Ich kann sie spüren.« Er senkte seine Stimme zu einem Wispern. »Es sind Hunderte.«

»Wer, sie?«, fragte ich flüsternd, obwohl ich genau wusste, wovon er sprach. Er meinte die Brigade. Sie suchte ihn. Mir wurde so kalt, dass ich aufstand, Mogwai aus seinem Körbchen zog und ihn an meinen Bauch drückte. Doch sein warmer, müder Hundekörper konnte das Grauen nicht vertreiben, das sich lähmend unter meine Haut schob. »Aber ich … ich dachte, du kannst sie nicht hören und dass – dass dein Bann noch gut hält …«

»Ach, Luzie.« Leander lächelte matt. »Ja, hab ich gesagt. Ich habe es auch gehofft. Aber vor allem hab ich es gesagt, damit du keine Angst kriegst. Ich weiß doch, dass du Albträume von der Brigade hast …«

»Ja?« Ich hob verwundert meinen Kopf. Leander nickte nachsichtig. Ich hatte ihm nie davon erzählt. Wurde er wach, wenn ich schlecht träumte? Hatte ich im Schlaf gesprochen?

»Du musst keine Angst haben, chérie, nicht vor der Brigade. Nicht, wenn wir weiterhin Abstand voneinander halten. Dann kann dir nichts passieren.« Seufzend strich er sich seine ungekämmten Haare aus der Stirn. Er trug wieder die Stöpsel meines MP3-Players in den Ohren. Wie konnte er Musik hören, wenn er doch solche Kopfschmerzen hatte?

»Aber was ist mit deinem Schutzbann? Und wie sehen sie eigentlich aus, diese verfluchten Brigadisten?«

Ich gruselte mich bei der Vorstellung, dass die Luft voller gieriger, ehrgeiziger Wächter war, die in Scharen umherschwirrten und versuchten, Leander zu orten. »Sind sie hier? Bei mir im Zimmer? Dann merken sie, dass wir miteinander reden!« Unruhig sah ich mich um. Vielleicht waren sie ja schon da!

»Nein. Sie schwärmen nachts aus, wenn ihre Klienten schlafen. Deshalb trinke ich, Luzie. Ich fange abends an und höre morgens auf. Erinnerst du dich, was ich dir auf der Burg gesagt habe? Dass ich mich viel mehr als sonst wie ein Mensch gefühlt habe, nachdem ich den Wodka getrunken hatte?« Ich nickte beklommen. »Bon. Das versuche ich jetzt auch. Vielleicht schützt es mich.«

»Aber es schwächt dich auch! Es macht dich kaputt, Leander, man wird süchtig von dem Zeug, du wahrscheinlich noch viel schneller als wir Menschen, du musst damit aufhören! Sofort! Du musst dich doch auf deinen Dreisprung konzentrieren. Hör auf zu trinken, Leander, bitte.«

Doch Leander drehte sich nur mit einem abgrundtiefen Stöhnen, das mir durch Mark und Bein drang, zum Fenster und presste sich die Handflächen auf Ohren und Schläfen. Er bockte. Wie so oft. Ja, es war leichter, sich zu betrinken, als eine schwierige Aufgabe zu meistern. Das war wieder einer dieser Momente, in denen ich bestens verstand, warum sein Vater ihn verdammt und verflucht hatte. Leanders Faulheit kannte keine Grenzen. Er wurde lieber Alkoholiker, als die verbliebene Zeit zu nutzen und sich auf den Dreisprung zu konzentrieren.

Aber wenn er das nicht von selbst einsah, musste ich mich eben darum kümmern. Ich konnte nicht tatenlos dabei zuschauen, wie er sich zum Wrack machte, um am Ende doch von der Brigade geholt zu werden. Es war unmöglich, seine Bitte zu respektieren. Wie konnte er das erwarten? Er lebte in meinem Zimmer! Na, jedenfalls hatte er das bis vor Kurzem getan. Nun schlief er nur noch seinen Rausch bei mir aus. Ich durfte ihn so nicht weitermachen lassen. Uns rannte die Zeit davon.

Willkommen im Klub, dachte ich ergeben, als ich mich

ebenfalls umdrehte und meine brennenden Augen schloss, um zu überlegen, wie es weitergehen sollte. Denn irgendwie hing alles miteinander zusammen. Wenn ich Billy von dem Gedanken befreite, Musiker zu werden, würde er möglicherweise wieder zurück in unsere Parkour-Clique kommen und Seppo hätte einen guten Grund, nicht nach Italien abzuhauen. Wir würden wieder Parkour machen, alle zusammen. Und das wiederum wäre doch ein triftiger Grund für Leander, auf mich achtzugeben und dafür verdammt noch mal den Dreisprung zu machen, auch wenn er anschließend kein echter Sky Patrol mehr sein würde. Für mich würde es allemal genügen.

Nun hatte ich also drei Schützlinge, um die ich mich kümmern musste, bei Hausarrest und unter ständigem Zeitdruck. Billy. Seppo. Und Leander.

SMOKE ON THE KRAFTWERK

Nach einem beklemmenden Frühstück, das ich mit meinem dauerschweigenden Vater verbringen musste – er hatte bisher kein Wort über meinen nächtlichen Ausflug verloren, was viel schlimmer war, als wenn er mit mir geschimpft hätte –, schaffte ich es gerade rechtzeitig, die S-Bahn in die Schule zu erwischen. Ich fühlte mich kaum lebendiger als beim Aufwachen, aber wenigstens war Leander in einen unruhigen Schlaf gefallen, nachdem ich sein Stirntuch in kaltes Wasser getunkt und ihm auf den Kopf geklatscht hatte. Er hatte mich nur vorwurfsvoll angesehen und das Tuch so zurechtgerückt, dass auf keinen Fall Wasser in seine Ohren laufen konnte. Denn dort steckten immer noch die Stöpsel meines MP3-Players, den ich in diesem Leben allem Anschein nach nicht mehr zurückbekommen würde. Als ich ihn darauf ansprach, knurrte er nur unwirsch, er habe mir bereits gesagt, dass ich meine Finger davon lassen solle. Er würde mir einen neuen leihen, wenn ich wolle. Ich lehnte dankend ab. Im Moment war mir sowieso nicht nach Musik zumute. Trotzdem konnte ich mir nicht ganz erklären, warum er sich bezüglich der Kopfhörer so fanatisch benahm. Wahrscheinlich entfloh er mit der Musik aus der Realität, träumte sich weg, um vergessen zu können, was wirklich wichtig war. Ich fürchtete immer mehr, dass seine Eltern recht hatten und Leander zum Dreisprung gar nicht fähig war.

Diese beunruhigenden Gedanken verfolgten mich immer noch, als ich den Schulhof betrat und sofort erkannte, dass ich einen Spießrutenlauf vor mir hatte. Zwei Personen flankierten den Haupteingang, die mir schon freundlicher entgegengeblickt hatten. Vorne, an der Treppe, stand Sofie, noch verschwitzt vom Sportunterricht und ihr rotes Gesicht eine einzige Anklage. Hinter ihr, direkt an der Tür, lauerte Herr Rübsam. Klar, er wusste noch nicht, warum ich erst jetzt in der Schule erschien. Vorsorglich zog ich die Entschuldigung aus meinem Rucksack, damit ich sie ihm in die Hand drücken und verschwinden konnte.

Sofies Miene heiterte sich augenblicklich auf. »Du hast ihn also doch dabei?«, fragte sie, als ich mich mit einem knappen Gruß an ihr vorbeidrücken wollte. »Gib schon her!«

»Das ist meine Entschuldigung für den Sportunterricht. Nicht Leanders Eintrag. Den Eintrag kriegst du nicht, das hab ich dir schon x-mal gesagt.«

Sofort kehrte die Nacht in Sofies Miene zurück. Seit Tagen behelligte sie mich mit Leanders Freundebucheintrag. Ich solle ihn ihr zurückgeben. Es sei *ihr* Freundebuch und somit auch *ihr* Eintrag, *ihr* persönliches Eigentum, das ich ihr geklaut habe. Sie habe ein Recht darauf. Doch auf dieses Recht konnte sie bis zum Sankt-Nimmerleins-Tag warten, obwohl es mir eine unterschwellige Genugtuung verschafft hätte, mir vorzustellen, wie sie die letzten Sätze las.

»Ich kann ihn dir nicht zurückgeben.«

»Warum nicht?« Sofies Augen wurden schmal. »Ich brauche ihn! Er macht mein Buch interessanter, verstehst du das nicht?«

Aha. Daher wehte also der Wind. Sie wollte einen Menschen in ihrem Buch stehen haben, der Johnny Depp kannte. Wäre ja auch alles gut und schön gewesen, wenn ein Mensch diesen Eintrag geschrieben hätte – ein Mensch und kein alkoholabhängiger Wächter mit einer Obsession für Kopfhörer.

»Der Eintrag existiert nicht mehr. Ich habe ihn weggeworfen. Kann ich jetzt bitte ...?« Ich deutete unauffällig zu Herrn Rübsam, der immer noch an der Tür lehnte und mit geblähten Nasenflügeln an seiner verglimmenden Zigarette zog.

»Du hast ihn weggeworfen? Spinnst du? Warum denn das?«, keifte Sofie.

Ich zuckte mit den Schultern. Ich hatte ihn nicht nur weggeworfen. Ich hatte ihn zerrissen und im Küchenwaschbecken verbrannt. Dann hatte ich die Asche weggespült. Es hatte mir wehgetan, das zu tun, aber ich wollte keinerlei Beweise in meinem Zimmer liegen haben, die der Brigade dienlich sein konnten. Sie durften auf keinen Fall erfahren, dass Leander und ich uns angefreundet hatten.

»Wozu sollte ich das Gekritzel behalten? Ich hab nichts mehr mit ihm zu tun. Er ist mir egal.«

»Aber mir nicht!« Sofie begann vor Erregung zu schwitzen. »Weißt du was, Luzie? Das ist genau das, was mich so an dir ärgert! Du willst alles nur für dich haben! Auf der Klassenfreizeit hat Serdan mich nachts geküsst und was machst du? Du reißt ihn dir schon am nächsten Abend unter den Nagel. Obwohl du angeblich nichts von ihm willst! Und jetzt willst du diesen Leander auch nicht teilen, dabei habt ihr gar nichts mehr miteinander zu tun! Aber soll ich dir noch was verraten?« Sie beugte sich vor und stierte mich an wie eine Schlange, die im nächsten Moment zubeißen wollte. »Ich weiß mehr über ihn als du. Du hast ja keine Ahnung ... Du hast keine Ahnung!«

Es gab vieles, was ich Sofie hätte an den Kopf werfen können. Zum Beispiel, dass gar nicht Serdan sie geküsst hatte, sondern Leander. Dass ich Leander sehr gerne mit anderen Menschen geteilt hätte, wenn auch nicht unbedingt mit Sofie. Dass ich niemals mehr mit einem Menschen zu tun gehabt hatte als mit eben diesem Leander. Und dass es absolut nicht sein konnte, dass sie mehr über ihn wusste als ich. Das war eine leere, kindische Drohung. Ich schob mich wortlos an ihr vorbei und wollte nur kurz in Herrn Rübsams Qualmwolke stehen bleiben, um ihm die Entschuldigung zu geben, doch er griff geschwind nach meinem Ärmel und hielt mich fest.

»Tsssss«, zischelte Sofie, während sie mit gereckter Nase an uns vorbeistolzierte, um sich bei Lena unterzuhaken und ihr brühwarm zu erzählen, was die böse Luzie wieder getan hatte. Okay. Sie konnte ich nun auch von der Liste meiner Freunde streichen. Bald hatte ich nur noch Mama zum Erzählen. Keine guten Aussichten.

Herr Rübsam ließ meinen Ärmel nicht los, während er einhändig den Brief öffnete und die Entschuldigung überflog. Ich hatte sie in der S-Bahn sicherheitshalber gelesen – man konnte ja nie wissen, welch peinliche Details meine Mutter meinem Klassenlehrer offenbaren wollte. Doch sie hatte sich auf das Wesentliche beschränkt und meine Lüge fast im Wortlaut übernommen. »Ich bitte meine Tochter Luzie für den Sportunterricht zu entschuldigen. Sie leidet unter Kopfschmerzen und Bauchkrämpfen.«

»Hm, hm, hm«, machte Herr Rübsam mitfühlend und stopfte sich den Brief in sein fleckiges Jackett. »Du siehst blass aus, Luzie. Immer noch nicht besser?«

»Geht schon«, antwortete ich verlegen.

»Luzie, ich muss dich an unser Projekt erinnern. Du hast bisher nichts Nennenswertes dazu beigetragen. Oder hast du vergessen, mir Bericht zu erstatten?«

Nein, das hatte ich nicht. Es gab nichts zu berichten. Ich hatte anderes im Sinn gehabt, als nach Billy zu schauen. Offen gestanden hatte ich keine Ahnung, was er so trieb. Ich war in Gedanken die gesamte vergangene Woche mit Leanders Dreisprung beschäftigt gewesen, und seitdem Seppo mir heute Nacht verraten hatte, dass er abhauen würde, war in meinem Kopf kein Platz mehr für Billy.

»Ich … also. Nö. Hab ich nicht.« Ich gab es unumwunden zu. Mir fehlte die Energie für Lügen und Ausreden.

»Du weißt, dass heute Nachmittag wieder ein Projektblock ansteht. Da könnt ihr über eure Erfahrungen sprechen und mir Fragen stellen, die euch auf der Seele brennen. Es wäre schön, wenn du dich genauso lebhaft engagieren würdest wie deine Klassenkameraden. Du lässt Billy alleine, Luzie.«

Ich schaute betreten auf meine Füße. Verdammt, er hatte recht. Das war das Schlimme an Herrn Rübsam. Zu achtzig Prozent der Zeit machte er Sachen, über die man nur lachen wollte. Aber wenn er mit mir sprach, konnte ich vor seinen Worten nicht weglaufen. Niemand von uns brachte das fertig. Wir hörten ihm fast immer zu. Ganz im Gegensatz zu seinen weiblichen Kolleginnen, die ihm so gut wie nie zuhörten. Vor allem Frau Dangel nicht.

»Ich werde mich schon noch um ihn kümmern«, versprach ich halbherzig.

»Das solltest du tun. Er ist heute nicht zur Schule gekommen und er wurde nicht entschuldigt. Vielleicht haben seine Eltern es vergessen, sie haben ja zur Zeit andere Sorgen, nicht wahr?« Herrn Rübsams mahnender Unterton verstärkte mein schlechtes Gewissen. Ich hatte vollkommen verdrängt, dass Billys Eltern sich scheiden lassen wollten. »Vielleicht geht es ihm aber auch nicht gut. Seelisch, meine ich. Ich habe bei ihm zu Hause angerufen, doch niemand nahm ab. Auch über sein Handy ist er nicht zu erreichen. Hast du eine Idee, wo er stecken könnte?«

»Peter!?« Wir fuhren erschrocken herum, wobei Herrn Rübsams Zigarette beinahe meine Wange streifte. Frau Dangel stand hinter uns im Treppenaufgang und raschelte herrisch mit einem Bündel Testpapieren. Oh nein. Vokabelabfrage. Ich hatte gestern nicht einmal das Buch aufgeschlagen. Ohne Leander würde ich niemals eine gute Note schaffen. »Ich warte. Dürfte meine Schülerin meinen Unterricht besuchen?«

Seufzend wandte sich Herr Rübsam zu mir um. »Wir sehen uns heute Nachmittag, Luzie. Denk drüber nach, wo er stecken könnte, ja?«

Ich befolgte seine Bitte bereits während des Vokabeltests, weil es ohnehin sinnlos war, Frau Dangels Fragen zu beantworten. Doch die Wahrheit war, dass ich nichts über Billy wusste, nicht viel jedenfalls, und deshalb auch nicht sagen konnte, ob er ein Lieblingsversteck hatte. Ich glaubte nicht, dass er im Friedenspark saß. Dort hatten wir zusammen Parkour gemacht und damit hatte er ja abgeschlossen. Es gab keinen anderen Grund, in den Friedenspark zu gehen, als Parkour zu machen. Wir hatten ihn nur deshalb für unser Training gewählt, weil unsere Eltern uns dort niemals vermuten würden. Denn der Mittelpunkt des Friedensparks war ein riesiger Kinderspielplatz. Cool war unser Revier nicht gewesen. Aber sicher.

Würde ich denn an mein Handy gehen, wenn jemand von der Schule bei mir anrufen würde? Wahrscheinlich nicht. Doch das bedeutete noch lange nicht, dass Billy zu Hause war. Eine leise, penetrante Stimme, die tief aus meinem Bauch kam, fiel in Herrn Rübsams sorgenvolles Unken ein. Irgendetwas stimmte da nicht.

Als es zur Mittagspause läutete, war Billy immer noch nicht zum Unterricht erschienen und ich wusste immer noch nicht, wo ich nach ihm suchen sollte. Je näher ich dem Speisesaal kam, desto langsamer wurden meine

Schritte, bis ich nur noch schlurfte und ab und zu stehen blieb. Es roch nach Linseneintopf mit Bockwürstchen. Ich wusste nicht, was ich mehr hasste: den breiigen Eintopf, der ausschaute wie schon einmal gegessen, oder die aufgeplatzten Würstchen mit ihrem fleischig rosa Innenleben. Auch die Aussicht auf Vanillepudding mit roter Grütze zum Nachtisch konnte diese Horrorvision nicht wettmachen.

Ohne aufzublicken, machte ich kehrt und lief die Treppen hinunter zum Schulhof, um mich dort unter die Kastanien zu setzen und zu dösen. Wenn beim Essen jemand fehlte, fiel das nicht großartig auf. Herr Rübsam war sowieso fast nie anwesend, da er die Zeit lieber nutzte, um Kaffee zu trinken und eine zu rauchen. Und Sofie hatte es zu ihrer neuen Lebensaufgabe gemacht, mich zu schneiden.

»Hey, ufbasse, Kind!«

»Oh … sorry …« Ich kniete mich rasch auf den Boden, um meinen Rucksack aufzuheben, der mir bei dem Zusammenprall mit dem Oberstufenschüler vor mir heruntergepurzelt war. Als ich auf seine Schuhspitzen linste, hielt ich inne. Das war nicht irgendein Oberstufenschüler. Diese Schuhe gab es nur einmal an unserer Schule. Sie hatten ihm seinen Namen verliehen. Zerfetzte, bunt bekritzelte schwarze Lederchucks. Er trug sie seit der siebten Klasse. Jeden Tag. Auch bei Schnee und Eis. Ich richtete mich auf und hievte den Rucksack wieder auf meine rechte Schulter.

»Ist was? Kann ich weitergehen?«, fragte ich schlecht

gelaunt und kam nicht umhin, Chuck ins Gesicht zu sehen, da er das Gleiche bei mir tat, trantütig und neugierig zugleich.

»Ha jo«, brummte er im tiefsten Pfälzisch. »Du bischt die Luzie, gelle? Isch bin der Chuck.« Er streckte mir seine Hand hin. Silberringe an jedem Finger, deren Nägel Papa zum Neurotiker gemacht hätten. Lang und schmutzig.

Ich steckte meine Hände tief in meine Hosentaschen.

»Ich weiß«, entgegnete ich kühl.

»Allaaa gud«, meinte er gutmütig und grinste breit. Ein Zahnarztbesuch wäre auch nicht verkehrt gewesen. »Die Luzie. Schää.« Sein Grinsen wandelte sich in ein glucksendes Lachen. »Wie geht's dann so, Luzie?«

Er sprach das U in meinem Namen gedehnt und volltönend, sodass es sich wie Louuuuzie anhörte. War er betrunken? Und warum wollte er das überhaupt wissen? Bestimmt kursierten wieder irgendwelche bekloppten Gerüchte über mich und er wollte mehr darüber erfahren, wenn ich ihm schon vor den Latz geknallt war.

»Ich arbeite an Herrn Rübsams Projekt«, antwortete ich deshalb reserviert. Tja, schön wäre es gewesen. Doch dann hatte ich einen Geistesblitz, hell und klar. Natürlich! Billys Band. Chuck. Es war Chuck gewesen, von dem er erzählt hatte, ja, er wollte bei Chuck als Bassist anheuern! »Und ich suche Billy«, setzte ich schnell hinterher, bevor Chuck sich von mir abwenden konnte.

»Hmmm.« Chuck begann sich ausgiebig an seinem öligen Scheitel zu kratzen. »Alla gud, der Billy. Hockt im Proberaum, denk isch. Wegscht, wo der iss?«

Oje. Ich brauchte dringend einen Übersetzer! Mama stammte aus Berlin und Papa aus dem Norden. Wir konnten alle drei kein Pfälzisch und ich hatte das Glück, dass meine Jungs mit mir Hochdeutsch sprachen, auch wenn sie untereinander manchmal in eine derbe Prollmundart fielen, die mitunter sehr feucht werden konnte. An das normale Pfälzisch hatte ich mich nie gewöhnen können.

»Nee. Weiß ich nicht. Proberaum? Dann stimmt das mit der Band?«

Anstatt zu antworten, grinste Chuck mich so breit an, dass seine bleichen Wangen Falten warfen.

»Kumm, isch fahr disch hie. Na kumm, Louzie! Auf! Beweg disch!«

Ich blickte mich argwöhnisch um. Das lief etwas zu einfach für meinen Geschmack. Ich hatte nie zuvor mit Chuck geredet, ich hatte ihn nicht einmal angesehen. Und jetzt fragte er mich, wie es mir ging, und bot mir an, mich zum Proberaum zu fahren, damit ich Billy treffen konnte. Doch warum sollte ich mich dagegen sperren? Ich hatte wahrlich genug Schwierigkeiten an der Backe, die ich alleine lösen musste. In so einer verfahrenen Situation sollte ich jede Hilfe annehmen.

»Okay. Aber zum Nachmittagsblock muss ich wieder in der Schule sein!«

Ich bereute meine Entscheidung bereits nach zwei Minuten. »Isch fahr disch hie« bedeutete übersetzt, dass ich meinen Kopf in einen miefigen Zweithelm quetschen und mich hinter Chuck auf seine rostige Vespa setzen musste – um anschließend am besten ununterbrochen zu beten, bis wir da waren. Von Ampeln hielt er ebenso wenig wie von Verkehrszeichen, Blinker setzen oder gefühlvollem Bremsen. Bei seinem ersten Stopp gab es einen solch abrupten Ruck, dass ich gegen seine schmierigen Haare gedrückt wurde. Sie rochen wie unsere Kirche an Weihnachten, leider vermischt mit kalter Asche. Ich musste sofort niesen, ausgerechnet in dem Moment, in dem Chuck mit röhrendem Motor anfuhr, um einen haltenden Kleintransporter zu überholen, ohne zu blinken natürlich.

Glücklicherweise dauerte die Fahrt nicht lange.

Die Gegend, in der er endlich das Tempo drosselte und die Maschine nach zwei eng geschnittenen Kurven zum Stehen brachte, kam mir sofort bekannt vor und sie war es auch. Sehnsüchtig blickte ich zum Müllheizkraftwerk hinüber, nachdem ich meinen Kopf aus dem stinkigen Helm befreit hatte. Wie oft hatten Seppo, Serdan, Billy und ich früher darüber geredet, welche genialen Runs wir dort machen könnten, wenn es denn nicht Tag und Nacht in Betrieb und damit bewacht gewesen wäre! Wir hätten zehn Wochen nur damit verbringen können, uns neue Strecken auszudenken und sie zu trainieren, ohne das Gelände einmal zu verlassen. So viele verschieden hohe Dächer, Feuerleitern, Absätze – ein Eldorado für jeden Traceur. Den Turm sah ich sogar von unserer Wohnung aus. Sein schwaches rotes Blinken gehörte zu meiner ganz persönlichen Ludwigshafener Nacht. Es hatte Seppo und mich bei unserem Run über die Dächer begleitet. Es hatte die Dunkelheit erhellt, als Leander und ich an Silvester auf unserer Fensterbank saßen. In Frankreich hatte ich es vermisst.

Doch jetzt herrschte fahles Mittagslicht. Es hatte zu regnen aufgehört und die Sonne brach zögerlich durch die dunklen, schweren Wolken. Ich löste meine Augen vom Heizkraftwerk und lief Chuck hinterher, der bereits auf einen düsteren Hinterhof zusteuerte. Links hinter uns lag das Loft; jener Club, von dem die älteren Schüler immer redeten. Doch ansonsten machte die kleine Straße einen verlassenen, unwirtlichen Eindruck. Im Vergleich zu dem Hinterhof, in den Chuck mich leitete, war sie allerdings beinahe idyllisch.

Pfeifend sperrte er eine Kellertür auf, neben der sich alter Elektroschrott und zerfetzte Autoreifen stapelten. Es stank durchdringend nach Pisse. Als Chuck das Licht im Kellereingang anschaltete – eine nackte Glühbirne, die so dick von Staub überzogen war, dass sie nur eine schmutzig gelbe Helligkeit spendete –, sah ich, wie eine Assel das Weite suchte und blitzschnell in einem der zahlreichen Risse des Bodens verschwand. Ihre Freunde warteten dort bestimmt schon auf sie. Die grob verputzten Wände waren bis zur Decke mit erbärmlich schlechten Graffitischmierereien zugekleistert worden. Wer immer hier gesprüht hatte: Er konnte es nicht.

Chuck schien das alles nicht zu stören. In bester Stimmung und aufreizender Langsamkeit schlenderte er nach unten und stieß eine weitere Tür auf.

»My home, my castle!«, rief er stolz und ließ mich unter seiner Achselhöhle hindurch in den Proberaum schlüpfen. Er war so klein, dass ich Billy sofort entdeckte. Er hockte in der linken Ecke auf einem speckigen Sofa und malträtierte seinen Bass, neben ihm Notenblätter und CDs, seine Füße auf einen leeren Bierkasten gestützt. Rechts vom Sofa standen ein Schlagzeug, Verstärker, zwei Mikrofone und Gitarrenhalterungen. Ich schaute mich vergeblich nach einem Fenster um, denn der Mief drückte mir die Kehle zu. Hier musste seit Jahren nicht mehr gelüftet worden sein – wie auch? Es gab lediglich eine Kellerluke unterhalb der Decke, die aber wie jeder andere Quadratzentimeter dieses Kabuffs mit Eierkartons zugeklebt worden war. Abseits der Instrumente befand sich kaum ein Platz zum Sitzen oder Stehen. Überall lagen leere Bierflaschen, Notenhefte, Silberpapierchen, Zigarettenschachteln und CD-Hüllen herum. Ich spürte, wie die Sohlen meiner Sneakers auf dem Boden festklebten.

Billy sah nur kurz von den dicken Saiten seiner Bassgitarre auf.

»Hey, Katz. Auch da?«

Ich atmete flach aus und noch ein bisschen flacher wieder ein. Atmen war hier keine gute Idee. Gar nicht atmen jedoch auch nicht. Ich hätte mir gerne die Nase zugehalten, vertraute aber darauf, dass ich mich an den Gestank gewöhnen würde.

»Unn?«, fragte Chuck Billy väterlich. »Hoscht geübt?«

Billy nickte eifrig. »Den ganzen Morgen!«

Ich wollte ihm sagen, dass Herr Rübsam nach ihm suchte, hielt mich aber in letzter Sekunde zurück. Vermutlich war das keine gute Methode, ihm beizubringen, dass das nicht der richtige Ort für ihn war. Das hier war für niemanden der richtige Ort. Höchstens für Asseln und Schaben. Ich konnte nicht beschreiben, woran es lag; vielleicht war es gar nicht der Raum selbst, sondern dieser abgewirtschaftete Hinterhof oder der Mangel an Tageslicht, aber ich fühlte mich auf unwirkliche Weise bedroht. Oma Anni hätte gesagt, dass es hier nur negative Schwingungen gab. Besser hätte ich es nicht formulieren können.

»Was übst du denn da?« Ich schob ein paar Notenblätter zur Seite und setzte mich neben Billy, während Chuck seine E-Gitarre zu stimmen begann. Die Schule existierte für die beiden anscheinend gar nicht mehr. Auch für mich war sie plötzlich unendlich weit weg.

»*Kashmir*. Kennst du das?« Billy verdrehte die Augen, als ich den Kopf schüttelte. »Led Zeppelin! Muss man kennen.«

Chuck lachte spöttisch auf, worauf Billy rot anlief.

»Okay, hab's bis letzte Woche auch nicht gekannt. Aber dann hab ich hier einen Stapel CDs gefunden, wahrscheinlich von der Vorgängerband, und die passenden Noten lagen auch noch rum. Mann, da sind so geile Sachen drauf, so geil!«

»Led Zeppelin?«, vergewisserte ich mich. Led Zeppelin – von denen war doch *Dyer Maker*, das Lied, das Leander mir vorgespielt hatte. Konnte das ein Zufall sein?

»Ja. Total cool. Du musst dir das mal anhören, Katz ... Wenn wir es spielen. Das batscht!«

Das batscht. Den Ausdruck hatte er garantiert von Chuck übernommen. Es batschte sicher. Es konnte nur batschen. Aber nicht in positivem Sinne. Als würde ich mich ernsthaft dafür interessieren, zog ich ein Blatt aus den Noten und sah es mir an. Die Schrift war krakelig und ausladend. Sie wirkte, als habe sich jemand innerhalb weniger Tage das Schreiben beigebracht, und die Lettern waren mir so vertraut, dass ich sie hätte nachahmen können. Ich versuchte, mir meinen Schrecken nicht anmerken zu lassen, und blickte mich erneut im Raum um, dieses Mal etwas ausführlicher. Ja, er war klein, doch hinter den Monitorboxen gab es eine längliche Nische in der Wand, ebenfalls ausgepolstert mit Eierkartons, vor die jemand mit Gaffa-Tape einen schwarzen, dünnen Vorgang geklebt hatte. Nur ich sah die ausgelatschten Sohlen der Boots, die hinter dem Vorhang hervorspitzten. Den anderen fielen sie nicht auf, für sie waren diese Boots unsichtbar. Es war also wirklich kein Zufall. Hier hielt Leander sich auf, wenn er nicht bei mir war. Er hatte Billy die CDs und Noten untergeschoben, vielleicht hatte er sogar dafür gesorgt, dass Billy überhaupt auf die Idee gekommen war, in einer Band spielen zu wollen. Was für ein intrigantes Scheusal! Er war es nämlich, der nichts lieber tun wollte als Musik machen, Mitglied einer Band sein, auftreten. Das hatte er schon auf der Klassenfahrt eindrücklich bewiesen. Aber dass er dafür meine besten Freunde manipulierte, ging zu weit. Mit Chuck konnte er von mir aus tun und machen, was er wollte. Aber nicht mit Billy!

»Und das hier, das ist auch cool«, brabbelte Billy neben mir. »*Smoke on the Water* von Deep Purple. Ey, das kennst du, Luzie, bestimmt kennst du das, das spielt doch der Jake immer in *Two and a Half Men,* weißte? Ah, hi, Ralle!«

Obwohl der schwarze Vorhang sich gerade sacht bewegte, wandte ich mich wie Billy zur Tür. Ein dürrer Kerl stand in ihrem Rahmen und musterte mich sekundenlang mit kalten, kleinen Augen, bevor er sie hinter sich ins Schloss fallen ließ. Seine Arme waren bis zu den Handgelenken tätowiert. Er war rothaarig wie ich, doch er gehörte eindeutig zur hässlichen Abteilung der Rothaarigen. Mama und mich zähle ich zu den schönen Rothaarigen, aber dieser Typ sah aus wie ein geschältes Wiesel. Mit der flachen Hand strich er sich über seinen kurz geschorenen Schädel.

»Wer ist das?«, blaffte er Chuck an und deutete auf mich.

»Wer bist du?«, fragte ich angriffslustig zurück.

Doch er lachte nur abfällig, ging rüber zu den Instrumenten und setzte sich hinter das Schlagzeug. Aha. Der Drummer. Was für eine sympathische Runde. Wenn Mama mich hier gesehen hätte, hätte man sie festbinden müssen, damit sie nicht einen nach dem anderen gegen die Wand klatschte. Bei Ralle hätte sie da leichtes Spiel gehabt. Oder auch nicht. Er mochte ein Leichtgewicht sein, wirkte auf mich aber, als gäbe es in seinem Leben nur ganz wenige Dinge, und diese verfolgte er gnadenlos, völlig egal, wer ihm dabei in den Weg kam. Er war mir unheimlich.

»Alla hopp, dann proben wer des jetzt, Billy. *Smoke on the Water*. Kummscht?«

»Billy, wir haben gleich unseren Projektblock …«, wandte ich leise ein, in der Hoffung, Ralle würde mich nicht hören. Doch sein neuerliches Lachen nahm sie mir wieder. Für ihn war ich nur das – etwas, worüber man lachte.

Auch Billy winkte ab. »Das hier ist jetzt wichtiger, Luzie. Wirst gleich wissen, warum.«

Ich linste auf meine Uhr. Fünf Minuten hatte ich noch, wenn ich zu Fuß zurück zur Schule gehen wollte. Und diese fünf Minuten würde ich nutzen – weder wegen Billy noch wegen Chuck oder gar Ralle, sondern wegen Leander, der wie selbstverständlich hinter dem Vorhang hervormarschierte und sich hinter den leeren Mikroständer stellte, seine Akustikgitarre um den Hals gehängt. Er sah elend aus. Doch er tat, als bemerkte er meinen direkten Blick in seine rot geäderten Augen nicht.

Ich legte die Hände an meinen Hals, damit ich sie flink über meine Ohren schieben konnte, falls es tatsächlich so grauenvoll werden würde, wie ich befürchtete. Billys Bassgeschrubbel hatte nichts Gutes ahnen lassen. Und es war auch jetzt nicht gut. Er spielte nicht im Rhythmus und griff ständig daneben – bis zu dem Moment, in dem Leander und Chuck gleichzeitig zu singen begannen. Plötzlich hörte sich der Song vollkommen anders an. Gerade noch kam es mir vor, als habe jeder einen eigenen Song gespielt, aber nun war der Sound voll und harmonisch, jeder Ton saß, Billy fand in den Rhythmus hinein und ich konnte fühlen, wie meine Knie zu wippen anfingen und sich die feinen goldenen Härchen auf meinen Unterarmen aufstellten. Ich hatte Gänsehaut. Gänsehaut, weil Billy – unmusikalisch wie ein Stück Holz –, der schmierige Chuck und ein geschältes Wiesel mir *Smoke on the Water* vorspielten. Ja, Chuck konnte ganz ordentlich spielen und singen konnte er auch einigermaßen, Ralle war an den Drums ein Tier, aber niemals hätte es sich so gut angehört, wenn Leander nicht dabei gewesen wäre. Es war seine Stimme, die alles veränderte, seine Inbrunst und Leidenschaft, das, was hinter seinen geschlossenen Augen vor sich ging. Er ergab sich mit Haut und Haaren dieser simplen und zugleich so machtvollen Musik.

Die anderen spürten das genauso wie ich. Aber sie dachten, es käme von ihnen. Sie mussten sich für genial halten! Billy musste denken, endlich das gefunden zu haben, worin er zur Hochform auflaufen konnte ... Worin er so gut sein würde, wie er es beim Parkour in keinem einzigen Move gewesen war. Nie und nimmer würde ich ihn überreden können, aus der Band auszusteigen und wieder mit uns Parkour zu trainieren, solange Leander mit ihm zusammen Musik machte.

Das hier war eine Nummer zu groß für mich. Ich hatte nicht den Hauch einer Chance. Leander hatte sie mir mit seinem egoistischen Komplott genommen. Rückwärts torkelte ich aus dem Raum, trat die Tür auf, hastete die Treppe hinauf ins Freie und rannte über staubige Bürgersteige, einsame Straßen und unter den mächtigen Pfeilern der Pylonbrücke hindurch zur Innenstadt, bis ich endlich glaubte, die Musik nicht mehr in meinen Ohren hämmern zu hören. Doch ich wusste, dass die Harmonien mich bis in den Schlaf verfolgen würden. Genauso wie sie es bei Billy, Chuck und Ralle tun würden.

Die Welt hatte sich gegen mich verschworen.

DREI AUF EINEN STREICH

Mein Magen knurrte fordernd vor Hunger, als ich die letzten Meter zum Projektraum zurücklegte, nun etwas langsamer, aber immer noch so schnell, dass ich mich im Zickzack durch die anderen Schüler und Lehrer fädeln musste, um nicht ein zweites Mal jemanden anzurempeln. Geduckt flitzte ich gerade noch rechtzeitig vor dem Läuten an Herrn Rübsam vorbei durch die Tür und musste sofort eine Vollbremsung einlegen. Serdan stand wie eine Statue neben dem Lehrerpult, genauso erschrocken wie ich, dass ich beinahe in vollem Tempo gegen seinen Bauch gerannt war. Unsere Augen trafen sich und verhakten sich ineinander. Serdan war immer ein Meister im Schweigen gewesen, doch jetzt kam es mir vor, als wollte er mir etwas sagen, unbedingt. Aus dem Schwamm, den er in der erhobenen Hand hielt, tropfte das Wasser auf das Pult und den Boden. In der Klasse wurde es still. Alle schauten uns an, voller Neugierde, was nun passieren würde.

Bitte, sag was, Serdan. Sag, dass du gar keine Pause brauchst von mir. Dass das ausgemachter Blödsinn war und wir ab sofort wieder Zeit miteinander verbringen, und wenn das bedeutet, in unserem Gefängnisgarten zu sitzen und zuzusehen, wie die Schatten die Hauswand hochwandern.

Doch mit einem Mal löste er sich aus seiner Erstarrung, räusperte sich trocken und drehte sich mit einem unmerklichen Schulterzucken zur Tafel, um den Schwamm abzulegen und auf seinen Platz zu gehen. In meinem Rücken drückte Herr Rübsam die Tür ins Schloss. Mein Atem ging wie ein Blasebalg, für Sekunden das einzige Geräusch im Klassenzimmer, bis sich von Neuem unterdrücktes Tuscheln und Raunen breitmachte.

»Möchtest du dich nicht auf deinen Platz setzen, Luzie?«, fragte Herr Rübsam freundlich.

»Was für ein Platz?«, raunzte ich ihn an. Ich ließ nicht nur meine miese Laune an ihm aus. Ich wusste ehrlich nicht, wohin ich mich setzen sollte. Mit den Mädels konnte ich nichts anfangen – Sofie zählte ja nicht mehr – und auf der anderen Seite hockte Serdan. In seiner Nähe würde ich es keine zwei Minuten aushalten, wenn er weiterhin so tat, als hätten wir nichts miteinander zu schaffen. Schließlich schleuderte ich meinen Rucksack neben Elena auf den Boden, die gelangweilt in einer Illustrierten blätterte, und ließ mich auf einen Stuhl fallen.

»Gut«, sagte Herr Rübsam leise und augenblicklich wurde es ruhiger im Saal. Keine Ahnung, warum das bei ihm so war, aber es wirkte. »Wir wollen heute über unser Projekt sprechen …«

»Ein beschissenes, hirnrissiges Projekt!«, brach es aus mir heraus. »Ich hasse dieses Projekt! Wie kann man sich nur einen solchen Schwachsinn ausdenken?«

»Hattest du dich gemeldet, Luzie?« In Herrn Rübsams sonst so sanfte Stimme hatte sich eine kaum hörbare Schärfe geschlichen, die umgehend das Gefühl in mir auslöste, mich wie die Axt im Walde zu benehmen. Wahrscheinlich tat ich das auch. Es gelang mir nicht, meine Wut im Zaum zu halten, und ich wollte mich auch nicht bemühen, netter zu sein. Außerdem hatte ich Hunger. Ich hatte seit meinem kargen Frühstück nichts mehr gegessen.

»Nein, habe ich nicht, und das wissen Sie auch!«, rief ich patzig. »Aber Sie haben uns auch nicht gefragt, ob wir so einen Mist überhaupt machen wollen! Oder? Sie haben es uns einfach aufgehalst, Ihre tollen sozialen Wochen, und wir sollen zusehen, wie wir damit klarkommen. Keiner hilft uns dabei ...«

»Aber ich bin doch da, um euch zu helfen, Luzie. Jetzt und hier.« Noch immer war Herrn Rübsams Tonfall ruhig und allenfalls verwundert und genau das machte mich rasend.

»Das können Sie nicht, glauben Sie mir! Das kriegen Sie nicht hin! Niemand kann mir dabei helfen! Es ist zu viel auf einmal!«

Ich meinte nicht mehr Billy und Herrn Rübsams dämliches Projekt. Ich meinte alles. Leander und die tausend Schwierigkeiten, die er mit sich brachte, Seppo, das Piepsen in Mamas Ohr, mein ewiger Hausarrest. Selbst ein Sondereinsatzkommando der CIA hätte davor kapitulieren müssen. Die anderen gafften mich mit unverhohlener Neugier an. Irgendwo hörte ich jemanden »Will sich nur wieder wichtigmachen« flüstern. Es gab mir den Rest. Was sollte ich hier noch? Ich sprang auf und schnellte durch die Tischreihen, um zu flüchten, doch Herr Rübsam stellte sich in die Tür, bevor ich sie erreicht hatte. Das konnte doch nicht wahr sein, dass er flinker war als ich …

»Luzie, jetzt ist es genug.« Die Milde in seiner Stimme war verflogen. Er legte seine Hand um meinen Unterarm. Ich wollte ihn wegziehen, doch ich versuchte es nur mit halber Kraft. Warum, wusste ich nicht genau. Herr Rübsam war unsportlich und Kettenraucher, es wäre mir ein Leichtes gewesen, ihn abzuschütteln oder auszutricksen. Aber ich tat es nicht.

»Nehmt euch ein Blatt Papier und schreibt in Stichworten auf, was ihr bisher durch das Projekt gelernt habt und welche Fragen ihr dazu habt. Danach sprechen wir darüber!«, trug er den anderen auf, öffnete die Tür und schob mich in den Gang, seine kalten Finger immer noch um mein Handgelenk gelegt. Ich ließ mich willenlos hinterherziehen, nach wie vor sauer, aber zu k.o., um Widerstand zu leisten.

»Was überfordert dich denn so sehr, Luzie? Hm?« Herr Rübsam ging in die Knie, um mich von unten anzusehen, und sofort hatte ich das Bedürfnis, mich dringend zu erklären.

»Alles! Ich meine, ich … ich hab nicht nur einen Schützling, ich habe drei und einer baut mehr Scheiße als der andere!«

»Drei? Ich habe dir Billy zugeteilt, oder nicht?«

»Ja. Eigentlich hab ich nur Billy. Aber da sind noch zwei andere, um die ich mich kümmern muss, weil sie selbst zu doof dazu sind …«

Herr Rübsam verkniff sich ein Schmunzeln. Seine Knie knackten bedenklich, als er sich von der Hocke in den Schneidersitz begab und mit dem Rücken an die Wand lehnte. Ich fand es albern stehen zu bleiben und setzte mich zu ihm. Wenn nun wieder Frau Dangel vorbeikam, würde sie ihm noch unterstellen, dass er versuchte, mit mir anzubändeln.

»Warum sind sie zu doof dafür? Was machen sie falsch?«, wollte Herr Rübsam wissen, als tauschten wir Kochrezepte aus. Na gut. Ich musste ja ihre Namen nicht nennen. Ein bisschen was konnte ich rauslassen. Mit wem sollte ich anfangen? Seppo? Oder mit jenem Kandidaten, der mir am meisten auf dem Herzen lastete?

»Da ist einer, der … Er geht nicht auf unsere Schule. Er ist auch gar nicht von hier, aber ich bin mit ihm befreundet und er muss eine wichtige Aufgabe bewältigen, sehr wichtig. Doch anstatt daran zu arbeiten, trinkt er dauernd Alkohol und hängt mit den falschen Leuten ab und ich schaffe es nicht, ihn davon wegzubekommen. Er drückt sich und begreift nicht, wie wichtig seine … seine Aufgabe ist!«

Wenn man das so formulierte, hörte es sich fast harmlos an. Als hätte Leander eine simple Prüfung zu bestehen. Es drückte nicht ansatzweise das aus, was dahintersteckte. Nämlich, dass es um Leben und Tod ging.

»Du bist mit ihm befreundet, sagst du?«

Ich nickte. »Ja, bin ich. Ich war es jedenfalls mal. Ach, ich weiß nicht …«

Herr Rübsam begann sein unrasiertes Kinn zu kneten. »Hm. Du müsstest mit ihm darüber reden und einen Weg suchen, ihm bei seiner Aufgabe zu helfen. Aber wenn er dir nicht guttut, Luzie, und versucht, dich ebenfalls zum Trinken zu bewegen, dann – dann solltest du ihn nicht mehr treffen.«

»Nein, das tut er nicht«, antwortete ich gähnend. Mein Hunger hatte sich in eine lähmende Müdigkeit verwandelt. Ich hätte mich auf der Stelle auf den Flur legen und einschlafen können.

»Das ist gut. Nimm dich in Acht, ja? Du weißt, dass ich dich schon einmal mit Alkohol erwischt habe …«

»Sie wissen aber auch, dass das ein blöder Streich war und ich gar nichts getrunken hatte, oder?«

»Ich weiß es nicht, Luzie. Ich hoffe es nur.« Aus Herrn Rübsams Kinn rieselten ein paar silbrige Schuppen auf sein Sakko. »Und wen gibt es da noch?«

»Jemand von unserer Schule. Nicht aus unserer Klasse«, fügte ich eilig hinzu, als Herr Rübsam seine raschelnde Kinnmassage unterbrach und gebannt aufsah. »Ist auch egal. Er will abhauen und in ein anderes Land fliehen, weil er es bei seinen Eltern nicht mehr aushält.«

»Ich nehme an, es ist wieder ein Junge.« Ich nahm einen leidenden Unterton wahr, als Herr Rübsam das sagte.

»Ja, es ist ein Junge, na und? Ich kenne ihn schon ewig und ich weiß, dass es ein Fehler ist, was er vorhat, aber er ist fest entschlossen, es durchzuziehen, er glaubt, dadurch frei zu werden, und das wird er nicht! Vor allem ... vor allem ...« Vor allem würde ich ihn dadurch verlieren. Ein ziemlich egoistisches Argument.

»Seine Eltern wissen nichts davon?«

»Natürlich nicht! Sonst würde ich es doch nicht abhauen nennen. Sie wissen gar nichts. Außer mir weiß niemand etwas.«

»Wie alt ist er? Ist er schon volljährig?«

»Nein.« So. Finito. Verhör beendet. Mehr würde ich nicht sagen.

»Dann musst du wirklich etwas unternehmen, Luzie. Wir müssen etwas unternehmen. Du musst mir anvertrauen, wer es ist.«

»Nein! Nein, das kann ich nicht! Ich hab ihm versprochen, das nicht zu tun!« Ich schüttelte so heftig den Kopf, dass das Ziehen in meinen Schläfen sich erneut bemerkbar machte. »Er wird mich hassen.«

»Es ist nicht immer einfach und bequem, jemandem zu helfen. Er will nicht bei seinen Eltern bleiben, hast du gesagt?« Ich nickte. »Und möchte deshalb abhauen, in eine ungewisse Zukunft? Was verspricht er sich davon?«

Ich versuchte, Herrn Rübsam die Hintergründe zu erklären, doch je mehr ich von dem wiedergab, was Seppo mir über seine Verhältnisse zu Hause und seine Chancen in Italien angedeutet hatte, desto mehr Hinweise streute ich. Verunsichert brach ich ab. Ich musste meinen Verstand verloren haben. Ich erzählte einem Lehrer brühwarm, was einer meiner besten Freunde mir als Geheimnis weitergegeben hatte.

Herr Rübsam dachte lange nach, während er eine unangezündete Zigarette zwischen seinen trockenen Lippen balancierte. Schließlich räusperte er sich ausgiebig, ein Geräusch, das meinen Hunger sofort zum Ersterben brachte.

»Es ist Giuseppe Lombardi, oder?«

Ich reagierte nicht. Mir war nur noch zum Heulen zumute. Ich hatte Seppo ausgeliefert. Wie hatte ich das tun können?

»Gut, es ist also Seppo. Wann will er abhauen?«

»Bald«, antwortete ich mit kläglicher Stimme. »Sobald er das Geld zusammenhat. In einer Woche, schätze ich.«

»Luzie, es gibt Lösungsmöglichkeiten für solche Fälle, aber die lassen sich nicht innerhalb einer Woche organisieren. Ich werde mich darum kümmern, das verspreche ich dir. Er könnte in eine eigene Wohnung ziehen, in eine betreute Wohngemeinschaft für Jugendliche, er ist schon sechzehn, ich könnte ihm für die Zeit nach seinem Abschluss einen Ausbildungsplatz besorgen, aber all das geht nicht binnen sieben Tagen. Und es geht nicht ohne seine Mithilfe. Du musst ihn aufhalten. Sonst tue ich es.«

»Nein!« Vor lauter Panik und Hunger bekam ich schlagartig Schluckauf. »Nicht Sie, bitte, bitte nicht!«

»Wer sonst? Ich bin Vertrauenslehrer an dieser Schule und es ist meine Pflicht zu reagieren, wenn ich so etwas erfahre. Ich muss das tun. Es sei denn, du sorgst dafür, dass er nicht abhaut. Oder nicht abhauen kann.«

»Oh nein …«, flüsterte ich. Wie sollte ich das nur hinkriegen? Gleichzeitig tat sich auf einmal ein Lichtblick auf, eine echte Chance, eine Art Mittelweg, für den ich kämpfen musste. Ja, ich hätte einfach zu Seppo gehen und ihm sagen können, was Herr Rübsam sich gerade ausdachte, aber das würde bedeuten, dass er von meinem Verrat erfuhr und auch davon, dass ich mich um ihn gekümmert hatte. Außerdem stand noch gar nicht fest, ob all das klappen würde, was Herr Rübsam vorhatte. Seppo würde blind darauf vertrauen müssen. Ich glaubte nicht, dass er die Geduld dazu aufbrachte. Schon gar nicht glaubte ich, dass es ihm gefiel, wenn ich mich um ihn kümmerte. Außerdem drängte auch bei ihm die Zeit. Sein Onkel suchte jetzt einen Auszubildenden, dringend. In drei Wochen hatte er möglicherweise einen anderen gefunden und Seppo konnte diese Stelle nicht mehr annehmen.

»Manchmal muss man sich einen Freund erst zum Feind machen, um ihm helfen zu können«, holte Herr Rübsam mich in die Gegenwart zurück. Er wirkte traurig auf mich – als würde er an längst vergangene Zeiten zurückdenken. »Halte mich auf dem Laufenden, ja? Bitte, Luzie. Wir sind für ihn verantwortlich.«

»Okay«, erwiderte ich mit tauber Zunge.

»Was ist mit Billy? Hast du eine Idee, wo er stecken könnte?«

»Ich war sogar bei ihm«, antwortete ich trocken. »In der Mittagspause. Er hat den ganzen Morgen geprobt, für seine Band.« Herrn Rübsams Hand glitt von seinem Kinn. Seine Aufmerksamkeit war geweckt – prima, dann konnte ich die Sache noch ein bisschen steigern. »Eine Band zusammen mit Chuck! Billy hat nur noch diese Band und seinen Bass im Kopf, will unbedingt Musik machen …«

»Schule schwänzen geht natürlich nicht«, bestätigte Herr Rübsam halbherzig. »Ich werde ihm deshalb eine Strafarbeit aufbrummen und seine Eltern informieren. Aber was ist an einer Band so verkehrt? Es freut mich, das zu hören! Es hat schon so lange keine Schulband mehr gegeben. Billy könnte darin aufleben, meinst du nicht? Es wird ihm ein Ziel und neuen Halt geben.«

Ein verklärtes Lächeln erhellte Herrn Rübsams faltige Züge. Ich griff mir verdattert an den Kopf. Hatte ich ihn eben richtig verstanden? Er fand das alles toll?

»Es ist eine Band mit Chuck«, wiederholte ich, um ihn aufzuwecken. »Mit Chuck, der mit den langen Haaren …«

»Ich weiß, wer Chuck ist. Ein hoffnungsloser Fall, aber talentiert. Oh, Luzie, ich habe eine Idee. Wir werden diese Band auf dem Schulfest auftreten lassen. Was spielen sie denn so, weißt du das?«

»Ja, weiß ich. Led Zeppelin und Deep Purple und so einen Mist …«

»Deep Purple! Aber das ist ja wunderbar! Haben sie auch eine Hammondorgel und jemanden, der sie bedienen kann?« Ich hatte Herrn Rübsam selten so lebendig erlebt. Mit einem Ruck befreite er seine morschen Knie aus dem Schneidersitz und stand auf, um aufgepeitscht um mich herumzukreisen.

»Orgel? Was für eine Orgel?«

Herr Rübsam wedelte ungeduldig mit den Händen. »Hammondorgel, Luzie, Hammond! Sieht aus wie ein

Keyboard, hat aber einen leicht verzerrten Orgelsound. Unverzichtbar für Deep Purple!« In seinen Augen flimmerte ein fiebriger Glanz auf. Fingen jetzt alle an durchzudrehen? »Wir könnten *Smoke on the Water* spielen … Ja, ich sehe es vor mir, erst *Smoke on the Water* als Opener, das zieht immer, dann *Stairway to Heaven …*«

»Wir?«, echote ich ungläubig.

Doch Herr Rübsam hörte mir gar nicht mehr zu. »Ja, das werden wir machen. Billy und seine Musiker werden beim Schulfest auftreten, open air. Ich werde sie an der Orgel begleiten. Sie steht noch im Keller. Ich muss sie nur abstauben. Dann begreifen die anderen endlich, was ich, äh, was wir so draufhaben … sie werden es endlich mal begreifen!«

»Billy muss raus aus dieser Band, Herr Rübsam.« Ich versuchte, streng und erwachsen zu klingen. »Sie tut ihm nicht gut. Außerdem ist er unmusikalisch.«

»Nein, das ist er nicht! Und niemand kann ihn dazu zwingen, damit aufzuhören, niemand!« Ich hatte nicht mehr das Gefühl, dass Herr Rübsam von Billy redete. Ich glaubte, er redete von sich selbst. »Nicht jeder, der in einer Band spielt, ist ein schlechter Kerl, und nicht jeder, der sich seine Haare wachsen lässt, ist deshalb automatisch ungepflegt oder nimmt Drogen …«

Ich musterte zweifelnd Herrn Rübsams lichte Stirn. Lange Haare?

»Luzie.« Er packte mich strahlend bei den Schultern. »Du begreifst das nicht, du bist ja eher eine Sportlerin und die muss es auch geben. Aber das mit der Band ist gut für

Billy. Es wird ihn ablenken von dem Ärger zu Hause, und wenn er erst mal auf der Bühne steht und die Scheinwerfer angehen … dann kann er alles andere für eine Weile vergessen. Wenn ich dabei bin, habe ich ein Auge auf ihn. Keine Sorge, Luzie! Das wird großartig. Ganz großartig!«

»Ja. Sicher. Großartig.« Großartig im Sinne von riesengroße Scheiße, dachte ich fassungslos und ließ mich vom beschwingt summenden Herrn Rübsam zurück ins Klassenzimmer schieben. Dieses Gespräch war für die Katz gewesen. Ihm das mit Leander zu erklären, war vollkommen in die Hose gegangen und bekräftigte mich lediglich in dem, was ich ohnehin dachte: Ich musste eingreifen – nur wie, wusste ich nicht. Für Seppo gab es vielleicht eine Lösung. Aber nicht innerhalb einer Woche. Ich musste ihn zudem dafür verraten. Nein, ich hatte ihn bereits verraten … Was Billys geistige Umnachtung betraf, hatte ich sogar das exakte Gegenteil von dem erreicht, was ich beabsichtigt hatte. Sein eigener Klassenlehrer wollte in seine Band einsteigen, anstatt ihm ins Gewissen zu reden, und ihn samt Chuck und Ralle für das Schulfest engagieren. Und da Herr Rübsam seit dem Landschulheim Billys Lieblingslehrer war – wie auch Seppos und Serdans Lieblingslehrer –, würde ihn das sogar stolz machen. Chuck war sowieso alles egal. Ich traute ihm zu, dass er Herrn Rübsams Anwesenheit gar nicht bemerkte. Oder nicht checkte, dass der Mann an der Orgel unser Vertrauenslehrer war.

Ohne aufzuschauen, rauschte ich zu meinem Platz zurück. Die anderen schrieben alle noch auf, was sie durch unser Projekt gelernt hatten. Als ich an Serdan vorbeilief, spürte ich, dass er mich ansah, und für einen Moment zog sich mein Herz krampfhaft zusammen. Ich vermisste ihn.

Ich rührte meinen Füller nicht an, denn auch ich hatte etwas aus unserem Projekt gelernt. Es lohnte nicht, meine Erfahrungen aufzuschreiben. Es konnte mir sowieso niemand dabei helfen. Ich musste mich selbst um alles kümmern, das war die ernüchternde Wahrheit.

Ab jetzt war ich ganz auf mich allein gestellt.

ACHTUNG, BRIEFBOMBE

Okay, noch fünf. Fünf schaffte ich noch. Ich verschränkte die Arme erneut unter dem Kopf, atmete tief ein und zog meinen Oberkörper nach oben. Nun machte ich meine abendlichen Sit-ups alleine. Seit Tagen schon. Körperwächter mit Alkoholproblemen, die ihre Zeit lieber in versifften Proberäumen verbrachten als bei mir, legten keinen Wert auf Leibesübungen.

Eigentlich waren sie auch bei mir zwecklos. Wozu sollte ich trainieren? Mein Parkour-Traum war zerplatzt und die Sache mit meinen drei Schützlingen hatte ich ebenfalls aufgegeben. Es war ein Ding der Unmöglichkeit, Jungs zu beschützen. Schon nach zwei Tagen hatte ich entschieden, dass sie mir gepflegt den Buckel runterrutschen konnten.

Leander zeigte sich sowieso kaum mehr, und wenn, war er nicht ansprechbar, weil er nonstop die Kopfhörer in den Ohren hatte und wie abgeschossen auf seinem Sofa lag und schlief. Billy hingegen wich mir sofort aus, wenn ich das Thema Parkour anschnitt. Für ihn gab es nur noch eines: die Band. Die Band, die Band, die Band. Die Band, in die neuerdings Herr Rübsam persönlich eingestiegen war. Und es hatte niemanden abgeschreckt. Denn Herr Rübsam hatte Chuck und Billy mit ihrem ersten großen Auftritt gelockt. Er hatte sogar einen Namen für die Band erfunden. Led Purple nannten sie sich. Sehr kreativ. Seitdem war die Band das Gesprächsthema Nummer eins – nicht nur bei Billy, sondern auch in der Klasse und im gesamten Lehrerkollegium.

Trotzdem hatte ich versucht, Billy den Proberaum, Chuck und vor allem Ratface Ralle madig zu machen. Letzteres sollte eigentlich nicht schwierig werden. Doch ich redete gegen eine Wand.

»Mann, versteh das doch mal, Katz, mir gefällt es dort! Ich bin gerne da! Wenn ich im Proberaum sitze und Bass spiele, fühle ich mich total gut, dann bin ich nicht so allein! Ich bin dort nie allein«, hatte Billy schließlich gerufen und sofort sein Luftblasengesicht aufgesetzt, als er gemerkt hatte, dass er mit einem Mädchen über Gefühle geredet hatte. Es wunderte mich nicht, dass er sich im Proberaum nicht allein fühlte. Das war das gleiche Phänomen wie bei Mama. Wenn sie *Germany's Next Topmodel, Extrem schön!* oder *Popstars* guckte, fühlte sie sich auch nie alleine. Weil Leander nebendran saß. Irgendwie merkten Billy und Mama das. Aber Billy schob es auf Chuck und Ralle und die Musik. Was sollte ich dagegen noch sagen? Dass das nur so war, weil mein entflohener ehemaliger Schutzengel hinter ihm in einer Nische lag? Er würde mich für durchgedreht halten.

Das mit Seppo konnte ich auch abhaken, obwohl ich beim Gedanken an seine bevorstehende Flucht nach Italien immer nervöser wurde und gleichzeitig wie gelähmt war, weil ich nicht wusste, was ich tun sollte. Doch ich kam nicht mehr an ihn heran. Seitdem ich Herrn Rübsam verraten hatte, dass Seppo abhauen wollte, überschüttete der ihn mit unzähligen ehrenamtlichen Aufgaben. Hofaufsicht. Dienst in der Cafeteria. Testpapiere kopieren. Unartige Schüler betreuen. Hausaufgabenhilfe. Essen austeilen. Wahrscheinlich hätte ich erst einen Antrag bei der Schulleitung stellen müssen, um einen Gesprächstermin unter vier Augen mit ihm zu bekommen.

Tja, wie es aussah, hatte ich versagt. Ich war nicht dazu geboren, andere zu beschützen. Ich konnte nur auf ein Wunder hoffen. Oder das umsetzen, was ich mir in einer fast schlaflosen Nacht ausgedacht hatte. Es war link, gemein, verräterisch. Aber …

»Luzie!« Mamas Stimme dröhnte wie die Hupe eines amerikanischen Holzfällertrucks durch die Wohnung. »Telefoooon!«

Telefon? Wer wollte mich denn an diesem Abend noch sprechen? Sofie bestimmt nicht. Sie schwieg mich nach wie vor an und so langsam begann mich das zu nerven. Doch sie hatte sich in die Idee verbissen, dass ich eine egoistische, gefühlskalte Zicke war, und wurde nicht müde, das überall kundzutun.

Ich hielt inne und lauschte. Brachte Mama mir das Telefon oder musste ich in die Küche kommen?

»Luuuuzie! Schnell! Es ist Herr Rübsam!«

Ach, du lieber Himmel. Herr Rübsam? Was wollte der nur von mir? Mich mal wieder an unser Projekt erinnern?

Danke, das lohnte sich nicht. Das Projekt war für mich gestorben.

Stöhnend rappelte ich mich auf und ging hinüber in die Küche, wo Mama mit dem Telefon in der erhobenen Hand und miesepetriger Miene vor den geöffneten Küchenschränken stand. Ich kannte das schon. Sie wusste nicht, was sie kochen sollte. In letzter Zeit wiederholte sich dieses Spiel beinahe jeden Abend.

Als sie mich sah, presste sie ihre Hand auf den Hörer.

»Warum ruft er hier an? Was hast du ausgefressen, Fräulein?«

»Nichts. Ehrlich nicht. Ich kann mich jedenfalls an nichts erinnern«, beteuerte ich mit einem unschuldigen Liebes-Mädchen-Lächeln. Hin und wieder geschah es, dass ich vergaß, was ich ausgefressen hatte. Oder es gar nicht merkte. Allerdings gab es da eine Sechs im Französischvokabeltest, die ich sicherheitshalber verschwiegen hatte. Zählte so etwas auch dazu?

Mir wurde noch etwas mulmiger zumute, als ich an vorgestern Nacht dachte. Der Krach, der aus Leanders Kopfhörern dröhnte, und das eifrige Kritzeln meines Füllers hatten mich geweckt. Was ich gesehen hatte, konnte ich kaum glauben: Leander saß gebeugt an meinem Schreibtisch, umhüllt von einer Wolke aus Anis, Pfefferminz, Nikotin und Bier, und schrieb mein angefangenes Französischreferat fertig. Ich hatte es freiwillig angenommen, um meinen Notenschnitt zu verbessern, und nach drei Minuten beschlossen, dass es ohne Leander völlig sinnlos war, dieses Referat zu schreiben. Mehr als zwei Sätze hatte ich nicht aufs Papier gebracht. Doch es war auch Leander nicht leichtgefallen, es zu vollenden. Noch jetzt hatte ich das schwere, tiefe Seufzen im Ohr, das sich immer wieder aus seiner Brust gelöst hatte und einmal in einen Hustenanfall übergegangen war, der ihn von Kopf bis Fuß geschüttelt hat. In diesem Moment war mir plötzlich bewusst geworden, wie gefährlich er lebte. Wenn er ernsthaft krank wurde, konnte ihm niemand helfen. Wie auch – er war nicht sichtbar!

»Luzie, worauf wartest du? Es ist dein Klassenlehrer!«

Ich griff nach dem Hörer, den Mama ungeduldig vor meiner Nase hin und her schwenkte.

»Hallo? Herr Rübsam? Hier ist Luzie.«

»Luzie, na endlich. Tut mir leid, dass ich so spät störe, aber es ist wichtig. Ist Seppo noch da?«

Ich zog mich mit einem versöhnlichen Nicken in Mamas Richtung rückwärts aus der Küche zurück. Es ging also um Seppo …

»Ja, ich glaube schon.« Heute Nachmittag hatte ich ihn telefonierend vor der Tür der Pizzeria stehen sehen, als ich den Hund zum Pinkeln auf die Straße gelassen hatte. Es hatte nicht lange gedauert, bis seine Mutter ihn am Ärmel nach drinnen gezogen hatte – rechtzeitig, bevor ich zu ihm gehen und ihn ansprechen konnte.

»Gott sei Dank. Gott sei Dank …« Ich hörte, wie Herr Rübsam an seiner Zigarette zog und einen Schluck Kaffee trank. »Ich habe eine Lösung für ihn gefunden. Er kann ein bezuschusstes Zimmer in einer betreuten WG in Mundenheim bekommen und ich habe die Möglichkeit, einen

Praktikumsplatz in einer Kfz-Werkstatt freizuhalten, bis er die zehnte Klasse abgeschlossen hat – Luzie, bist du noch dran?«

»Ja. Ja, bin ich!« Mein Herz schlug mit jedem Wort von Herrn Rübsam schneller und das lag bestimmt nicht an meinen Sit-ups.

»Es gibt nur einen Haken.« Herr Rübsam nahm noch einen Zug. »Das Zimmer im Wohnheim wird erst im Frühjahr frei, und da bei Giuseppe keine echte Not herrscht … es herrscht doch keine echte Not, oder?«

»Not?«, fragte ich verwirrt. »Was meinen Sie damit?«

»Wird er von seinen Eltern geschlagen?«

»Nein! Nein. Ich glaube … nein. Das hätte er mir gesagt.« Mir fiel ein, dass Seppo mir irgendwann erzählt hatte, dass seine Eltern ihm und seinen Geschwistern nie ein Haar gekrümmt hätten. Außerdem war Seppo in der Lage, sich zu wehren.

»Dann wird er sich gedulden müssen. Und deshalb werde ich nun seine Eltern anrufen und ihnen von seinen Fluchtplänen berichten. Es sei denn …«

»Es sei denn?« Nun blieb mein Herz beinahe stehen. Es schlug nur noch ganz langsam und jeder Schlag war so mächtig, dass mein Bauch dabei erzitterte.

»Es sei denn, du tust es. Sofort. Heute Abend. Luzie, die Woche ist verstrichen. Wir müssen ihn aufhalten. Wir sind Mitwisser und er ist noch nicht volljährig, wir machen uns strafbar, wenn wir es nicht tun. Das ist dir doch klar, oder?«

Nein, so ganz klar war mir das nicht gewesen. Genau

genommen hatte ich darüber noch keine Sekunde lang nachgedacht. Dabei hätte ich es selbst am besten wissen müssen. Immerhin hatte die Polizei nach Serdan und mir gefahndet, nachdem wir abgehauen waren. Bei Seppo würde nichts anderes geschehen, ausgenommen, er schaffte es rechtzeitig nach Italien und sein Onkel nahm ihn auf, um die Angelegenheit innerhalb der Familie zu klären.

»Okay, ich denke mir was aus«, sagte ich matt.

»Ich verlasse mich auf dich. Sag mir Bescheid, ob es geklappt hat. Sonst komme ich persönlich dort vorbei.«

Au weia. Herr Rübsam und Mama Lombardi. Das war so ähnlich wie David gegen Goliath. Andererseits würde sie ihm für diese Information wahrscheinlich auf ewig dankbar sein.

»Viel Glück, Luzie«, setzte Herr Rübsam hinterher, bevor es in der Leitung klickte. Wie paralysiert ging ich in die Küche zurück und legte das Telefon auf den Tisch. Mama stand immer noch vor den geöffneten Schränken.

»Und? Was wollte er?«

»Ach, nichts Besonderes«, log ich. »Es ging um sein Projekt.«

»So, so. Sein Projekt.« Sie glaubte mir nicht. Mama glaubte mir leider fast gar nichts mehr. Dabei hatte ich selten weniger geflunkert als in den vergangenen zwei Wochen. Leander war ja kaum mehr hier. »Luzie, ich weiß nicht, was ich kochen soll. Ich habe Kopfweh. Entweder mein Ohr piepst oder ich habe Kopfweh. Mir ist das Piepsen lieber. Wenn es nicht piepst, habe ich das Gefühl, mir fehlt etwas ...« Mama ließ sich auf einen Stuhl fallen.

Knarzend gab das Korbgeflecht unter ihrem Hintern nach. »Gehst du rasch rüber zu den Lombardis und holst eine große Lasagne für uns?«

»Klar, mache ich.«

Ich schluckte gegen das dumpfe Gefühl in meiner Kehle an, als ich das Geld entgegennahm, das Mama aus ihrer Handtasche kramte. Das hier war wohl ein Wink des Schicksals. Jetzt würde mein bislang einziger Plan doch zum Zuge kommen, sosehr ich ihn auch verachtete. Mit einem miesen Gefühl im Bauch ging ich in mein Zimmer und zog das Kuvert aus der Nachttischschublade. Dieses Mal war es nicht Leander, der einen Brief an Seppo geschrieben hatte. Ich war es gewesen. Ein Brief mit viel »Bitte geh nicht« und »Du kannst doch nicht einfach nach Italien abhauen« und »Wer ist dir mehr wert, dein Onkel oder ich?«. Es war das Gegenteil von dem, worum Seppo mich gebeten hatte, aber mit etwas Glück würde es sein Ziel erreichen. Oder mit etwas Pech?

Mama Lombardi öffnete Seppos Post und las sie. Das hatte er mir selbst gesagt. Manchmal las sie vor der ganzen Familie daraus vor, um die Briefe ins Lächerliche zu ziehen. Dieser Brief eignete sich vortrefflich dafür. Außerdem gab er ihr alle Hinweise, die sie brauchte. Und es blieb eine klitzekleine Chance, dass Seppo mich nicht durchschaute. Dass er dachte, ich hätte in meinem Kummer nicht anders gekonnt, als diesen Brief zu schreiben, sodass er es mir irgendwann verzeihen würde. Doch auch diesen Gedanken fand ich mies. Ich betrachtete Seppos Gefühle wie ein Rechenexempel. Das also sollte Beschützen sein?

Wenn ja, dann war Beschützen eine sehr unerfreuliche Aufgabe.

Draußen regnete es in Strömen, aber ich nahm keinen Schirm mit und zog mir auch meine Kapuze nicht über die Haare, als ich die Straße überquerte. Ich brauchte den Regen, um einen klaren Kopf zu bewahren. Wenn Seppo im Gastraum war, würde es schwierig werden, vielleicht sogar unmöglich, meinen Plan umzusetzen. Aber wenn er nicht da war …

Er war nicht da. Der Raum breitete sich menschenleer vor mir aus. Sämtliche Tische waren unbesetzt. Hinter der Theke stand Mama Lombardi und polierte Gläser. Dieses Mal sah ich sofort, dass ihr Lächeln falsch war.

»Buona sera, kleine Lucia! Was kann ich für dich tun?«

Deinen Sohn in Frieden lassen. »Eine Familienlasagne, bitte.« Ich lächelte so freundlich wie möglich zurück und blätterte das Geld auf den Tresen. Erst als Seppos Vater nach zehn angespannten Minuten die Lasagne nach vorne brachte und mir meine Haare verwuschelte (ob das auch gespielt war?), legte ich Mama Lombardi den Brief auf die Theke.

»Können Sie den bitte Seppo geben? So schnell wie möglich? Danke«, sagte ich beiläufig, doch ich sah, wie ihr Mund sich verhärtete, als sie den Brief an sich nahm. Dann schnappte ich mir die Tüte mit der Lasagne und stürzte übereilt nach draußen, ohne mich zu verabschieden. Ich hatte sowieso keine Stimme mehr und ich würde mich in diesen Räumen nie wieder so wohl fühlen wie früher. Nie wieder. Kein Silvester mehr, keine Freitagabendpizza mehr. Es war vorbei. Von nun an war die Pizzeria Feindesland.

Erst in unserem dunklen Hausflur konnte ich wieder Luft holen. Von dieser Lasagne würde ich keinen einzigen Bissen herunterbekommen. Jedenfalls nicht mit Appetit und nicht ohne schlechtes Gewissen.

Er hat dich auch mal verraten, redete ich mir zu, während ich die Treppe nach oben nahm und keuchender atmete als nach meinem härtesten Parkour-Training. Er hat sich in dein Zimmer geschlichen und deinen Computer angeschaltet und das Parkour-Video abgespielt, damit deine Eltern wissen, was du da treibst. Jetzt seid ihr quitt. Er hat dich verraten, du hast ihn verraten. Wo ist das Problem?

Doch ich konnte den ganzen Abend an nichts anderes mehr denken. Ich hatte Seppos und meine Freundschaft ruiniert.

Ich war kein Stückchen besser als er.

Kopfüber ins Pech

Als die Kirchturmuhr Mitternacht schlug, gab ich es auf, schlafen zu wollen. Bei den Szenen in meinem Kopf konnte ich keine Ruhe finden, Szenen, die ich vorhin von meinem Fenster aus beobachtet hatte. Wie vermutlich fast alle Bewohner unserer Straße.

Plötzlich waren Stimmen laut geworden, Türen wurden geknallt, ein Tumult, wie ihn ansonsten nur Besoffene veranstalteten, die an den Wochenenden spätnachts über die Bürgersteige torkelten. Doch ich hatte die Stimmen sofort erkannt, obwohl ich nichts von dem verstand, was sie schrien. Das waren Seppo. Seine Mutter. Sein Vater. Sie brüllten sich auf Italienisch an. Hinter meinem Vorhang verborgen hatte ich zugeschaut, wie Seppo versucht hatte, auf die Straße zu rennen, und sein Vater ihn gepackt und zurück in die Pizzeria geschleift hatte, während seine Mutter in einem fort krakeelte. Dann ging es drinnen weiter. Durch die schwach erleuchteten Scheiben konnte ich sehen, dass alle drei wild gestikulierten wie Leander in Hochform, aber sie schlugen sich nicht, auch wenn es sich streckenweise so anhörte. Irgendwann begann Mama Lombardi laut zu weinen – dieses Programm hatten wohl alle Mütter auf Abruf parat –, während Seppos Vater am Tresen saß und sich seine wenigen Haare raufte. Seppo sah ich nur als dunklen Schemen am Fenster. Ich war überzeugt davon, dass er ununterbrochen zu mir hochsah und mich dabei verfluchte.

Ich verbarg mich in meiner Zimmerecke, um Herrn Rübsam eine SMS mit der Nachricht zu schicken, dass Seppos Eltern Bescheid wussten. Ich kam mir vor wie ein Verräter. Irgendwann war das Licht in der Gaststube ausgegangen und Ruhe eingekehrt.

Ruhe beherrschte nun auch unsere Wohnung. Gespenstische Ruhe. Früher hatte ich die Vorstellung, dass da draußen überall unsichtbare Wächter herumflogen, immer als einschüchternd empfunden. Aber der Gedanke daran, dass Mama, Papa und ich in unserem Haus ohne jegliche Wächter klarkommen mussten, hatte eine ebenso beunruhigende Wirkung auf mich. Ich machte mir nicht nur unablässig Sorgen um Leander, nein, er fehlte mir auch an jeder Ecke und jedem Ende – sein ständiges Gebrabbel, das notorische Summen französischer Chansons, seine Wehleidigkeit, seine blöden Witze. Die Möglichkeit, mit ihm über das zu sprechen, was in meinem Leben passierte. Selbst wenn er nur überflüssige Kommentare dazu abgab …

Die Möglichkeit, ihn zu küssen. Ja, die fehlte mir am allermeisten.

Doch ehe ich traurig werden konnte, zerrte mich das Piepen meines Handys aus meiner jäh aufwallenden Sehnsucht. Wunderbar, ein wenig Ablenkung konnte ich gebrauchen. Hatte sich Sofie einen Ruck gegeben und mir verziehen?

Nein. Oh verdammt, es war nicht Sofie. Die SMS kam von Seppo. Ich musste dreimal Anlauf nehmen, bis ich mich überwinden konnte, sie zu öffnen.

»Du existierst für mich nicht mehr.«

Das war alles. Sechs Worte, die irgendetwas in meinem Herzen töteten und die ich niemals wieder vergessen würde. Sie waren mehr als eine Abrechnung. Es fühlte sich an, als wolle er mich damit kreuzigen.

Du existierst für mich nicht mehr … Tränen schossen in meine Augen und ließen die Buchstaben verschwimmen, doch sie hatten sich bereits in meine Seele eingebrannt. Er hatte meinen Brief durchschaut und nun hasste er mich. Er hatte keine Ahnung, dass wir eine Lösung für ihn haben würden, in ein paar Monaten, nicht mehr lange. Für ihn gab es nur diese eine Wahrheit: Luzie hatte ihn verraten. Luzie hatte ihm sein Glück genommen. Seine Freiheit.

Er musste mich hassen! Und ich musste mit jemandem darüber reden. Die ganze Nacht in meinem kalten Zimmer bleiben und darüber nachdenken, was ich angerichtet hatte? Das schaffte ich nicht. Ich würde die Wände hochgehen.

Zugegeben: Meine Rettungsaktion bei Seppo machte mir keinerlei Mut für eine weitere. Doch bei Leander musste ich einen letzten Versuch wagen. Ich durfte keine Minute länger warten. Wenn die Brigade ihn in diesem Zustand erwischte, würde er sich nicht gegen sie wehren können … Wie hatte ich so blöd sein und auf ein Wunder hoffen können? Bei Sky Patrol gab es keine Wunder. Es genügte, dass ich für Seppo nicht mehr existierte. Für Leander musste ich weiterhin existieren und er musste für mich existieren. Er musste hierbleiben, in unserer Menschenwelt! Er gehörte doch zu unserer Familie – eine Familie, die ihn niemals strafversetzen würde wie die Cherubims und ihn nicht gängeln würde wie die Lombardis und die sich hoffentlich auch nicht trennen würde, wie es bei Billy gerade geschah.

Lautlos schlüpfte ich in meine bequemsten Klamotten und die Sneakers ohne Schnürsenkel. Es lag noch nicht lange zurück, dass ich den Run über die Dächer mit Seppo gemacht hatte, knappe zwei Wochen. Ich würde ihn wiederholen können. Ich sah ihn noch vor mir. Es war nichts dabei, was ich alleine nicht schaffen konnte. Und durch die Haustür nach draußen zu gehen, war ausgeschlossen. Sie lag zu nah an Mamas und Papas Schlafzimmer. Ich konnte sie lediglich für den Rückweg benutzen, denn wenn meine Eltern dann wach wurden, konnte ich ins Bad sprinten und mich einschließen, bevor sie mich erwischten, und ihnen anschließend weismachen, sie hätten sich verhört, ich wäre nur pinkeln gegangen. Aber wenn das beim Hinweg geschah, würde es Stunden dauern, bis Mama wieder eingeschlafen war. Genau, das war eine gute Methode: raus aus dem Haus über die Dächer, rein ins Haus durch die Tür. Mein Schlüssel steckte glücklicherweise noch in meiner Hosentasche.

Ich nahm einen großen Schluck Bitter Lemon, machte ein paar schlampige Stretchübungen zum Aufwärmen, stieß das Fenster auf und hechtete auf das Sims. Ein scharfer, kalter Wind blies mir ins Gesicht. Es roch nach neuem Regen, aber im Moment rissen die Böen Löcher in die tief hängende Wolkendecke. Ab und zu linste der sichelförmige Mond hervor und warf matte Schatten auf die Dächer. Es gab bessere Sichtverhältnisse für nächtliche Runs als diese, doch sie mussten genügen. Ich konnte schlecht auf Vollmond warten.

Ich passte einen windstillen Augenblick ab und arbeitete mich in Zeitlupe bis zu jenem Abschnitt vor, an dem der echte Run beginnen konnte. Ohne zu zögern, startete ich. Ich legte die Hindernisse beinahe fliegend zurück – ich konnte es immer noch, auch allein, meine Bewegungen waren locker und athletisch, es sah gut aus, ich wusste das, ohne mich sehen zu müssen, jeder würde staunen, der mich dabei beobachten konnte, vielleicht tat es sogar jemand von einem der Nachbarhäuser aus und dachte, er sehe ein menschliches Katzenwesen über die Dächer huschen, leichtfüßig und elegant und …

»Scheiße!«, keuchte ich noch im Fall, nachdem meine Sohle auf dem Ä der Bäckerei abgerutscht war und ich mein Gleichgewicht verloren hatte. Ich versuchte, nach der eingerollten Markise zu greifen, um meinen Sturz abzufangen, doch sie war zu weit weg und so zog die Schwerkraft mich ungebremst dem glatten, nassen und verteufelt harten Asphalt entgegen. Abrollen, dachte ich geistesgegenwärtig, roll dich ab, Luzie! Auf den letzten Zentimetern hievte ich meinen trudelnden Körper zur Seite und wollte mich rundmachen, um den Aufprall abzumildern, doch meine Reflexe waren stärker. Sie zwangen mich, meine Hände auszustrecken, und das war falsch, so falsch …

Erst krachte es in meinem linken Handgelenk und ein scharfer, zerstörerischer Schmerz durchzuckte meinen Arm. Dann krachte mein Kopf – und zwar exakt auf die metallene Umrandung des Kanaldeckels. Die Sterne fielen auf mich herab und schossen in meine Augen, wo sie sich zusammenfanden und wild um sich selbst drehten, in einem grellen weißen Kreisel … zu weiß und zu grell für mich … Wo blieb das Schwarz? Wann kam das tiefe, samtige Schwarz, in dem sich alle Schmerzen auflösten? Da war es … endlich …

»Louzie? Nä, die klää Louzie. Louzie? Konnscht misch höre?«

Ja, ich konnte. Aber ich wollte nicht. Jedes Geräusch war eines zu viel. Mein Kopf … und mein Arm …

»Kumm, schdeh uff. Konnscht net? Obacht, isch helf dir.«

Zwei nach Weihrauch stinkende Hände schoben sich unter meinen Bauch und richteten mich vorsichtig auf, bis ich mich im Sitzen an Chucks speckige Lederhosen lehnen konnte.

»Bischt wach? Was gugscht dann so scheel? Hoscht gsoffe?«

»Nein.« Oje, war mir übel. Reden war jetzt ganz schlecht. »Nein, hab ich nicht. Ich bin … vom Dach gefallen.«

»Vum Dach gfalle?« Chucks Lachen breitete sich aus wie das Gluckern eines Abflussrohres. »Vum Dach gfalle … hajooo …«

Er schlug sich belustigt auf seine Schenkel, eine Erschütterung, die meinem Arm gar nicht guttat. Mit der rechten Hand zog ich meinen Pulliärmel hoch und linste auf die schmerzende Stelle. Sofort wurde mir wieder schummerig. Es war kein offener Bruch, doch die zerschmetterten Knochen drückten sich gegen die Haut, sodass sie deutlich zu sehen waren – als ob ein Alien aus meinem Handgelenk wachsen würde. Ich schob den Ärmel wieder darüber, damit Chuck die Verletzung nicht bemerkte, und wimmerte vor Schmerzen auf. Selbst der Wind tat weh, nicht nur am Kopf und am Arm, sondern überall, auf meinem ganzen Körper.

Wie lange hatte ich hier überhaupt gelegen? Ich erinnerte mich noch schwach daran, dass ich unbedingt ohnmächtig werden wollte. Ohnmachten waren sehr praktisch, wenn man gestürzt war. Denn während Ohnmachten verspürte man keinerlei Schmerzen. Mein Wunsch war mir anscheinend erfüllt worden. Doch die Ohnmacht konnte nur ein paar Minuten lang angehalten haben, sonst wäre ich vollkommen durchgefroren. Dass ausgerechnet Chuck mich hier auflas, nur wenige Hundert Meter von unserem Haus entfernt, war Glück im Unglück. Jemand wie er dachte gar nicht erst darüber nach, ob ich gestürzt war und ein Rettungsdienst alarmiert werden musste. Vielleicht war es für ihn nichts Ungewöhnliches, nachts im Regen auf der Straße zu liegen und sich nicht mehr rühren zu können.

Warum war ich eigentlich gestürzt? Das war doch wirklich kein schwieriger Abschlusssprung gewesen. Ich blickte an mir herunter. Mein Bauch war vom Liegen nass geworden; ich sah aus, als hätte ich mir in die Hose gepinkelt. Ja, natürlich, der Regen ... Regen und Kunststoff. Hatte Seppo uns das nicht oft genug gepredigt? Dass bei jeder Wettervariante andere Verhältnisse herrschten? Und dass Regen, insbesondere gefrierender Regen, lebensgefährlich sein konnte? Die Buchstaben der Leuchtreklame waren so glatt wie eine Eisbahn gewesen.

Doch nun war es zu spät, sich darüber zu ärgern. Ich musste zum Proberaum. Danach konnte ich gerne wieder ohnmächtig werden, allerdings vorzugsweise in meinem Bett. Chuck beruhigte sich langsam und schaute mir mit trübem Blick ins Gesicht. Ein wenig bestürzt wirkte er, obwohl seine Mundwinkel immer noch erheitert zuckten. Ich wollte gerade dazu ansetzen, ihn zu fragen, ob er mich zum Proberaum brachte – mit einer Hand würde ich mich an der Vespa festhalten können –, als seine Augen sich weiteten und sein Mund ein stummes O formte.

»Aldaaa ... cool ...«

»Was?« Es war nicht mehr ich, die er angaffte. Er stierte hinter mich. Ich drehte mich um. Was gab es denn da zu sehen, mitten in der Nacht in Ludwigshafen? Nichts. Nein, da war nichts. Eine nasse, leere Straße, volle Papierkörbe, schwach beleuchtete Schaufenster.

»Des Schiff!«, rief Chuck und deutete ins Nirgendwo. »Riesig! 'n riesiger Kahn! Krass!«

Okay. Offensichtlich war ich trotz meines Sturzes auf den Schädel und der Sternchen, die immer noch durch mein Sichtfeld tanzten, hier die Einzige mit klarem Oberstübchen. Chuck sah Dinge, die nicht da waren. Schiffe zum Beispiel. Er musste sich etwas eingeschmissen haben. Das war nicht gerade beruhigend, denn es ging mir ziemlich schlecht, aber auf der anderen Seite fühlte ich mich dadurch auf merkwürdige Weise mit ihm verbunden. Ich wusste, wie es war, Dinge zu sehen, die für andere nicht da waren.

»Schön«, sagte ich deshalb nur. »Ein tolles Schiff.« Mit der linken Hand krallte ich mich an seine Schulter und stemmte mich auf meine zittrigen Beine. Dass er mich mit der Vespa zum Proberaum fuhr, war ausgeschlossen. Nicht, wenn er Schiffe im Hemshof sah. Wir würden zu Fuß gehen.

Einige Sekunden musste ich gegen den Brechreiz in meiner Kehle ankämpfen, so stark waren der Schmerz im Kopf und Arm und der kreisende Schwindel, dann glaubte ich, laufen zu können. »Gehen wir zum Proberaum? Chuck?«

Glucksend wandte er sich zu mir um. »Proberaum ... Proberaum. Hajooo ...« Wie ein kleines Kind griff er nach meiner Hand – zu seinem Glück nach der rechten und nicht nach der linken. Ich zog sie nicht weg, obwohl ich mich vor ihm ekelte. Aber seine Nähe ließ die Schmerzen ein Stückchen in den Hintergrund rücken. Ich hoffte nur, dass mich unterwegs niemand sah, der auf unsere Schule ging, und erst recht kein Lehrer. Aber es war Donnerstagnacht – wer sollte da noch unterwegs sein?

Der Marsch zum Lagerplatzweg war eine Tortur und zog sich sogar länger als die Zwangswaldwanderungen, die Oma Anni früher mit mir unternommen hatte – nicht wegen meiner Verletzungen, sondern wegen Chuck, der ständig stehen blieb, um zu prüfen, ob das Schiff noch da war. Als er es nach fünf Ecken nicht mehr sehen konnte, fing er beinahe an zu weinen.

»Dem Schiff geht's gut«, tröstete ich ihn und begann immer mehr daran zu zweifeln, ob ich wach war oder träumte. Doch solch starke Schmerzen hatte ich noch in keinem meiner Träume verspürt. Ich musste wach sein. »Im Proberaum wartet bestimmt das nächste auf dich.« Ein Schiff … und ein Schutzengel. Hoffentlich ein Schutzengel!

Im Lagerplatzweg verließen mich kurz vor dem Ziel meine Kräfte. Mir wurde so schlecht, dass ich mich würgend gegen eine Hauswand stützen musste.

»Isch habs doch gsaaacht, du hoscht gsoffe …« Chuck klopfte mir onkelhaft auf die Schulter, was mir die Tränen in die Augen trieb. Wäre mir nicht so elend gewesen, hätte ich ihm in die Eier getreten. Ich wartete ab, bis mein Magen sich beruhigt hatte, und griff wieder nach Chucks Hand, denn ich brauchte jemanden, der mich stützte, um die steile Treppe heruntergehen zu können. Inzwischen sah ich alles doppelt und dreifach. Ich musste darauf bauen, dass es Chuck nicht so ging und er mich heil hinunterbringen würde, obwohl die Chancen dafür eher gering standen.

Aber wir schafften es ohne Stürze und weitere Knochenbrüche nach unten. Sobald Chuck die Tür zum Proberaum aufgestoßen hatte, wankte ich zum Sofa und ließ mich schlotternd auf meine gesunde Seite fallen. Der Schmerz aus meinem Arm und meinem Kopf hatten sich miteinander vereint, eine einzige feurige Linie vom kleinen Finger bis zur Stirn. Nun fühlte ich auch, wie dünnes Blut unter meinen dichten Haaren über die Schläfe sickerte. Deshalb verbarg ich meinen Kopf vorsichtshalber in meiner Kapuze, bevor ich mich an der Sofalehne nach oben zog und hinüber zu der Monitorbox schleppte. Mit einem Ruck zog ich den Vorhang zur Seite.

Leanders Anblick raubte mir meine letzte Kraft. In unnatürlich verkrümmter Haltung lag er in seiner Nische, neben sich eine leere Flasche Bier und einen Aschenbecher, in dem keine Zigarette klemmte, sondern ein Joint. Ich kannte Joints nur aus Filmen und von Erzählungen, doch das musste einer sein. Nun kiffte Leander auch noch … Wollte er sich selbst umbringen, bevor die Brigade es tat? Hinter mir hatte Chuck seine Gitarre angeschlossen und begann, in schrägen Akkorden auf sie einzuschlagen.

»Wegscht was, Louzie?«, rief er über den Lärm hinweg. »Mir schpiele beim Schuulfest *Child in Time* … Kennscht des?« Die Akkorde rasten wie Gewehrschüsse durch meinen gebrochenen Arm. »Die Rüwe wird die Hammmondorgel iwwernehme, nur für den einen Gsangspart hammer niemond … dess is zu hoch, wegscht? Aweer des macht nix, des is auch ohne des Gekroische en goiler Song …«

Ein schwaches Lächeln glitt über Leanders Mund, als er seine Augen öffnete und mich ansah. Seine Pupillen waren größer als sonst und das Huskyblau schmutzig wie alter Schnee.

»Hey«, murmelte er. »Raus hier, Luzie. Ist kein Platz für Mädchen.«

»Und kein Platz für dich!« Ich gab mir keinerlei Mühe, leise zu sprechen. Chuck sah Schiffe und vergewaltigte gerade seine Gitarre, da durfte ich mich mal schnell mit meinem Schutzengel unterhalten. »Leander, bitte komm nach Hause, bitte, bitte, bitte!« Ich weinte fast.

»Um dich in Gefahr zu bringen, weil sie dann sehen, dass du dich um mich kümmerst? Nee, Luzie. Geh wieder zu deinen Eltern.«

Oh nein. Das würde ich nicht. Und er würde mir gefälligst zuhören, ohne Musik in seinen Ohren. Wir hatten hier Musik, auch wenn sie beinahe so schrill und grell tönte wie die Klänge der Cherubims, wenn sie sich unterhielten – ein Anschlag aufs Trommelfell. Obwohl mir mittlerweile jede Bewegung wehtat, griff ich nach vorne und wollte die Stöpsel aus Leanders Ohren ziehen, doch ich hatte nicht damit gerechnet, wie schnell seine Reaktionen noch waren. Sein Griff war wie der Biss einer Tarantel und ich winselte schrill, als er meinen Arm verdrehte, damit ich die Kopfhörer losließ. Aufheulend gab ich nach. Leanders Lächeln war erloschen. Grimmig durchbohrten mich seine Augen, die sich nur noch als schmale Schlitze in seinem bleichen Gesicht abzeichneten.

»Tu – das – nicht, Luzie! Nie wieder!«

Ich widersprach nicht, denn für ein zweites Mal hatte ich keine Energie mehr. Mit den Händen auf den Ohren drehte Leander sich um und kehrte mir den Rücken zu. Er war so mager geworden, dass sich seine Rippen durch das dünne, zerschlissene Unterhemd drückten. Seine Weste hatte er als provisorisches Kissen unter seinen Kopf geknüllt.

Ich konnte ihn nicht länger ansehen. Mit Reden kam ich nicht weiter. Zu allem anderen war ich nicht gesund genug. Doch eine Möglichkeit gab es noch … Wie in Trance las ich den Teppichschneider auf, der neben einem Stapel Eierkartons auf dem klebrigen Boden lag, und wankte hinüber zu den Mikrofonständern, wo Chuck mit geschlossenen Augen auf die Gitarre einhieb und seine langen Locken schüttelte. Ich würde die Stromkabel durchschneiden, eines nach dem anderen, dann würden sie keine Musik mehr machen können und das Kreischen der Gitarre würde endlich aufhören …

»Hey!« Der Schlag gegen meinen Oberarm riss mich brutal von meinen Füßen, sodass ich frontal gegen das Schlagzeug krachte und vor Schmerzen laut aufschrie. »Spinnst du?«

»Ich … ich hab dich nicht kommen hören …«

Bei dem Krach, den Chuck veranstaltete, würde man es nicht einmal mitkriegen, wenn ein Flieger abstürzte. Ralle trat einen drohenden Schritt nach vorne, packte mein Handgelenk und quetschte es so fest, dass ich das Teppichmesser losließ – er griff ähnlich zu wie Leander gerade eben, nur herzloser und brutaler.

»Raus hier! Sofort!« Er kickte mit seinen Stiefelspitzen in meine Kniekehlen, damit ich mich bewegte, doch wie sollte ich das tun, wenn er mich festhielt? Und warum unternahm Leander nichts?

»He, he, he …«, mischte Chuck sich ein und ließ von den Saiten seiner Gitarre ab. Ohne sie vom Hals zu nehmen, tippte er Ralle auf die Schulter. »Des is ä klää Mädsche, Gudster. Net uffrege.«

Als hätte er alle Zeit der Welt, löste Chuck Ralles Finger von meinem Arm, einen nach dem anderen, während das Wiesel seinen Kopf so dicht vor meinen geschoben hatte, dass ich die roten Haare in seiner Nase sehen konnte. Sein Atem verriet mir, dass er getrunken hatte. Außer mir war hier niemand nüchtern. Wenigstens war Billy nicht da.

»Sie soll verschwinden, sonst sorge ich dafür, dass sie verschwindet, klar!?«, bellte Ralle, nun in bestem Hochdeutsch und einer Aggressivität, die mir eine Heidenangst einjagte.

Chuck hob beschwichtigend die Hände. »Kumm, Louzie, isch bring dich heim. Is besser so.«

Meine Schmerzen hatten mich weichgekocht. Ich konnte keinen Widerstand mehr leisten und Ralle traute ich zu, dass er auch Mädchen verprügelte, wenn ihm gerade danach war. Pfeifend schob Chuck mich die Treppe hoch und nach draußen, wo die Lichter der Müllverbrennungsanlage durch den aufkommenden Nebel blinkten und die Bässe aus dem Loft rhythmisch wummerten. Ich redete nichts mehr, weil ich befürchtete, dass mir dann wieder übel werden würde, und versuchte mich nur noch darauf zu konzentrieren, meinen Arm und meinen Kopf so wenig wie möglich zu bewegen. Um mich von meinen Schmerzen und dem Anblick, wie Leander verkrümmt und mager in der Ecke gelegen hatte, abzulenken, zählte ich die Straßenlaternen. Bei Nummer 54 waren wir endlich in unserer Straße angekommen. Mühsam fummelte ich den Schlüssel aus der Hosentasche.

»Schlaaf gud, Louzie.« Noch einmal tätschelte Chuck meine Schulter, dieses Mal dankenswerterweise die gesunde.

Ich nickte nur, schloss die Haustür auf und zog mich am Treppengeländer Stufe für Stufe nach oben. Leise sein? Nein. Wozu? Sie mussten aufwachen. Ich wollte es nicht anders. Denn ich brauchte dringend einen Arzt. Am besten ein ganzes Ärzteteam.

Doch es blieb still und dunkel, als ich die Wohnung betrat. Ungläubig knipste ich die Flurlampe an. Wenn ich sie wirklich brauchte, hörten sie mich nicht. Ich musste sie erst wecken. Stöhnend öffnete ich die Schlafzimmertür, bis das Licht aus dem Korridor in einem breiten Streifen auf das Ehebett fiel, wo Mama und Papa friedlich nebeneinander schlummerten, Mama mit Schlafbrille, Papa im hochgeschlossenen grau-weißen Streifenpyjama.

»Mama? Mama, wach auf. Mama!«

Mama zuckte zusammen und schnellte wie ein Stehaufmännchen nach oben.

»Luzie! Um Gottes willen, Luzie … Was ist los?«

»Bitte bring mich ins Krankenhaus, Mama.« Ich wollte nicht heulen, aber die Tränen waren stärker. In Strömen liefen sie über meine kalten Wangen. »Ich hab mir den Arm gebrochen.«

DAS HIMMLISCHE KIND

Nein, dachte ich, als die Betäubung aus meinem Kopf wich und der operierte Bruch in meinem Arm zu pochen begann. Nein! Nein – das einzige Wort, das für mich noch existierte, seitdem Mama und Papa mich ins Klinikum eingeliefert hatten.

Nein, ich kann nicht sagen, wie ich hingefallen bin, ich bin hingefallen, reicht das nicht? Und nein, ich sage auch nicht, was ich da draußen gemacht habe. Nein, ich habe nichts getrunken. Nein, es war niemand anderes dabei. Nur ich. Nein, ich will nicht operiert werden. Nein, bitte nicht im Krankenhaus bleiben müssen, ich will nicht hierbleiben, es geht mir gut! Nein, ich habe nicht meinen Verstand verloren. Nein, ich muss nicht noch mal kotzen (Irrtum). Nein, ich hasse euch nicht und das alles hat nichts mit euch zu tun. Nein, das ist kein Widerspruch!

Das Nein vibrierte im Takt mit meinen Schmerzen, vor allem das endgültigste aller Neins. Nein, ich werde es nicht schaffen, Leander zu retten, wenn ich tatsächlich eine Woche lang hierbleiben muss. Bis dahin müsste sein Schutzbann endgültig aufgehoben sein. Die einzige Chance, irgendetwas zu bewirken, bestand darin, dass Leander zu mir kam. Angeblich ließen Wächter ihre Klienten nicht alleine, wenn sie im Krankenhaus lagen. Doch Leander interpretierte diese Pflicht sehr lax, das hatte ich damals bei meinem Sturz vom Baugerüst schon feststellen dürfen. Während meiner Geburt hatte er sich sogar auf dem Gang herumgedrückt. Jetzt war die Situation außerdem um einiges aussichtsloser: Er wusste gar nicht, dass ich im Krankenhaus war. Er würde es nur erfahren, falls er zu uns nach Hause kam und irgendwann merkte, dass ich nicht da war, oder meine Eltern zufällig bei ihren gemeinsamen Klagen über ihre missratene Tochter belauschte.

Heute Nacht hatte er nicht den Eindruck gemacht, überhaupt noch einmal in den Hemshof kommen zu wollen – oder zu können.

Heute Nacht? Wie spät war es eigentlich? Gegen zwei Uhr hatten die Pfleger mich in der Notaufnahme abgeholt und direkt in die Chirurgie gebracht. Die Diagnose war schnell gestellt; selbst ich hätte das tun können. Trümmerbruch im linken Handgelenk. Operation unausweichlich. Wegen meiner Gehirnerschütterung und weil es angeblich sowieso nicht zwingend notwendig sei, hatte ich jedoch nur eine Teilnarkose bekommen. Bis zu diesem Zeitpunkt hatte ich mich gewehrt und gesträubt und gebettelt, doch nun nahm mich Pfleger Markus (ich kannte ihn bereits von meinen früheren Klinikbesuchen) mit beiden Armen in den Klammergriff, während Schwester Annegreth mir resolut eine weiße Pille unter die Zunge schob.

»Jetzt werden wir hübsch brav sein«, hatte sie gesagt und sich erschöpft den Schweiß von der Stirn gewischt, nachdem ich die Tablette widerstrebend hinuntergewürgt hatte. Brav war ich zwar nicht, aber plötzlich so gut aufgelegt, dass ich alles lustig fand, die Fahrt zum OP, die Männer in Grün, die Musik aus den Lautsprechern, sogar die Nadel in meiner Schulter. Ich kicherte unentwegt vor mich hin, bis die beiden Chirurgen, die unter ordentlich Getöse an meinem Arm herumsägten und -schraubten, anfingen, sich über Pizza zu unterhalten. Sie hatten Hunger, wie ich, und sie beratschlagten, wo man um diese Uhrzeit noch eine Pizza bekommen könnte und was sie gerne drauf hätten. Ich wollte ihnen sagen, dass sie bitte eine für mich mitbestellen sollten, eine scharfe mit viel Peperoni und Salami, aber ich schaffte es nicht, meine Zunge und meine Lippen zu bewegen. Zunge und Lippen grinsten dümmlich vor sich hin, nur reden wollten sie nicht.

Nun war mir das Grinsen endgültig vergangen. Wie immer war ich in einem Einzelzimmer untergebracht worden; dank der Zusatzversicherung meines Vaters und laut Schwester Annegreth zum Wohle der anderen Patienten. Aber im Gegensatz zu meinen früheren Krankenhausaufenthalten hatten meine Eltern sich sofort nach der OP still und heimlich verzogen. Ohne mir ein nettes Wort zu sagen oder mir gar einen Kuss auf die Wange zu drücken. Es hatte mich nicht gestört, da ich mich noch in Kicherstimmung befunden hatte und mein größtes Problem die Pizza war, die ich bestellen wollte. Doch jetzt nagte ihre abweisende Kälte an mir. War es denn so verkehrt, Leander aus dieser zugekifften Höhle herausholen zu wollen? Ach, verflucht, das wussten sie ja alles nicht.

Ich stützte mich auf meinen gesunden Arm, arbeitete mich mühsam hoch und versuchte, meine Beine aus dem Bett zu schwingen. Schwester Annegreth hatte mir strengstens befohlen, nicht aufzustehen und nach ihr zu klingeln, falls ich aufs Klo müsse. Aber ich hatte keinen Moment daran gedacht, das zu tun – ich würde ja wohl noch allein pinkeln gehen können.

Sobald meine nackten Zehen den kühlen Boden berührten, nahm ich den Tropf in die Hand und wollte das Bett umrunden, um zum Bad zu gelangen. Meine Blase war übervoll. Am Fenster musste ich einen kurzen Halt einlegen, weil mir schwindelig wurde. Das Fenster ... Ich sollte es besser öffnen. Vielleicht kam Leander ja doch noch! Er konnte zwar schon lange nicht mehr fliegen, aber Parkour beherrschte er – viel besser, als er jemals zugegeben hätte.

Ich drehte den Griff herum und wollte es angelehnt lassen, doch eine plötzliche Böe drückte die Flügel auf, sodass sie beinahe gegen meinen Kopf stießen. Ein kalter, nasser Wind blies mir ins Gesicht und flaute sofort wieder ab, um sich dann von Neuem zu erheben. Es hörte sich an, als ob tausend dieser Böen über der nächtlichen Stadt wüteten, in die Gassen rauschten, Laub aufwirbelten, sich dann wieder in die Höhe schraubten, wo sie Fenster aufpressten und heulend durch Schornsteine jagten. Ein ständiges Singen und Rufen ... nein, ein Suchen ...

Schon in den vergangenen Nächten hatte sich nach Einbruch der Dunkelheit Wind erhoben, um bei Sonnenaufgang zu schweigen, als wäre nichts gewesen, obwohl der

Wetterdienst Nebel und Windstille gemeldet hatte. Es war kein normaler Wind, dämmerte es mir und ich wagte nicht mehr zu atmen. Es war die Brigade. Dort draußen mussten Tausende Wächter durch dic Hcrbstluft schwirren und nach Leander suchen, sie waren es, die die kalten Böen verursachten. Mit einem dünnen Schrei schlug ich das Fenster zu, verriegelte es und blickte mich angstvoll um. War nun einer von ihnen hier drinnen? Neben mir bauschte sich der dünne weiße Vorhang auf, dann wurde es ruhig.

Mein Tropf knallte gegen das Bett und gegen die Wand, als ich auf das Bad zutorkelte und mich darin einschloss. Eine halbe Stunde lang blieb ich frierend auf dem Klo sitzen und regte mich nicht. Eine halbe Stunde sollte einem Brigadisten ausreichen, um zu begreifen, dass Leander nicht hier war. Er würde durch das Fensterglas verschwinden können und hoffentlich, hoffentlich hatte er es längst getan. Sie schwärmten aus, hatte Leander gesagt. Ja, das taten sie, aber sie mussten ihre Truppen um ein Vielfaches verstärkt haben. Leander konnte gar nicht solche Mengen Alkohol trinken, wie es angesichts dieser Armee nötig war, um genügend »menschlich« zu werden und ihnen zu entkommen. Doch er musste es versuchen, er musste! Eine Woche lang musste er durchhalten und in dieser Woche würde ich mir eine Lösung ausdenken. Wenn nicht, würde er beim Schulfest auftreten, zusammen mit Led Purple und unter freiem Himmel, und dann brauchte die Brigade sich nur herabzustürzen und ihn sich zu greifen. Falls sie ihn nicht vorher schon fanden und abkommandierten.

Ludwigshafen war groß und hatte viele Ecken und Winkel, der Proberaum war einer von ihnen, doch irgendwann würde die Brigade alle Nischen und Keller durchforstet haben. Die Jahreszeit kam ihnen entgegen – die Nächte wurden länger, das würde ihnen mehr Zeit verschaffen.

Wieso war ich nur so bescheuert gewesen und hatte nicht an den Regen gedacht? Ein Fehler im Run und alles war vermasselt. Jetzt lag ich in der Klinik und konnte nichts tun, gar nichts. Ich biss die Zähne zusammen, um nicht zu weinen, als ich nach einer sehr ausgedehnten halben Stunde vom Klo aufstand, spülte und zurück ins Zimmer schlich, wo ich mich bis zu den Ohren in die dünne Bettdecke einrollte, meinen pochenden Arm vorsichtig neben mein Gesicht gebettet.

Nein, dachte ich flehend, als der Schlaf meine Sorgen vertrieb und sich schwarz und weich über mich senkte. Nein. Nein. Nein …

KOSMISCHE KLÄNGE

Oh bitte, nicht schon wieder. Könnt ihr mich nicht mal für fünf Minuten in Ruhe lassen? Ich hatte das nie verstanden. Man war im Krankenhaus untergebracht worden, um gesund zu werden. Denn angeblich ging das dort am besten. Aber niemand gab einem eine Chance dazu. Um sechs Uhr in der Frühe wurde man aus den Federn gezerrt, weil das Zimmer geputzt und das Bett frisch bezogen werden musste, sieben Uhr Frühstück, acht Uhr Visite, dann blöde Fragen nach meinem Stuhlgang, Fiebermessen, ungenießbares Mittagessen … Danach das Gleiche in Grün, bis man nachmittags um fünf sein Abendessen (!) bekam und die ganze Nacht hungern musste, weil einen ein schlabberiges Graubrot mit Wurst und einer Scheibe Gurke höchstens anderthalb Stunden satt hielt.

Jetzt war der Tag – mein erster im Krankenhaus – gerade angebrochen und ich hatte so gut wie gar nicht geschlafen. Geputzt hatten sie schon, das Frühstück hatte ich stehen lassen, aber für die Visite war es noch zu früh. Also – wer wollte mich zu diesen Unzeiten nerven? Gereizt schlug ich die Augen auf.

»Oh …«, machte ich verdutzt und wollte mich aufrichten, doch ich stützte mich dabei versehentlich auf meinen Gipsarm und ließ mich sofort zurück ins Kissen fallen. Autsch.

Es war kein Arzt, der in mein Zimmer gekommen war. Auch keine Krankenschwester oder ein Putztrupp. Sondern Giuseppe Lombardi persönlich, der stumm neben meinem Bett stand, die Arme verschränkt, und mich mit finsterem Blick musterte. Noch nie hatten seine Augen einen so harten, dunklen Glanz gehabt. Minutenlang sah er auf mich herunter, während ich das Gefühl hatte zu schrumpfen, Zentimeter um Zentimeter. Und ich war sowieso schon sehr klein.

»Warum?«, fragte er schließlich. Seine Stimme war rau, als habe er geweint. »Warum, Luzie?«

»Warum was?«, piepste ich. »Der Run? Ich … ich … Seppo, warte!« Aber er hatte sich schon umgedreht und mit drei ausladenden, wütenden Schritten das Zimmer verlassen. »Giuseppe, bitte hör mir zu!«

Er kam nicht zurück.

Auch meine Eltern kamen nicht vorbei, um mich zu sehen oder zu fragen, wie es mir ging. Sie riefen nicht einmal an! Ich konnte es nicht glauben. Früher hatte Papa Mama nur mit Gewalt davon abhalten können, sich in meinem Krankenzimmer häuslich einzurichten. Nun meldete sie sich gar nicht bei mir. Ich blieb den gesamten unendlich langen Tag alleine und hörte dem Klopfen in meinem Arm und dem dröhnenden Rauschen in meinen Schläfen zu, während sich die Angst vor den Böen, die nachts wieder über die Stadt rasen würden, eisig in mir ausbreitete. Deshalb jubelte ich erlöst auf, als gegen Abend endlich ein vertrautes Gesicht durch den Türspalt lugte.

»Bist du wach, mein Kind?«

»Oma Anni! Komm rein! Schau mal, ich hab eine Klappe im Gips, ich kann sie aufmachen und dann siehst du die Nägel, die sie mir ins Gelenk gehauen haben«, sprudelte es aus mir heraus, während Anni ihr buntes Cape von den Schultern streifte und sich zur mir auf die Bettkante setzte. Oh, wie schön es war, endlich mit jemand Vertrautem reden zu können!

»Zeig her.« Neugierig beugte Anni sich über meinen Gips. Ich hob stolz die Klappe an, die die Chirurgen hineingesägt hatten, um die Heilung beobachten zu können. »Uiuiui …« Anni schüttelte bedauernd, aber unverkennbar fasziniert den Kopf. »Liebes Kind, du siehst ja aus wie Frankensteins Monster …«

Ja, so ähnlich fühlte ich mich auch. Nachdem Oma Anni und ich die beiden Nägel, die aus meinem Arm hervorlugten, ausgiebig betrachtet hatten, schloss ich die Klappe wieder und wartete auf die Standpauke, die nun sicher kommen würde. Doch anstatt zu schimpfen, kruschtelte Oma Anni in ihrer Patchworktasche herum und zog eine mattlilafarbene, marmorierte Stumpenkerze hervor. Sie stellte sie feierlich auf den Nachttisch und verteilte ein paar Bonbons darum. Ein schwach süßlicher Geruch breitete sich aus.

»Was ist das?«

»Eine Kerze, die für positive Energien sorgt, wenn du sie anzündest, und die negativen vertreibt.« Oma Anni senkte verschwörerisch ihre Stimme. »Und davon gibt es wirklich genügend in diesem Haus ... denk doch nur allein an die ganzen Schnittblumen und das Leid, das sie aussenden!«

Ich kicherte vergnügt. Jemand wie Oma Anni sorgte sich mehr um die Schnittblumen als um die Kranken, die hier lagen und darauf warteten, gesund zu werden. Oma Anni war eben komplett verrückt. Sie war überzeugt davon, dass Blumen Gefühle hatten und elendig verendeten, wenn man sie abschnitt und in eine Vase steckte. Tagelang dauerte ihr Tod! Ich glaubte daran zwar nicht, konnte mir aber keinen Blumenstrauß ansehen, ohne Mitleid zu haben, seitdem Anni mir das erzählt hatte. Auch Mama kaufte keine Blumen mehr. Ach, Mama ... Mein Kichern erstarb.

»Oma, warum sind Mama und Papa nicht hier?«

»Weil sie dir eine Lektion erteilen wollen!« Oma Anni breitete die Arme so weit aus, das ihre tausend silbernen Armreife klingelten. »Röschen hat heute schon fünf Mal bei mir angerufen, fünf Mal, und jedes Mal laut geweint. Dann habe ich den Stecker vom Telefon rausgezogen. Eine alte Frau braucht doch auch mal ihre Ruhe!« Sie klatschte entrüstet in die Hände. »Lange hält deine Mutter das nicht durch, wenn du mich fragst. Sie meinte, sie habe sich noch nie in ihrem Leben so einsam gefühlt wie jetzt. Kind, was hast du eigentlich auf dem Dach gemacht um diese späte Zeit?«

»Ich wollte meinen Schutzengel suchen.« Ich sprach absichtlich undeutlich, damit die Chance bestand, dass Oma

Anni mich gar nicht erst verstand. Doch ihre blauen Augen funkelten mich wissend an.

»Aber Luzie, das musst du nicht! Deine Engel kommen zu dir. Vertrau darauf! Sie sind überall!« Sie deutete mit beiden Armen in die Luft und hieb ihre dünnen Finger ins Nichts, als wolle sie Luftballons zum Platzen bringen. Ja, da hatte sie wohl recht. Die Engel waren überall. Leider aber nicht jene Sorte, die wir uns erhofften, sondern rachsüchtige Brigadisten. »Und du hast einen besonders guten, fleißigen Schutzengel. Er wird dich nicht verlassen.«

»Hmpf«, brummte ich. Er hatte es bereits getan. Von den Punkten gut und fleißig mal ganz zu schweigen. »Du, Oma ... Kennst du Led Zeppelin? Und Deep Purple?«

»Aber natürlich! Natürlich! Fantastische, überirdisch geniale Musik – ich habe Deep Purple sogar live gesehen ...« Oma Anni stockte und legte den Daumen an ihren Mund. Ihre Augenbrauen zogen sich nachdenklich zusammen. »Oder war es Sweet? Yes? Gary Glitter?«

»Oma ...« Ich zupfte sie sanft am Ärmel, bevor sie sich in ihren Erinnerungen verlor. »Hast du eine CD von Deep Purple, auf der *Child in Time* drauf ist? Und ein Album von Led Zeppelin? Und kannst du sie mir fürs Krankenhaus leihen? Unsere Schulband spielt die Lieder beim Schulfest und ich weiß nicht, ob ich dabei sein kann ...« Ich machte ein weinerliches Gesicht, obwohl das bei Oma Anni nicht zwingend notwendig war.

»Nein, Schätzchen, ich besitze sie nicht mehr, denn ich habe sie vor ein paar Wochen den kosmischen Energien geopfert, aber weißt du was?« Oma schlug die flache Hand auf den Nachttisch. »Ich kaufe dir die CDs und leihe dir meinen CD-Spieler. Was hältst du davon? Und danach schenkst du sie mir zurück. Dann haben wir beide etwas davon. Na?«

Aha. Kosmische Energien. Leander also. Er war es auch gewesen, der Oma Anni glauben ließ, sie müsse ihre Gitarre auf den Balkon legen. Ebenfalls als Opfergabe. Zwanzig Minuten später lag die Gitarre auf meinem Bett. Den CDs war es ähnlich ergangen.

»Einverstanden«, antwortete ich zufrieden. Das war eine gute Lösung. Ich hatte Oma Anni den wahren Grund zwar verschwiegen, aber gelogen hatte ich auch nicht. Es hatte wahrhaftig mit dem Schulfest zu tun. Led Purple – je länger ich über diesen Namen nachdachte, desto beknackter fand ich ihn – wollten *Child in Time* spielen, das hatte Chuck heute Nacht bestätigt, und es fehlte ihnen jemand für einen bestimmten Gesangspart. Leander würde ihn übernehmen wollen – wenn er dazu in der Lage war. Darin war ich mir sicher. Ich musste den Song kennen, wie auch alle anderen Songs, die sie möglicherweise spielen würden, um das tun zu können, was sich als vage Idee in meinem Kopf zu formen begann.

Doch zuerst musste ich gesund werden, schneller, als die Ärzte dachten. Abends würde ich Oma Annis magische Kerze abbrennen, denn wenn ich fest an ihre Wirkung glaubte, würde sie vielleicht meine Angst vor der Brigade in Schach halten.

Nachdem Oma Anni wieder aufgebrochen war – nicht ohne einige Schwänke aus dem Seniorenstift zum Besten zu geben und das Zimmer mit Duftöl von seiner negativen Aura zu befreien –, wartete ich auf die einbrechende Dunkelheit. Sobald es dämmrig wurde und ich sichergehen konnte, dass keine Schwester mehr nach mir sehen würde, zündete ich die Kerze an und schaute unentwegt in ihre tanzende gelbe Flamme, bis meine Augen zufielen und ich in einen sanften Schlummer überglitt. Er hielt mich die ganze Nacht warm und fest umfangen.

Brigadistengemetzel

Obwohl nur noch ein Klumpen Wachs und der fast abgebrannte Docht von Oma Annis kosmischer Kerze übrig geblieben waren, warf ich die kläglichen Reste nicht weg, sondern positionierte sie auf meinem Nachttisch; genau so, wie ich es jede Nacht im Krankenhaus getan hatte. Jetzt war es noch hell – eine auffallend grelle Helligkeit, vor allem dann, wenn der böige Wind die Wolken von der Sonne wegpustete –, aber positive Energien brauchte ich dringender als alles andere. Ich bildete mir nicht ein, dass die Kerze etwas mit mir oder der Welt anstellte, wie Anni es behauptete. Trotzdem hatte es mich abgelenkt, in ihre Flamme zu schauen. Nacht für Nacht. Heute früh hatte ich sie schon beim ersten Morgengrauen ausgepustet, sonst wäre selbst der letzte Klumpen Wachs verbrannt. Ich redete mir ein, dass auch Leander noch existierte, wenn von der Kerze etwas existierte. In meinem Kopf gehörte beides zusammen. Solange die Kerze da war, konnte ich ihn vor seinem Schicksal bewahren.

Leander war nicht zu mir ins Krankenhaus gekommen. Ich hatte vergeblich auf ihn gewartet. Jede Nacht war der Wind heulend aufgelebt, mal bei Trockenheit, mal bei Regen. Ich war mir nicht mehr sicher, ob es Brigadistenwind war oder einfach nur der Ludwigshafener Herbst. Ich wollte darüber nicht nachdenken. Ich würde verrückt werden, wenn ich es tat.

Mama hatte bereits nach drei Tagen aufgegeben, mir eine Lektion zu erteilen, und mich besucht, um mir geblümte Schlafanzüge und einen überdimensionierten, vollgestopften Kosmetikbeutel vorbeizubringen. Papa war ebenfalls an meinem Bett erschienen. Vier Mal sogar. Aber es war anders gewesen als in Kindertagen. Mama und Papa redeten gar nicht erst mit mir darüber, was geschehen war. Ich blieb allein damit. Wie immer in den vergangenen Monaten.

Ich konnte und wollte ihnen nicht versprechen, dass so etwas nie wieder geschehen würde, denn das bedeutete für mich automatisch, dass ich versprach, Leander würde nicht mehr zurückkommen. Solange er da war, in unserer Welt, würde ich stets von Neuem in unfassbar blöde Situationen geraten, die ich niemandem schlüssig erklären konnte. Darauf konnte ich zwar gut und gerne verzichten, aber ein Leben ganz ohne Leander? Das war unvorstellbar.

Seufzend sah ich mich in meinem Zimmer um, ohne mich aufs Bett zu legen, wie Mama es mir nach meiner Entlassung aus der Klinik befohlen hatte. Jeden Zentimeter nahm ich ins Visier. Doch auch bei dieser neuerlichen Inspektion entdeckte ich keinerlei Beweise, dass Leander in den vergangenen Tagen hier gewesen war. Keine Krümel unter dem Sofa, keine klebrigen Joghurtbecher auf dem Boden, keine zerlesenen Bravos kreuz und quer verteilt. Und auch keine halb leere Pernod-Flasche unter meinem Kissen. Sein Sofa sah so unberührt aus, dass ich kaum hinsehen konnte. Zudem kam Mogwai mir verändert vor. Lustloser und noch schlechter gelaunt als ohnehin schon. Laut Mama hatte er weniger gefressen, während ich im Krankenhaus gelegen hatte. Wäre ein nettes Kompliment von diesem stinkstiefeligen Hundeopa gewesen. War es aber nicht. Denn er fraß kaum noch, weil Leander ihm fehlte, und nicht, weil ich ihm fehlte. Und was hatte Mama zu Oma Anni gesagt? Dass sie sich noch nie so einsam gefühlt hatte? Weil sie nun allein ihre Soaps und Dokus schauen musste?

Verdammt, ich konnte hier nicht sitzen bleiben oder mich gar ins Bett legen. Ich hatte einen Gipsarm und nicht die Pest und meine Gehirnerschütterung war längst ausgeheilt. Niemand konnte mich zwingen, so zu tun, als wäre ich krank. Einhändig zog ich mir meine Sneakers an und wurschtelte mich in einen weiten Kapuzenpulli, was schwieriger war, als ich gedacht hatte, doch nach einigen Minuten war ich so weit. Es konnte ja nicht umsonst gewesen sein, dass ich halbe Tage damit verbracht hatte, die Deep-Purple- und Led-Zeppelin-CDs rauf und runter zu hören. Vor allem *Child in Time* hatte ich immer wieder laufen lassen, ein unheimlicher Song. Er klang tatsächlich wie aus einer anderen Sphäre, da hatte Oma Anni schon recht. Ich war allerdings der Meinung, dass nicht kosmische Kräfte dran schuld waren, sondern der Drogenkonsum der Bandmitglieder. Dennoch ließ der Track mich nicht los, ebenso wenig wie *Stairway to Heaven* von Led Zeppelin. Bei diesem Lied bekam ich Gänsehaut. Doch mein Bauchgefühl sagte mir, dass *Child in Time* wichtiger war und sich für meinen unausgegorenen Plan besser eignete. Es war ein Plan, an den ich selbst nicht recht glaubte, aber ich hatte keinen anderen. Und wenn ich Leander im Proberaum fand, musste ich ihn vielleicht gar nicht erst umsetzen. Ich erschauerte trotz meines warmen Pullovers. Ich gab es nicht gerne zu, aber ich hatte Angst. Angst, dass sie ihn längst geholt und weggeschickt hatten, dass nun alles zu spät war, alles …

Ich drückte meinen Gipsarm an meinen Bauch und lief zur Tür. Ich musste nicht lauschen, um zu wissen, dass Mama im Flur Position bezogen hatte. Sie hatte sich direkt gegenüber meines Zimmers einen Sessel und einen runden Minitisch mit dem Telefon und ein paar Illustrierten an die Wand gestellt und dort saß sie nun und bewachte mich wie eine Gefangene im Hochsicherheitstrakt. Außerdem hatte Papa unglaublicherweise Gitter an mein Fenster angebracht. Er hatte Mamas Drohung umgesetzt! Dabei war selbst ich nicht in der Lage, mit einem Gipsarm Parkour zu machen oder über Dächer zu klettern.

Mama ließ raschelnd ihre Zeitschrift sinken, als ich die Tür öffnete und sie bittend ansah.

»Nein, Luzie, frag gar nicht erst …«, stellte sie mit sichtlich bebender Unterlippe auf stur. Langsam begannen ihre Durchhaltekräfte zu schwinden. Es war ungefähr das zehnte Mal, dass ich sie seit unserer Rückkehr aus dem Krankenhaus mit meiner Bitte nervte.

»Mama, alle sind dort! Alle! In einer Stunde tritt unsere neue Schulband auf, Billy spielt mit, ich hab mich so drauf gefreut!« Ich war sogar bei den Proben dabei gewesen und um ein Haar hätte der Drummer mich verprügelt. »Es ist unser Schulfest, organisiert von den Lehrern, was ist daran so schlimm?«

»Du hast einen gebrochenen Arm und bist heute erst aus dem Krankenhaus entlassen worden«, stellte Mama verschnupft fest.

»Ja, richtig. Ich bin entlassen worden, weil ich wieder gesund bin«, erklärte ich mit der sanftesten Stimme, die ich im Angebot hatte. »Deshalb kann ich auch hingehen. Mama, bitte … bitte.« Hörte sie nicht, wie sehr ich darauf brannte? Dass ich hingehen *musste*?

»Und ich darf dich anschließend wieder zur Notaufnahme fahren, ja?« Mama drückte sich ein zerkrumpeltes Taschentuch an die Nase und schniefte herzerweichend.

»Jetzt übertreib doch nicht. Irgendwann muss ich auch wieder zur Schule gehen. Oder soll ich ewig in meinem Zimmer sitzen bleiben? Ich will nur die Band ansehen und ein paar Freunde treffen … falls ich noch Freunde habe …« Ich senkte die Lider und brachte auch meine Unterlippe zum Beben, was nicht schwierig war, denn wenn ich an Leander dachte, wollte ich ununterbrochen heulen. Die Situation machte mich schier wahnsinnig. Niemand wusste, dass ich um das Leben eines Schutzengels rang. Dabei hatte ich gedacht, dass diese Aufgabe in Frankreich bereits erledigt worden war. So konnte man sich irren …

Mama reagierte nicht auf meine bebende Unterlippe, aber ich sah, dass ein Hauch von Mitgefühl ihr überschminktes Gesicht erweichte. Sie wusste genau, wovon ich sprach. Niemand von meinen Jungs hatte mich im Krankenhaus besucht – außer Chuck, der unzusammenhängenden Blödsinn geredet und dann die Reste meines Abendessens aufgepickt hatte. Seppos »Warum?« zählte nicht als Besuch und auch Sofie war nicht da gewesen. Ich musste Mama ja nicht verraten, dass sie mir eine kurze SMS geschickt hatte. »Gute Besserung. LG, Sofie.«

»Mama, heute ist die beste Gelegenheit, mich mit ihnen zu versöhnen. Vor allem mit Sofie. Wir hatten uns gestritten ... Und mit Serdan ist es aus. Ich fühl mich einsam!« Nun tropfte eine Träne aus meinem linken Auge und hinterließ einen feuchten Fleck auf meinem Gips. Mama ließ flüchtig ihre Blicke über seine gähnend leere weiße Oberfläche gleiten. Sieh gut hin!, dachte ich. Keine einzige Unterschrift, kein Spruch, keine Kritzelei! Das hatte es noch nie bei mir gegeben. Meine Gipsarme und -beine waren stets Kunstwerke gewesen, weil tausend Leute sich darauf verewigt hatten. Dieser Gips war der beste Beweis dafür, dass etwas nicht stimmte und ich mich dringend mit meinen Freunden aussprechen musste.

»Mama, bitte ... bitte!« Mein ständiges Betteln wurde mir langsam zuwider. Vor allem, weil es nichts brachte, weder bei Seppo noch bei Leander noch bei Mama. Betteln war etwas für Idioten. Ich wollte gerade aufgeben und richtig zu heulen anfangen, als Mama sich trompetend schnäuzte und ihre Hände schwang, als wolle sie mich verjagen.

»Du hast es geschafft, Luzie! Na geh schon, geh, aber um sechs bist du zurück, Punkt sechs Uhr, sonst komme ich persönlich vorbei und nehme dich mit!«

Mama und ich hatten eine stille Abmachung. Keine Besuche ihrerseits in der Schule mehr, nachdem sie mich etliche Male bis auf die Knochen blamiert hatte mit ihrer überschwänglichen Gluckenmanier. An dem Tag, an dem sie mir mein vergessenes Pausenbrot sogar in die Klasse hinterhergetragen hatte, hatte Herr Rübsam ihr nahegelegt, mich doch mal aus meinen Fehlern lernen zu lassen, wie er es formuliert hatte. Insofern hatte sie eine echte Drohung in der Hand. Mama konnte außergewöhnlich blamabel sein, wenn sie es drauf anlegte.

»Oh Mama, danke, danke, danke! Ich werde nichts anstellen, versprochen!« Das konnte ich versprechen, halbwegs jedenfalls. Was ich vorhatte, war nicht gefährlich, es war nur knifflig und ziemlich peinlich für mich, aber Knochen brechen konnte man sich dabei nicht. Hoffte ich. Man wusste ja nie ... Doch wenn ich Leander im Proberaum fand, musste ich es vielleicht gar nicht tun. Deshalb wollte ich zuerst einen Abstecher in den Lagerplatzweg machen.

Ich verzichtete darauf, den Bus zu nehmen, sondern ging im Eiltempo zu Fuß. Ich hatte das Gefühl, dass mein gebrochenes Gelenk bei jedem zu hastigen Schritt knackte, weshalb ich den Gips bald mit der rechten Hand festhielt und mich dadurch selbst im Laufen behinderte. In Gedanken bettelte ich ununterbrochen weiter. Bitte, Leander, sei noch da, bitte, bitte, bitte … Doch je näher ich dem Lagerplatzweg kam, desto weniger glaubte ich daran, dass sie ihn nicht gefunden hatten. Sie waren Brigadisten. Sie würden einen abtrünnigen Wächter auch dann erspüren können, wenn er sich in einem fensterlosen, schallisolierten Kellerloch befand.

Endlich erreichte ich mit abgehackten Schritten den Hinterhof. Ich nahm zwei Stufen auf einmal und warf mich am Fuße der Treppe mit der gesunden Seite gegen die Tür. Erst beim zweiten Mal gab sie nach – Gott sei Dank, sie hatten nicht abgeschlossen. Ich griff neben mich und knipste das Licht an.

Irritiert sah ich mich um, bis ich begriff, dass der Raum nicht größer geworden war, wie ich zuerst dachte, sondern die Instrumente und Mikrofone und Monitore und Verstärker fehlten. Ansonsten hatte das Chaos sich mindestens verdreifacht. Ich achtete nicht auf den Müll, der den gesamten Boden bedeckte, als ich zur Nische stürzte und den Vorhang beiseitefegte, doch ich erkannte bereits in der ersten Sekunde, dass Leander nicht mehr hier war. Die Nische war leer.

»Leander!«, rief ich trotzdem in die Stille hinein. »Bist du da?« Meine Stimme klang auffallend dumpf, als würden die verkleideten Wände sie schlucken wollen. Angespannt sah ich mich um.

»Oh nein … nein …« Nun flüsterte ich nur noch, obwohl ich gerne laut geschrien hätte. Ich hatte etwas gefunden; etwas Vertrautes und doch so Furchterregendes, dass mir schlagartig flau im Magen wurde. Ich kniete mich in den Müll und fischte es mit spitzen Fingern heraus: Leanders Stirnband, nur noch die Hälfte seit Frankreich, wo es bei seiner Flucht zerrissen war, doch jetzt war es nicht nur ausgefranst und verwaschen, sondern voller Blut. Ich musste nicht daran riechen, um zu wissen, dass es Blut war. Jemand wie ich, der schon so viele Unfälle durchgemacht hatte, sah das sofort. Es war Blut. Viel Blut. Blutstropfen auch auf dem Boden, eine dünne Spur münzengroßer Punkte, die bis zur Tür führte und mitten auf der Treppe plötzlich aufhörte. Weil sie ihn dort mit nach oben in die Luft genommen hatten? Gut ausgebildete Sky Patrol konnten switchen; Hunderte von Kilometern innerhalb von Sekunden zurücklegen. Bestimmt war Leander längst in Guadeloupe und vorher hatten sie ihm mächtig wehgetan, hatten versucht, seinen Körper zu vernichten. Oder ihn gar umgebracht?

»Er kann auch entkommen sein«, redete ich mir zitternd zu, obwohl ich daran keine Sekunde glaubte. »Und er hatte sich verletzt. Das kann so gewesen sein, oder?« Aber warum sah man dann sein Blut? Eigentlich hätte man sein Blut nicht sehen dürfen. Sah man es, weil es schon alt war und praktisch nicht mehr zu ihm gehörte? Oder gehörte es nicht mehr zu ihm und man sah es, weil er tot war? Ich konnte nicht verhindern, dass ich wie ein gequältes Tier aufwinselte. Mit der linken Hand klammerte ich mich am schmierigen Treppengeländer fest, um nicht in die Knie zu sinken. Eine winzige Hoffnung hatte ich noch … die Hoffnung, dass alles ganz anders war, als ich dachte … ja, dass er dort war, bei unserem Schulfest, und darauf wartete, auftreten zu dürfen, denn nichts liebte er mehr als das. Led Purple mit Leander, open air auf unserem Hof, wo die Brigadisten ihn zweifelsohne finden würden, denn nun wehte der Wind auch tagsüber, wie jetzt gerade wieder, Sonne, Wolken, Sonne, Wolken, ein aufreibender Wechsel aus Licht und Schatten, der einen mürbe machte.

Ich musste zur Schule laufen, bevor die Band zu spielen begann, und dann galt es, Leander zu überlisten, um anschließend die Brigade zu überlisten und zwei Fliegen mit einer Klappe zu schlagen.

Es kam mir aussichtslos vor, doch es war das Einzige, was ich tun konnte, um ihm noch einmal ins Gewissen zu reden und ihn dazu zu zwingen, sich darin zu verstecken, wovor er sich am meisten fürchtete. In einem von Papas Särgen, zusammen mit einem Toten, umgeben vom Meister der Zeit.

Ich holte tief Luft, packte meinen Gips und stürmte los.

ANGEL IN TIME

Der Wind heulte wie eine warnende Sirene in meinen Ohren, meine Angst trieb mir Tränen in die Augen und bei jedem Schritt schienen sich die beiden Nägel in meinem Arm zu lockern, doch als ich in unseren Schulhof einbog, vergaß ich für einen Moment meine marternden Sorgen. Aus dem Laufen heraus stoppte ich. Es gab keine Möglichkeit weiterzulaufen. Bis zu den Fahrradständern drängten sich Menschen: nicht nur Schüler und Lehrer, sondern auch fremde Gesichter, angelockt durch die Bühne, die direkt vor der Turnhalle errichtet worden war, und zwar genau dort, wo ich vor einem Jahr bei meinem Herbstrun über das Baugerüst in einen Farbeimer getreten und abgestürzt war. Ich konnte mich an das Datum nicht erinnern, aber für einen Augenblick war mir, als läge es exakt zwölf Monate zurück und als wären die Menschen gekommen, um mir zuzusehen, wie ich mir ein weiteres Mal meine Gräten brach.

Doch sie waren wegen Led Purple gekommen und wegen des gigantischen Ambientes, das Herr Rübsam und Konsorten hochgezogen hatten – eine echte Bühne mit einem riesigen Stahlgerüst, an dem bewegliche Spots angebracht worden waren, gesponsert von der Sparkasse und der Lukom, darunter prangte das fette Banner mit »Led Purple. Pure & real Rock Music«. Links und rechts der Bühne standen Verstärkerboxen, je eine mannshohe am Boden und eine kleinere auf einem Ständer. Schwarze Seitenwände dunkelten den Ort des Geschehens so stark ab, dass man das Gefühl bekam, man stünde in einem riesigen Konzertsaal. Auch das Gerüst mit den Spots war gegen die Einstrahlung der Sonne und mögliche Regenschauer mit einer schwarzen, dünnen Pressspandecke abgeschottet worden. Herr Rübsam und seine Helfer mussten die ganze Nacht daran gearbeitet haben.

All das tolle Brimborium nützte mir jedoch nichts, denn ich war zu klein, um direkt auf die Bühne blicken zu können. Ich sah die Spots und eine Leinwand, die wahrscheinlich per Beamer für eine Großübertragung sorgen sollte, aber Leander würde auf einer Leinwand nicht zu sehen sein. Es sei denn, er hatte sich vorsorglich in eines von Mamas Laken gehüllt und Nachtcreme ins Gesicht geschmiert. Ein Laut irgendwo zwischen Lachen und Heulen entschlüpfte meiner Kehle, als ich daran dachte, wie er vor der Kamera herumgesprungen war und versucht hatte, sich abzubilden. Darüber hatte ich mich aufgeregt? Was für ein Kinkerlitzchen im Vergleich zu dem, was mir jetzt bevorstand.

Gerade musste jemand auf die Bühne getreten sein, denn im Publikum ertönten Pfiffe und Johlen; ob es freundlich oder spöttisch klang, konnte ich nicht genau sagen. Ich sprang einmal hoch, um etwas zu erkennen, doch die Leute vor mir waren zu groß. Ich würde ein Trampolin benötigen, um auf diese Weise mitzubekommen, was sich da vorne abspielte. Also musste ich mich bis an den Bühnenrand vorkämpfen und es schaffen, auf eine der Verstärkerboxen zu klettern … Konnte ich das denn mit meinem hinderlichen Gipsarm? War das machbar?

Eines der Mikrofone begann schrill zu piepsen, zweistimmig, ein aufreibendes Geräusch. Schnell drückte ich die Hände gegen meine Ohren. Ein paar Gäste buhten laut, beruhigten sich aber wieder, als das Piepsen sich abschwächte und jemand zu sprechen begann.

»Hallo, Jungen und Mädchen, liebe Kollegen, liebe Eltern, liebe Gäste!« Jungen und Mädchen – oh, das war Herr Rübsam, der da sprach! Ich hatte seine Stimme zuerst kaum identifizieren können, sie war belegt und er klang so feierlich und stolz, als würde er uns die Geburt seines ersten Kindes verkünden (soweit ich wusste, hatte Herr Rübsam keine Kinder und mir schien er auch zu alt und verhutzelt, um noch welche zu zeugen). »Wir freuen uns, dass ihr so zahlreich erschienen seid. Wir werden heute den Schulhof rocken!«

Oh ja, das werdet ihr, dachte ich und schlängelte mich zwischen zwei Muttis hindurch, die angeregt miteinander schnatterten. Neben mir lachten ein paar Jungs auf und schüttelten belustigt ihre Köpfe. Auch ich fand es ein wenig peinlich, was Herr Rübsam da so losließ.

»Wir sind Led Purple, die erste Schulband seit über zehn Jahren!«

Oh Himmel, gleich würde er in Tränen ausbrechen. Ich

boxte dem Dicken vor mir in die Leiste, damit er zur Seite rückte und mich durchließ. Da ich mit meinem Gipsarm unbeweglicher war als sonst, kam ich nur im Schneckentempo voran und auch meine Kondition war schon besser gewesen. Ich musste einen Moment innehalten, um Luft zu schöpfen.

»Taucht mit uns ein in die Rockmusik der Siebzigerjahre!« Wieder buhte jemand, doch es ertönten auch einige anerkennende Pfiffe. »Led Purple – das sind: Martin ›Chuck‹ Lemmert an der Gitarre und Gesang, Billy Jelisavac am Bass – beide sind Schüler bei uns – und für die Drums konnten wir Ralle … äh …« Herr Rübsam geriet ins Stottern. »Nun, wir konnten Ralle gewinnen, der auch mal … äh … auf eine Schule gegangen ist. Denke ich … Und ja, ich werde diese junge Truppe an der Hammondorgel unterstützen.«

»Ausziehen, ausziehen!«, brüllten zwei Jungs vor mir, die mir breitschultrig den Weg versperrten. Ich war eingepfercht von Menschen und noch immer konnte ich nichts sehen. Plötzlich drückte die Masse in meinen Rücken, so fest, dass mir fast die Luft wegblieb. Es wurde dunkler; ich wusste nicht, ob es am Wetter lag oder daran, dass alle Spots ausgegangen waren, um die Spannung zu erhöhen. Hätten sie nicht tun müssen. Mehr Spannung würde ich nicht ertragen. Das Klimpern eines Klaviers übertönte das Johlen der Menge, jazzig und verspielt, ein Lied, das ich nicht kannte, sollte es nicht Rock geben? Deep Purple und Led Zeppelin? Was war das denn nun?

Ich duckte mich und kroch kurzerhand zwischen den

Beinen meines Vordermanns hindurch. Wieder einen Meter geschafft. Das Klavierspiel veränderte seinen Rhythmus, wurde klarer, deutlicher, fordernder. Nun kam es mir doch vertraut vor ... Ich spürte, wie die Menschen um mich herum den Atem anhielten. Es wurde auffällig ruhig. Ich nutzte die Gelegenheit, um mich bis zur Verstärkerbox vorzuarbeiten. An ihr hochklettern konnte ich nicht, denn Frau Dangel lehnte an ihr und blickte mit verträumten Augen zur Bühne, während der Wind ihre Hochsteckfrisur aufzulösen begann. Gedankenverloren zog sie eine Nadel aus ihrem Dutt, schob sie zwischen ihre Lippen und begann darauf herumzukauen. Ich positionierte mich schräg hinter ihr – vielleicht konnte ich sie in einem günstigen Moment zur Seite schubsen.

Doch das musste ich gar nicht. Denn nun fiel die Gitarre ein, in fetten, markanten Akkorden. Vier Akkorde, um genau zu sein, jene vier, auf die Billy sehnlichst gewartet haben musste. *Smoke on the Water*! Das war *Smoke on the Water*. Frau Dangel gab einen Jauchzer von sich, der mich endgültig davon überzeugte, dass sie soeben von einem außerirdischen Virus befallen worden war, das ihre Persönlichkeit von Grund auf veränderte. Ausgelassen begann sie mit der Hüfte zu wippen. Damit war sie nicht allein. Alle taten das, ausnahmslos alle. Erstaunt registrierte ich, dass auch ich rhythmisch mit dem Kopf nickte, und riss mich gleich wieder am Riemen. Wenn ich wissen wollte, was mit Leander los war, musste ich auf diese Box klettern, und zwar schnell. Doch mein Körper reagierte nicht. Wie die anderen hüpfte ich befreit auf und ab und klatschte trotz Gips im Takt, während Frau Dangels Haarnadeln auf mich herabrieselten. Erst Sofies Gekreische riss mich aus meinem Wahn. Sie saß links von mir auf den Schultern von Leon, ihr Gesicht zu einer glückseligen Fratze verzerrt.

»Hey, Luzie!«, schrie sie zu mir herunter. »Wieder gesund? Hast du Billy gesehen? Mir ist nie aufgefallen, was für tolle Augen er hat! So leuchtend!«

Ich schüttelte nur den Kopf. Nein, war mir nicht aufgefallen – wie denn auch, ich konnte nichts sehen und niemand war da, um mich auf seine Schultern zu nehmen. Seppo und Serdan waren wie vom Erdboden verschluckt und ich hoffte auch nicht darauf, dass sie auftauchten.

»Räuberleiter!«, befahl ich deshalb dem fremden Oberstufenschüler rechts neben mir, der sein Haar kreisen ließ und dabei die Faust gegen seinen Oberschenkel hieb. »Hey!« Ich kniff ihm fest in die Rippen und deutete zur Box. »Ich muss da hoch, ich seh nix!«

Erst nach dem zweiten Kneifen verstand er, was ich wollte, und stemmte mich nachlässig nach oben. Da alle auf die Bühne glotzten, als geschähe dort das achte Weltwunder, achtete niemand darauf, dass ein Mädchen mit Gipsarm auf einer wummernden Box balancierte, und das kam mir sehr entgegen.

Neugierig scannte ich die Bühne. Trotz meines Kummers kicherte ich hell auf, als ich Herrn Rübsam sah. Er hatte sich eine bunte Wollmütze über seine kahle Stirn geschoben und eine schwarze Sonnenbrille auf die Nase gesetzt, dazu trug er verwaschene Jeans und eine Batikweste, die auch schon bessere Tage gesehen hatte. Mit geschlossenen Augen bearbeitete er die Tasten seiner Orgel, ein hingerissenes Lächeln auf seinen Lippen, und hatte die Zeit seines Lebens.

Was Billy betraf, hatte Sofie nicht ganz unrecht. Der Bass stand ihm. Die Bühne stand ihm! Und ja, auch seine Augen leuchteten. Mir kam es sogar vor, als sei er schlanker geworden; er wirkte nicht mehr mollig, sondern kompakt, als sei die überflüssige Masse kein Fett, sondern bestünde allein aus sorgsam antrainierten Muskeln. Was nicht sein konnte, wenn man die vergangenen Wochen auf dem Sofa eines schlecht gelüfteten Proberaums verbracht hatte.

Ralle prügelte mit nacktem Oberkörper und unbewegtem Gesicht auf sein Schlagzeug ein; Chuck hatte sich zur Feier des Tages eine Extraportion Fett in die Haare geschmiert und sein engstes T-Shirt angezogen, unter dem sich sogar sein Bauchnabel abzeichnete. Aber wo war Leander? Das, was Led Purple da spielte, klang gut, viel zu gut. Bei einem flüchtigen Blick zur Seite sah ich, wie Frau Dangel ihr braunes Jäckchen auszog, weit von sich wegschleuderte und ihre oberen beiden Blusenknöpfe öffnete.

»Smooooooke on the water«, sangen Hunderte von Menschen und reckten ihre Arme in die Luft. Ich musste mich sehr disziplinieren, um nicht einzustimmen, und verrenkte meinen Hals, damit ich in jeden Winkel der nur noch von dem Flimmerlicht der Spots erhellten Bühne äugen konnte. Da – waren das nicht Leanders Boots? Das mussten sie sein, denn wem sollten sie sonst gehören? Aber warum lugten sie mit den Kappen nach oben hinter dem Schlagzeug hervor? Lag er etwa dort hinten? Und wenn er dort lag und nicht stand, nicht vorne bei den Mikros war – bedeutete das dann, dass er … dass er …?

Hört auf, wollte ich rufen und vielleicht tat ich es sogar. Hört sofort auf! Wir haben eine Leiche auf der Bühne! Wir brauchen einen Krankenwagen! Doch niemand achtete auf mich.

Eine kräftige Böe brachte den Monitorständer neben der Box zum Wanken und ich fürchtete schon, er würde auf mich herunterfallen, als der Wind unvermittelt nachließ. Ich verdrängte die Vorstellung, dass nicht nur die Menschen dicht an dicht standen, sondern auch Sky Patrol in Scharen den Himmel bevölkerte, Schutzengel und Brigadisten, hatten sie überhaupt noch Platz zum Fliegen?

Chuck stimmte sein Gitarrensolo an. Gut war es, richtig gut. Zu gut für ihn. Das musste bedeuten, dass Leander noch lebte. Es konnte gar nicht anders sein. Ich würde den nächsten Song abwarten müssen und hoffen, dass er sich dann zeigte, mehr konnte ich nicht tun.

Mit meinen Augen suchte ich einen schnellen Weg zur Bühne – einen schnellen und ungefährlichen Weg. Ja, so konnte es gehen: Mithilfe des Monitorständers über die Köpfe hinwegschwingen, fallen lassen – das war nicht hoch, nur zwei Meter, schätzte ich –, an den Bühnenrand schleichen und unter dem schwarzen Tuch hindurch auf die Bühne schlüpfen. So konnte ich mich von hinten heranpirschen, falls sie *Child in Time* spielten und Leander noch lebte und im Moment lediglich Kraft für seinen entscheidenden Auftritt schöpfte, anstatt tot zu sein …

»Ja!«, jubelte nun auch ich, als die Band nach einem nicht enden wollenden Applaus die nächsten Takte anstimmte. Es war *Child in Time*. Ein einziger blutroter Spot war auf Herrn Rübsam gerichtet – Herr Rübsam im Rampenlicht, begafft von Hunderten, doch davon bekam er nichts mit, denn seine Lider waren herabgefallen. Oh, ich liebte diesen Teil des Stückes. Er klang magischer als alles andere, was ich bisher gehört hatte. Die Gänsehaut auf meinem Rücken wurde so stark, dass sie beinahe schmerzte. Sie wanderte in meine Arme, in meine Füße und wogte dann in einer sanften Welle über meine Zähne, bis mein ganzes Gesicht warm und kühl zugleich kribbelte.

Diesen Part musste ich noch abwarten … Das war noch nicht der Teil, bei dem sie Leander brauchten. Der kam erst noch: jene hohen, heiseren Hilferufe, die einem durch und durch gingen und die, wie Oma Anni mir berichtet hatte, selbst der Deep-Purple-Sänger nicht mehr anstimmte, weil er Angst hatte, sie würden seine Stimme für immer ruinieren. (Mich hingegen hatte gewundert, dass der Sänger überhaupt noch lebte und auftrat, aber Herr Rübsam bewies gerade eindrücklich, dass es niemals zu spät war.)

Vor lauter Aufregung petzte ich mich selbst in meine Unterarme, damit der Schmerz mich bei Sinnen hielt. Es wäre so viel einfacher gewesen, mich hinab in die Menge gleiten zu lassen, wo meine Klassenkameraden und Lehrer mit offenen Mündern und feuchten Augen nach vorne stierten.

Steh auf!, dachte ich inständig. Leander, du musst jetzt auf die Beine kommen! Seine Fußspitze zuckte.

Noch sang Chuck, besser, als ich es je für möglich gehalten hatte. »See the blind man, he's shooting at the world, the bullets flying, they're taking toll ...«

»Leander! Du bist gleich dran!«, rief ich. Es achtete sowieso niemand auf mich. Wie eine Geistererscheinung erhob er sich hinter dem Schlagzeug und wankte mit ungelenken Bewegungen nach vorne, wo Chuck ihm das Mikro überließ, als hätten sie sich abgesprochen.

Ich schluchzte trocken auf, als ich Leander sah. Seine Wangen waren eingefallen und bleich, die Haare hingen ihm strähnig in seine blutige Stirn, jede einzelne Bewegung kostete ihn Unmengen von Kraft. Doch als er sich vorbeugte, das Mikro an seine blassen Lippen zog und zu singen begann, vergaß auch er, wie schlecht es ihm ging. Wir alle vergaßen uns. Sofie fing an zu weinen und wühlte mit beiden Händen in Leons Haar, der dies lächelnd geschehen ließ, obwohl seine Stirnfrisur sein Heiligtum war. Frau Dangel gab weitere Zentimeter ihres Dekolletés zum Besten und die Jungs hinter mir, die vorhin noch gebuht hatten, fielen sich in die Arme und schlugen sich kumpelhaft auf ihre Schultern. Nicht nur Sofie weinte. Viele Mädchen weinten. Manche schrien auch schrill auf und drängten nach vorne zur Bühne, als würden dort Justin Bieber und Bruno Mars im Duett singen. Dabei war es ein Wächter, den niemand außer mir sehen und hören konnte.

Ich quetschte mit beiden Händen meine Wangen, um wieder zu mir zu kommen, packte mit dem rechten Arm den Monitorboxenständer und hangelte mich wie ein Äffchen über die Köpfe hinweg, um am Rand der Zuschauer auf den Boden zu springen. Es war nicht leicht, weil der Gips meine Balance störte, aber ich konnte mich austarieren und weiter zur Bühne krabbeln, wo ich mich mit Schwung unter dem Tuch hindurch nach oben zog. Da alle Blicke an dem leeren Mikroständer hingen und sämtliche Musiker, einschließlich Leander, ihre Augen geschlossen hielten, konnte ich mich unbemerkt zwischen die Drums und Chuck schieben, wo ich sofort mit einem ziemlich krassen Ausdruckstanz begann, für den ich mich normalerweise in Grund und Boden geschämt hätte. Ich rechnete fest damit, dass jemand aus dem Publikum lachte oder auf mich zeigte, doch ich fand es geschickter, tanzend auf der Bühne zu sein und so zu tun, als gehöre ich dazu und als habe man mich genau für diesen Part engagiert. Hätte ich nur dagestanden, wäre vielleicht einer der Lehrer misstrauisch geworden und hätte mich weggeholt.

Doch niemand nahm großartig Notiz von mir, was wohl daran lag, dass sich fast alle anderen ebenfalls in diversen Ausdruckstänzen verloren. Ich schwenkte meine Arme wie einen Rotor durch die Luft, denn nun begann der schnelle, harte und jagende Part, bei dem sich Herr Rübsam wie erwartet in Ekstase spielte und Chuck auf seine Gitarre eindrosch, als wolle er sie zerteilen. Leander stand nur still da und wartete ab, bis die Klänge wieder abflachten und sein Gesangspart sich näherte, der gleiche wie am Anfang, aber dieses Mal noch dramatischer und intensiver.

Ich hatte genug von ihm gesehen. Es war genau so, wie ich es erhofft hatte: Leander trug meine MP3-Stöpsel in seinen Ohren. Und er hatte mich nicht bemerkt. Durch seine Sauferei waren seine Fähigkeiten offenbar restlos verkümmert.

Der Wind hatte sich gelegt und eine lastende Schwüle breitete sich aus, als Chuck erneut Leander das Mikro übergab. Rotteten sie sich über uns zusammen, um den finalen Angriff zu starten? Warteten sie auf den richtigen Augenblick? Wenn ja, dann würden sie jetzt sehen, dass ich ihn sah. Dann wussten sie alles. Ich durfte sie nicht den richtigen Augenblick ergreifen lassen, ich musste ihnen zuvorkommen. Tanzend näherte ich mich Leander, bis ich dicht hinter ihm stand und den kalten Rauch in seinen Haaren riechen konnte. Sein singendes Rufen ließ meinen Bauch erbeben, ich wollte mich auf den Boden werfen und weinen, laut weinen, doch bei seinem letzten Schrei schnellte mein Arm nach vorne und riss ihm mit einem kräftigen Ruck beide Stöpsel aus den Ohren. Schon in der nächsten Sekunde war ich vom Bühnenrand gesprungen und boxte mich unbarmherzig durch die hypnotisierte Menge.

Hinter mir setzte der Schlusspart des Songs ein. Er war schon im Original chaotisch und wirr, aber zumindest klang er nach etwas. Das, was jetzt durch die Boxen schallte, war nur noch kranker Müll. Kein Akkord stimmte mehr, der Rhythmus riss auseinander, die Mikrofone begannen zu piepsen und bereits nach wenigen Takten wurden die ersten Buhrufe laut. Mein Plan war aufgegangen – ich hatte die Kopfhörer samt MP3-Player und Leander verfolgte mich, stand nicht länger mit den anderen auf der Bühne. Die Ära von Led Purple war vorüber, nach nur anderthalb grandiosen Songs. Den Rest würde sich niemand anhören wollen. Fast tat es mir leid um Billy und Chuck und Herrn Rübsam.

Doch weitaus bedauerlicher wäre es gewesen, wenn die Brigade sich Leander geholt hätte. Und das konnte sie immer noch tun. Wir mussten so schnell wie möglich zu unserem Keller gelangen. Ich winkelte die Arme eng an meinen Körper, sobald ich die Menge durchpflügt und die Fahrradständer erreicht hatte, und rannte mit knackendem Gipsarm dem Hemshof entgegen.

»Nein!«, schrie Leander hinter mir. »Luzie, nein, nein, nein! Gib sie zurück! Bitte, Luzie, bitte! Du musst sie mir zurückgeben!«

Doch ich hörte nicht auf ihn.

Ein alkoholkranker Schutzengel und ein Mädchen mit Gipsarm machen ein Wettrennen. Wer ist schneller? Das Mädchen natürlich! Allerdings nur bis zu dem Moment, in dem der Schutzengel ein allerletztes Mal seine Sky-Patrol-Kräfte auffährt und das Mädchen zum Stolpern bringt.

»Pass doch auf!«, zischte ich und stopfte den MP3-Player noch etwas tiefer in meine Hosentasche. Dank Leanders Rempler war ich mit voller Wucht gegen eine Hauswand geprallt und auf beide Knie gefallen. Auch mein Gips war in Mitleidenschaft gezogen worden. Er sah schmutzig aus, aber der Bruch tat nicht schlimmer weh als vorher und die Nägel waren auch noch drin.

Leander beugte sich vor und presste seine Fäuste in die Seiten. Er war aschfahl unter den Augen. Sein Atem ging nur noch stoßweise.

»Kopfhörer«, befahl er heiser. »Gib mir den Player. Luzie …«

»Nein. Komm mit zu uns, es sind nur noch wenige Meter, sie sind hinter uns her …«

»Luzie …«

Doch ich hatte mich schon wieder erhoben und rannte

weiter, obwohl ich das Gefühl hatte, meine Beine würden mich nicht mehr lange tragen. Sie konnten ihn jederzeit holen, wenn sie es wollten, also warum taten sie es nicht? Jetzt hatten sie sogar den Beweis, dass wir miteinander redeten, dass wir uns kannten, dass ich ihn sah. Vielleicht wollten sie mich gleich mit ihm vernichten und nur eine günstige Gelegenheit abpassen?

Bei den letzten Metern nahm ich Leander an der Hand. Sie war kalt und von einem dünnen Schweißfilm überzogen, sodass sie mir immer wieder aus den Fingern gleiten wollte. Er sperrte sich, als ich die Kellertür zu Papas Geschäftsräumen öffnete, doch er war nicht stark genug, um mir standzuhalten. Mehr fallend als laufend folgte er mir. Papa war heute auf einer Bestattermesse, den ganzen Tag, und Mama schaute ihre Vorabendsoaps. Wir würden hier unten ungestört sein.

Leander stöhnte wie ein getretener Hund auf, als er sich umsah.

»Nein …«, flüsterte er. »Nicht, Luzie …«

Zwei offene, leere Särge standen in dem Raum – und eine frische Lieferung; ein verschnürter Leichensack, den Papa in die Kühlkammer geschoben hatte. Sollte ich Leander auch in die Kühlkammer schieben? Das war sicherer als ein leerer Sarg. Andererseits hatte er nicht die besten Abwehrkräfte in diesem miserablen Zustand … Ach, was scherten mich Abwehrkräfte. Die Brigade verfolgte uns!

Mit fahrigen Bewegungen rüttelte ich an dem Leichensack, um ihn so weit zur Seite zu bewegen, dass Leander sich danebenlegen konnte, doch der fummelte fahrig an meiner Hosentasche herum. Alles, was ihn interessierte, war mein Player.

»Mensch, Leander, wach doch mal auf! Die Musik ist jetzt scheißegal!«, platzte mir der Kragen. Ich hätte ihm gerne eine Ohrfeige verpasst, damit er endlich zu sich kam. »Den Dreisprung schaffst du anscheinend nicht, also kann ich dich nur noch verstecken und das tue ich jetzt! Ohne Musik!«

»Luzie … bitte …« Wieder streckte er den Arm aus, doch er war so schwach, dass seine Hand wieder herabsank.

»Was hörst du da überhaupt? Das kann doch so wichtig nicht sein!«, wütete ich, zog die Stöpsel aus meiner Tasche, drückte sie in meine Ohren und schaltete auf Play. Ich zuckte vor Schreck zusammen und war überzeugt davon, schon in der ersten Sekunde mein Gehör verloren zu haben, aber der Lärm war immer noch da. Es klang wie mehrere Musikstücke übereinander, wirr und bizarr, ein einziges verzerrtes Dröhnen … Als wäre ich von einem giftigen Insekt gestochen worden, ließ ich den Player auf die harten Kacheln fallen. Leanders Miene erstarrte zu Eis, während er mit unendlich langsamen Bewegungen meine Ohren von den Kopfhörern befreite und zu Boden sank.

»Du hast alles kaputt gemacht … alles …«, flüsterte er. Schlotternd verbarg er sein Gesicht in seinen Händen. Auch sie waren blutig, genauso wie seine Stirn. »Jetzt ist alles aus …«

»Was ist aus?« Meine Wut war verraucht. Ich hatte nur

noch Angst. Es gab nichts anderes mehr in diesem Raum außer Angst und Tod.

Leander nahm die Hände vom Gesicht, um mich hasserfüllt anzusehen. »Mann, du bist so blöd! So saublöd! Immer musst du dich einmischen und dein Ding durchziehen und jetzt hast du mich ausgeliefert und dich vielleicht dazu! Hättest du mir nicht einfach mal vertrauen können?«

Das Schreien erschöpfte ihn sichtlich, doch er zog sich an den wackeligen Beinen der Bahre nach oben und blieb schwankend vor mir stehen.

»Vertrauen?«

»Ja«, sagte er krächzend. »Vertrauen. Ich war kurz davor. Ich hatte es fast geschafft. Aber jetzt ...« Er schmetterte den MP3-Player gegen die Wand, doch das reichte ihm nicht, er hörte erst auf, nachdem er ihn unter seinen Boots zertreten hatte. »Jetzt ist es zu spät!«

»Warum zu spät? Sie haben dich noch nicht geholt! Wir sind beide noch hier, oder? Sie trauen sich hier nicht rein!«

Leander lachte kalt auf. »Sie trauen sich überall rein, Luzie. Aber es macht ihnen Spaß, mich zu jagen. Sie sehen mich gerne zappeln. Sie genießen es, dass ich verloren habe. Es ist vorbei, endgültig. Danke, chérie.«

Seine letzten beiden Worte klangen so böse und vernichtend, dass ich erneut Lust verspürte, ihn zu schlagen. Einzig meine Angst hielt mich davon ab. Leander kickte die Reste des Players unter die Bahre und steuerte die Tür an.

»Wo willst du hin? Leander …«

»Dorthin, wo ich jemand bin!«

»Ich komme mit.«

»Nein! Nein. Nein, Luzie, das tust du nicht. Ich will dich nicht bei mir haben, nicht jetzt.« Leander hatte mir den Rücken zugewandt. Seine Finger umklammerten bereits den Türgriff. »Es reicht, wenn sie mich holen. Außerdem kann ich dich sowieso nicht mehr leiden.«

Du lügst!, wollte ich rufen, doch ein jähes Sirren in meinen Ohren nahm mir für einen Augenblick die Besinnung. Ich sah nur noch Blau und es war mir, als hörte ich auch Blau, Blau überall, frisches, lebendiges Blau, das mich erquickte und beruhigte. Blau, in dem man schlafen konnte, fest und geborgen. Ich schloss das Kühlfach mit dem Ellenbogen, ließ mich willenlos auf den Boden fallen und kugelte mich ein wie ein Baby. Schlafen war eine gute Idee. Die beste, die ich jemals gehabt hatte …

Die schlechteste, die ich jemals gehabt habe, dachte ich fassungslos, als ich unbestimmte Zeit später steif gefroren erwachte und kapierte, was geschehen war. Ich hatte mich neben eine frische Leiche gelegt, um in Papas Totenkeller ein Nickerchen zu halten, während Leander von der Brigade zu Tode gehetzt wurde. Noch immer meinte ich, etwas zu hören, tief in meinem Kopf, etwas Schönes sogar, aber vielleicht war es auch nur das Summen der Kühlschränke. Denn Leander war fort. Mein Plan war gescheitert. Er hatte es selbst gesagt: Es war vorbei.

Aber irgendetwas in mir hielt mich ruhig, so ruhig, dass ich aufstand, mit der gesunden Hand meine Hosen sauber klopfte, den Keller verließ und nach oben in unsere Wohnung ging, als wäre nichts geschehen. Es war zehn vor sechs. Ich hatte mich an unsere ausgemachte Zeit gehalten. Ich gab Mama einen Begrüßungskuss, aß einen Happen und verdrückte mich in mein Zimmer, wo ich mich nach kurzem Überlegen an den Computer setzte, um meine Mails zu checken. Das hatte ich lange nicht mehr getan und vielleicht konnte ich diesen unbeteiligten Scheißegal-Zustand dadurch noch ein bisschen bewahren. Bloß nicht ausflippen. Nicht darüber nachdenken, was geschehen war. Nicht einmal seinen Namen denken. Er war weg. Immerhin hatte ich es versucht. Ich hatte ...

Oh, eine Mail von Sofie. Ich öffnete sie.

»Hey, Luzie. Wenn du deinen Leander so gut kennst, wie du behauptest, dann weißt du ja, wie schlecht es ihm geht, oder? Auf meine Mails reagiert er nicht. Vielleicht hört er ja auf dich. PS Eine Seite hast du vergessen, aus meinem Freundebuch zu reißen. Auf der stand seine Blog-Adresse. Du kannst eben nicht alles für dich alleine haben ...«

Blog-Adresse? Zweifelnd klickte ich auf den Link, den Sofie angefügt hatte, und sofort öffnete sich ein Fenster mit dunkelblauer Umrandung und einem Banner, das von weit ausgebreiteten Engelsschwingen und den wunderlichen Fotos, die Leander von sich geschossen hatte, geziert wurde. Er hatte sich allen Ernstes einen Internetblog gebastelt und ich hatte die ganze Zeit nichts davon gewusst! Sofort begann ich den aktuellsten Eintrag zu überfliegen. Er lag bereits eine Woche zurück.

»Es wird immer schlimmer. Da ist diese Leere. Mitten in meinem Herzen. Mit nichts kann ich sie füllen. Nicht mal mit Pernod. Das hat am Anfang funktioniert. Jetzt nicht mehr.

Da ist niemand. Niemand, der zu mir gehört und zu mir gehören darf. Ich verursache nur Ärger. Dabei wollte ich eigentlich das Gegenteil tun.

Solange ich diese Leere fühle, wird mir nichts gelingen, das weiß ich genau. Ich bin ehrgeizig. Ich bin nicht bloß der faule Leander. Ich will meine Ziele erreichen. Aber es geht nicht, wenn ich mich so – so nutzlos und geduldet fühle und niemand mich sieht und wahrnimmt.

Als sie noch da war und mich anfassen durfte und ich sie, hab ich das ertragen können. Jetzt berührt mich keiner mehr.

Ich werde so sterben, mit einem leeren Herzen und einer unberührten Haut. Das ist tragisch. Ich bin ein tragischer, gefallener Engel. Ja, das bin ich …«

Mit pochendem Herzen klickte ich auf die Kommentare. Ein Billy_Bass hatte ein paar Zeilen hinterlassen – Billy_ Bass? Doch nicht etwa ein Nick von unserem Billy?

»Hey, meinst du nicht, du übertreibst ein bisschen? Nach jedem Regen kommt Sonnenschein, wirst schon sehen.«

Dann noch ein Kommentar von Bella_Sofie. »Mail mich doch mal an. Für mich bist du jemand.«

»Ach, Sofie, du weißt doch nicht, wovon du redest«, knurrte ich ungehalten. Die anderen Leute, die Kommentare hinterlassen hatten, wussten es ebenfalls nicht. Fast alle warfen Leander vor, zu dick aufzutragen und rumzulabern, aber es waren auch einige dabei, die mehr über ihn erfahren wollten.

Ich jedoch verstand eines auf einmal sehr gut: Leander fehlte meine Nähe – oder die Nähe einer Familie, von Freunden? Vielleicht auch von Baptiste, seinem einzigen Verwandten, der es gut mit ihm gemeint hatte? Von wem auch immer sie kam: Er brauchte dringend Nähe, er musste jemanden spüren, sonst würde er noch kränker werden. Genau das war die Leere, von der er sprach! Er hatte nicht nur getrunken, um sich zu schützen. Wahrscheinlich hatte er vor allem getrunken, um diese Leere zu vergessen. Aber was sollte ich dagegen tun? Wenn ich ihm zu nahe kam, löste ich mich in Luft auf. So leid mir Leander auch tat, das konnte ich nicht in Kauf nehmen. Das würde er auch niemals zulassen. Und die Nähe eines altersschwachen Hundes würde nicht ausreichen.

So ohnmächtig und hilflos hatte ich mich selten gefühlt, vielleicht sogar noch nie. Aber Leander sollte noch einmal Nähe spüren dürfen, bevor sie ihn holten – sie konnte ihn stark machen und das würde ihm die Kraft geben, sich einige Tage über Wasser zu halten. Oder es ihm leichter machen, wenn er auf die andere Seite gerissen wurde. Es war doch ein Unterschied, ob man das glücklich oder unglücklich mit sich geschehen lassen musste!

»Luzie?« Ich klickte die Seite rasch weg, schluckte meinen Tränen hinunter und drehte mich um. Mama streckte ihren Kopf durch die Tür und linste zu mir herein. Irgendwie sah sie betreten aus – betreten und stolz in einem.

»Herr Rübsam hat angerufen und bittet dich, aufs Schulfest zu kommen.«

»Aber ... aber ich war doch gerade ...«

»Ja. Ich weiß.« Mama schluckte und betupfte sich mit den Fingerknöcheln ihr rechtes Auge. »Er sagt, er braucht dich und dass es wichtig ist. Sehr wichtig.«

Was konnte denn jetzt wichtiger sein als Leander? Eigentlich nichts. Schulterzuckend erhob ich mich. Hier in meinem Zimmer konnte ich Leander sowieso nicht helfen. Ich sollte den unverhofften Freigang nutzen, bevor Mama es sich anders überlegte.

Sie ließ mich wortlos ziehen, doch dieses Mal nahm ich die Straßenbahn. Ich war zu müde, um zu laufen, und spürte meinen verheilenden Bruch immer deutlicher. Als ich den Schulhof betrat, kam mir der Gips tonnenschwer vor.

»Luzie ...« Herr Rübsam schien auf mich gewartet zu haben und zog mich sofort zur Seite. »Schön, dass du wieder gesund bist. Du hast sicher mitbekommen, dass ... nun jaaa ...«

Ich sah mich um. Die Bühne lag verwaist im Schatten der Turnhalle, die Menschenmassen hatten sich zerstreut. Irgendjemand hatte das Banner von Led Purple zerrissen. Im abflauenden Wind tanzten seine Einzelteile in Fetzen über den Asphalt. Das hier war nur noch ein ganz normales, leicht chaotisches Schulfest, das sich seinem Ende zubewegte.

Ich suchte Herrn Rübsams Blick und bekam spontan ein schlechtes Gewissen, als ich die Resignation in seinen Augen las. »Wir lassen das wohl doch besser sein mit der Band«, sagte er leise. »Wir wollen nicht noch einmal mit kalten Pommes frites beworfen werden. Und dieser – dieser Ralle ist mir nicht geheuer, weißt du.«

»Klar.« Ich nickte verständnisvoll. »Mir auch nicht.« Dabei war Ralle der Einzige gewesen, der genügend Talent besaß, öffentlich aufzutreten.

»Billy hat diese Nachricht weniger gut verkraftet. Er ist … er hat mich angeschrien und ist dann … weggelaufen«, gestand Herr Rübsam betrübt und knetete die bunte Mütze in seinen Händen, bis sie nur noch ein kleiner Ball war. »Könntest du dich um ihn kümmern? Ich denke, er ist im Proberaum. Er hat seinen Bass mitgenommen.«

Bevor die Meute ihn zertrümmern konnte?

»Proberaum. In Ordnung. Ich werde nach ihm sehen.«

»Gut. Danke, Luzie. Wenn du Hilfe brauchst, ruf mich an.«

Grübelnd wandte ich mich der Straße zu. Billy war also im Proberaum. Leander hatte angekündigt, dorthin zu gehen, wo er »jemand war«. Auch er musste den Proberaum aufgesucht haben, denn von mehr Menschen als heute war er wohl noch nie wahrgenommen worden, selbst wenn das niemand begriffen hatte. Billy und Leander waren bereits dort. Jetzt musste ich nur noch Serdan und Seppo in dieses Kabuff lotsen und erneut etwas abgrundtief Peinliches tun, von dem ich nicht wusste, wie es jemals glücken sollte. Aber das war es mir wert.

DER FÜNFTE MANN

»Billy? Bist du da drin?«, fragte ich flüsternd. Der Wind hatte sich zu einem Sturm gemausert und ließ den Elektroschrott neben dem Eingang zur Treppe in einem fort klappern und scheppern, doch ich wagte es nicht, laut zu rufen. Es schien mir, als könne ich dadurch meine Pläne verraten. Dabei hatte ich auf dem Weg hierher keine besondere Eile an den Tag gelegt. Ich hatte sogar Pausen gemacht, einmal, um in einem Dekoladen ein paar aromatisierte Stumpenkerzen zu kaufen, und ein zweites Mal, um mich bei einem türkischen Händler mit Süßigkeiten, Knabberzeug und ein paar Flaschen Cola einzudecken. Jetzt störte mich das Rascheln der beiden Tüten, deren Griffe tief in meine heile Hand schnitten. Vorsichtig stellte ich sie neben dem Eingang ab und stemmte mich gegen die Tür, bis sie lautlos über den schmutzigen Teppich glitt.

Im Proberaum herrschte diffuses Dämmerlicht, die letzte Helligkeit des Tages, die zwischen den Eierkartons vor der Fensterluke hindurch in den Keller drang. Billy hing quer auf dem Sofa und schlief. Chuck saß mit schuldbewusster Miene neben ihm und drehte sich einen Joint.

Ohne ihn zu beachten, betrat ich den Raum und kniete mich vor Billy. Ich konnte deutlich erkennen, dass er geweint hatte. Eine Träne hing sogar noch in seinem Augenwinkel. Ich hatte Billy nie weinen sehen. Genau genommen hatte ich keinen meiner menschlichen Jungs je weinen sehen (Seppos Kindergartenwutausbrüche wollte ich nicht mitzählen). Außerdem wirkte Billy restlos erschöpft auf mich; so erschöpft, dass ich beschloss, ihn erst einmal schlafen zu lassen. Noch hatte ich etwas Zeit und Chucks Anwesenheit brachte mich auf eine geniale Idee – die beste, die ich seit Langem gehabt hatte.

»Hi, Chuck. Alles klar?«

»Louzie, isch geb uff. Feierowend! Ein fer alle mol!«

»Pscht«, machte ich und hob warnend den Finger an den Mund. »Billy schläft. Warte hier, ich bin gleich bei dir.«

Ich richtete mich kerzengerade auf, atmete tief ein und versuchte, all meine Kraft in meinem Bauch zu sammeln. Vor diesem Augenblick hatte ich mich den ganzen Hinweg über gefürchtet. Gut möglich, dass ich deshalb getrödelt hatte. Wenn ich jetzt nicht fand, was ich suchte, würde ich durchdrehen. Das wusste ich genau.

Auf wackeligen Knien trat ich hinüber zu der Nische in der Wand und lupfte den Vorhang an.

»Oh, Gott sei Dank, du bist da …« Ich musste ein bisschen heulen und ein bisschen lachen, beides auf einmal.

»Jo, bin isch, awwer nimmi lang, Louzie. Isch schaff des net …«, tönte es hinter mir.

Ich ignorierte Chuck, ging in die Hocke und fuhr Leander sanft über seine bleichen Wangen.

»Leander ...« Meine Stimme war nur ein Hauch, doch er musste mich hören. »Ist alles okay?«

Er reagierte nicht. Schlief er oder war er ohnmächtig? Hatten sie etwas mit ihm angestellt? War das vielleicht nur sein Körper, der hier lag, ein Körper ohne Seele, der sterben sollte? War das ihre Methode gewesen? Ich drückte mein Ohr gegen seine Brust. Ich hörte sein Herz klopfen, leise und schwerfällig, aber es schlug. Bedeutete das, dass sein Körper noch eine Seele hatte? Oder schlug es einfach nur so vor sich hin, bis dieser Körper wegen Ermattung, Hunger und Durst starb? Ich musste es drauf ankommen lassen.

»Bischt mir awwer net bös, odda?« Chuck nahm einen tiefen Zug von seinem Joint. Ich musste nicht hinsehen, um das zu wissen. Sein Schnorcheln war nicht zu überhören.

»Warum denn?«, fragte ich zerstreut und sah mich nach dem Sicherungskasten um. Aha. Da war er. Unauffällig ging ich zu ihm, öffnete ihn und löste beide Sicherungen heraus. Licht würde hier heute niemand mehr anschalten können.

»Na, weil isch de Bettel hiewerf.«

»Chuck, ich versteh dich nicht. Kannst du ausnahmsweise mal Hochdeutsch reden?« Ich kramte die Kerzen aus der Tüte und verteilte sie entlang der Wände ... na ja, eben dort, wo noch Platz war. Dann fegte ich Noten und CDs von einem kleinen, beschmatterten Tisch und schob ihn vor die Couch, um die Süßigkeiten und die Cola darauf zu drapieren.

»Alla guuud«, meinte Chuck nach einem weiteren Zug. »Isch gebe auf. Isch kann disch nischt mehr beschützen.«

»Hä? Was?« Perplex drehte ich mich zu ihm um. Billy gab im Schlaf einen tiefen, traurigen Seufzer von sich.

»Isch war dein Beschützer. Isch dachte, das ist lustig. Aber isch hab es nischt gut gemacht. Isch hab der Rüwe gesagt, dass isch disch besser nischt mehr beschütze und der Türke es machen soll.«

»Der Türke? Serdan?« Noch immer konnte ich nicht sortieren, was Chuck mir da gerade gestand. Es klang aberwitzig. Chuck hatte mich als seinen Schützling auserkoren für Herrn Rübsams Projekt? Oh weh. Dann war er ein noch mieserer Schutzengel als Leander. Aber immerhin war er da gewesen, als ich vom Dach gestürzt war, wenn auch zu spät. Und er hatte mich vor Ralle gerettet.

»Jo. Der Breakdancer. Den hoscht du doch gern, odda?« Chuck war wieder ins Pfälzische gefallen, weshalb ich beschloss, das Gespräch vorerst zu beenden. Der Themenwechsel gefiel mir sowieso nicht, obwohl ich mich jetzt um eben jenen Türken bemühen musste.

»Chuck, kannst du mir einen Gefallen tun? Kannst du deinen Joint woanders fertig rauchen? Ich will mich mit Serdan hier treffen und da … da …« Ich suchte nach passenden Worten, doch Chuck begann breit zu grinsen und hob beschwichtigend die Hände.

»Schun gud, Louzie. Verschdeh isch. Dann machs mol gut, ne? Immer schää owacht gewe, gell?«

»Mach's auch gut, Chuck«, erwiderte ich freundschaftlich, obwohl ich daran zweifelte, dass ihm das gelingen würde. Mit dem Joint in der Hand schlurfte er nach oben. Kurz darauf hörte ich, wie sich seine Vespa röhrend entfernte.

Nun war ich bereit für den schwierigsten Teil. Eigentlich waren es zwei schwierige Teile, den einen musste ich körperlich stemmen, den anderen mental. Ich widmete mich zuerst der körperlichen Herausforderung und fluchte derbe vor mich hin, während ich den schweren und schlaffen Leander von seiner Ecke bis zu der schmuddeligen Couch zerrte, und das weitgehend einarmig! Dreimal scheiterte ich daran, ihn auf die Sitzfläche zu bugsieren, doch beim vierten Versuch klappte es. Ich lehnte ihn behutsam gegen Billy, der nur einen leisen Schnarcher von sich gab und etwas tiefer in den speckigen Bezug rutschte.

Dann ging ich vor die Tür und zog mein Handy aus der Tasche. Ich beschloss, mit Seppo anzufangen.

Zu meiner Verwunderung nahm er schon nach wenigen Sekunden ab. »Luzie, ich will jetzt nicht …«

»Seppo, es geht nicht um mich. Ich ruf wegen Billy an. Ihm geht's schlecht. Das mit der Band hat ihm schwer zugesetzt. Er hockt heulend im Proberaum und braucht dich jetzt. Er braucht uns. Bitte lass ihn nicht hängen, okay? Ich hab Herrn Rübsam versprochen, dass wir uns um ihn kümmern.« Gut, ich hatte versprochen, dass *ich* mich um ihn kümmern würde, und Billy heulte auch nicht mehr. Aber in Notlagen war Flunkern erlaubt. »Ja, und wegen mir und dem Brief … Herr Rübsam hat eine Lösung für dich, du kannst bald in eine eigene Wohnung ziehen und …«

»Luzie, ich weiß das schon. Er hat es mir heute gesagt. Ich … ich …«

»Komm einfach her, okay? Jetzt gleich! Bitte! Und Seppo …« Ich zögerte. Eigentlich hatte ich Serdan selbst anrufen wollen, aber ich witterte bei Seppo ungeahntes Versöhnungspotenzial. Die Chancen standen vielleicht günstiger, wenn er bei ihm aufschlug. »Kannst du Serdan anrufen und ihn bitten, ebenfalls zu kommen? Billy hat sich ausdrücklich gewünscht, dass wir alle da sind. Unsere Parkour-Clique. Das sind wir doch noch, oder?« Ich biss mir heftig auf die Unterlippe. Ups, schon wieder gelogen.

»Ja, das sind wir wohl«, erwiderte Seppo nachdenklich – aber in einem Ton, als würde er selbst nicht daran glauben.

»Dann kommt so schnell wie möglich in den Lagerplatzweg, in den Hinterhof gegenüber vom Loft. Ich warte im Proberaum auf euch. Ihr erkennt die Tür an der Plastiktüte, die draußen über der Klinke hängt. Die Treppe runter und ihr seid da.«

»Von mir aus … Bis nachher. Reden müssen wir beide aber trotzdem noch, ja?«

»Hm«, machte ich unbestimmt, legte auf und merkte plötzlich, dass mir flau war vor Hunger und Durst. Neben mir riss eine Böe ein Stück Wellblech von dem Schrotthaufen und wirbelte es durch die Luft. Ich musste mich ducken, damit es mich nicht traf. Der Himmel war pechschwarz geworden. Gleich würde es zu regnen anfangen.

Mit hochgezogenen Schultern eilte ich die Treppe hinunter, tapste zurück zu Billy und Leander, die einträchtig nebeneinander schliefen (oder teilweise tot waren), und begann den Proberaum notdürftig aufzuräumen. Ich tat es beschwingt und als ob ich dabei auf einen inneren Rhythmus, eine Melodie, lauschte. Ich war ganz ruhig. Dann setzte ich mich in gebührendem Abstand von Leander auf die rechte Sofaarmlehne und wartete. Ich unterbrach mein Warten nur, um ab und zu einen Schluck Cola zu trinken oder klebriges Nugat zu essen, das viel zu süß war. Ich dachte schon, sie würden nicht mehr kommen, als plötzlich das Knattern eines Mopeds ertönte und erstarb. Direkt über uns. Dann polterten Schritte die Treppe hinunter.

»Mann, man sieht ja gar nichts hier. Katz?«

»Der Strom ist ausgefallen!«, rief ich. Billy durfte jetzt ruhig wach werden. »Kommt rein! Ich hab Kerzen angemacht.«

Ich hatte zuvor sorgsam überprüft, ob die Kerzen weit genug weg von Leander und Billy standen, damit beide nur als Schemen zu erkennen waren. Leander hatte ich von Kopf bis Fuß mit dem schwarzen, dünnen Vorhangtuch zugedeckt. Man nahm undeutlich wahr, dass da jemand mit abgewandtem Gesicht an Billys Schulter lehnte. Mehr nicht. Das genügte – nicht zu viel, nicht zu wenig. Ich hoffte nur, dass er unter dem Stoff genügend Luft bekam.

Serdans und Seppos Schatten erschienen in der Tür. Als sie sie hinter sich schlossen, breitete sich verlegenes Schweigen in der Dunkelheit aus.

»Wer ist denn das?«, fragte Serdan schließlich unbehaglich.

Seppo zog scharf die Luft ein. Ja, gut roch es hier immer noch nicht, obwohl die Duftkerzen ihr Bestes gaben.

»Billy natürlich!«

»Das weiß ich, Katz. Ich meine den nebendran.«

»Chuck«, entgegnete ich selbstsicher. »Er hat gekifft, hat sich in eine Decke eingewickelt und ist eingeschlafen. Lasst euch von ihm nicht stören. Er ist in Ordnung. Er hat sich sogar mich als Schützling ausgesucht ...«

Seppo lachte spöttisch auf und murmelte etwas auf Italienisch.

»Er ist wirklich okay. Nun stellt euch nicht so an. Kommt her!«, forderte ich sie auf. Billy wurde unruhig und öffnete grunzend seine verheulten Augen.

»Wasn hier los? Ey, Alter, Chuck ...« Er wollte Leander von sich wegschieben.

»Lass ihn!«, bat ich ihn eilig, bevor das Tuch zu rutschen begann. Billy hielt inne und schaute mich fragend an. »Er schläft fest. Ihm ging's nicht gut, Billy. Lass ihn pennen, ja?«

»Na gut«, brummte er gnädig. »Was macht ihr hier alle?«

Serdan und Seppo verharrten unschlüssig vor uns, während Billy gierig auf das Konfekt schielte, das schwach vom Kerzenschein angestrahlt wurde.

»Nugat?«, fragte ich leutselig. »Oder lieber türkischen Honig?« Ich nahm zwei besonders große Stücke und hielt sie vor seinen Mund, ohne Leander zu berühren. Hoffentlich fiel Billy nicht auf, dass Chuck plötzlich glatte Haare hatte, die nur bis zum Kinn gingen und nicht bis zum Po.

»He, Luzie, was ... was soll das eigentlich?« Seppo machte den Eindruck, als wolle er rückwärts aus dem Raum stürzen. »Kerzen und Schokolade und ...«

»Habt ihr einen Stock im Hintern, oder was?« Langsam wurde ich ungeduldig. »Setzt euch zu uns!« Ich klopfte neben mich auf die Sitzfläche.

»Das ist ein kleines Sofa«, bemerkte Serdan skeptisch. »Ziemlich klein. Und man kann hier drinnen kaum was sehen. Wir sitzen im Dunkeln.«

»Na und?« Logisch war das Sofa klein. Deshalb war mein Plan ja auch so genial. Deshalb und wegen Leander alias Chuck. »Hast du etwa Angst im Dunkeln?«

»Quatsch.« Serdans Schatten kam auf mich zu und setzte sich neben mich. Dann arrangierte sich auch Seppo mit seinem Schicksal und quetschte sich zwischen Serdan und Leander. Ich musste mich schwer gegen Serdan lehnen, um nicht hinunterzupurzeln.

»Eh, ich krieg einen zu viel ...«, murrte Seppo, während Billy lautstark seinen türkischen Honig schmatzte. »Wir sitzen in einem siffigen Proberaum, lassen Duftkerzen abbrennen und machen Gruppenkuscheln. Gehört das auch zu Herrn Rübsams idiotischem Projekt?«

»So ähnlich«, wich ich aus und musste grinsen, da ich

spürte, dass Serdan neben mir leicht erbebte, ein unterdrücktes Lachen. »Wen habt ihr eigentlich beschützt?«

»Dürfen wir nicht sagen«, blökte Billy mit vollem Mund.

»Ach komm, das ist doch egal. Jetzt ist das Projekt ja fast vorbei«, wandte Seppo ein. »Luzie? Wer war es bei dir?«

»Billy.«

Einen Moment lang herrschte erstauntes Schweigen.

»Ach, deshalb ...« Billy ging ein Licht auf. »Aber ich dachte, wir dürfen keine Freunde nehmen. Oder bin ich nicht dein Freund?«

»Doch, bist du. Ich wollte dich unbedingt nehmen. Es war mein Wunsch.«

Wieder Schweigen. Ich hörte, wie Billy schluckte. Serdan entspannte sich langsam neben mir. Ich konnte sein Rasierwasser riechen. Ein leckerer, gemütlicher Duft.

»Seppo?«, fragte ich in die Runde.

»Niemand.«

»Niemand?«, wiederholten Billy, Serdan und ich verwundert.

»Hatte doch eh keinen Sinn. Ich wollte längst fort sein. Ich hab dem Rübsam gesagt, dass ich das Projekt blöd finde und keine Zeit habe, jemanden zu beschützen.«

Okay, jetzt wurde mir einiges klar. Deshalb war Herr Rübsam so schnell darauf gekommen, dass Seppo der Junge war, von dem ich erzählt hatte. Denn es passte überhaupt nicht zu ihm, so ein Projekt zu verweigern. Vielleicht hatte ich ihn ja gar nicht so schändlich verraten, wie ich dachte. Im Grunde hatte er sich selbst verraten. Ein bisschen jedenfalls.

»Billy?«, fragte ich neugierig.

»Chuck. War ein Fehler ... Ganz schön schwer, auf den zu achten. Aber irgendwie auch praktisch. Wir waren ja immer hier. Oder meint ihr, ich würde den sonst an meiner Schulter pennen lassen? Ich bin doch nicht schwul.«

Ich verkniff mir ein amüsiertes Quietschen. Das war ja lustig. Chuck hatte auf mich geachtet und Billy auf Chuck.

»Serdan?«, wollte Billy wissen. »Was ist mit dir? Um wen hast du dich gekümmert?«

»Um mich selbst. Ich wollte auf mich aufpassen.«

Erneut waren wir so verdutzt, dass wir eine Weile lang nichts sagten. Mann, das war raffiniert! Warum war mir das nicht eingefallen?

»Und das hat der Rübsam dir abgekauft?«, hakte Seppo nach.

»Klar. Es war ja auch nötig. Mir ging's wirklich nicht besonders gut.«

Ich suchte im Dunkeln nach Serdans Hand, nahm sie und drückte sie kurz. Ich wusste nicht, ob er meine Geste richtig verstand. Es sollte keine Anmache sein, sondern ein Zeichen, dass ich kapiert hatte, warum er eine Pause gebraucht hatte. Oder immer noch brauchte. Mal abwarten. Wie es aussah, war Serdan in mich verliebt gewesen und musste darüber hinwegkommen. Wenn ich ehrlich war, war ich auch ein klein wenig in ihn verliebt gewesen.

»Krass.« Das war Billy. »Das mit der Band war auch … irgendwie …«

»Krass!«, vollendeten wir lachend.

»Sehr krass sogar …«, blödelte Seppo. »Die haben euch mit matschigen Pommes beworfen!«

»Ja, aber vorher hat Frau Dangel ihre Bluse geöffnet und ihre Haare geschüttelt, das hättet ihr sehen müssen!«, berichtete ich gackernd. Serdan erbebte wieder, dieses Mal etwas heftiger. »Beinahe ist sie auf die Bühne gestürzt, um den Rübsam abzuknutschen! Die ersten anderthalb Songs waren ja auch toll. Oder?«

Billy schniefte unterdrückt. »Echt?«

»Jaaaa!«, riefen wir lobend. Es war keine Lüge.

»Aber ich glaub, bei Parkour ist die Gefahr geringer, von Essensresten beworfen zu werden, oder?«, fügte ich listig hinzu.

»Vielleicht«, gab Billy zu. »Müsste man ausprobieren.«

»Ja«, pflichtete ich ihm erleichtert bei. »Müsste man.«

Ein paar Minuten lang hörten wir dem prasselnden Regen und dem Gurgeln der Abflussrohre zu. Der Wind hatte sich gelegt. Würden die Jungs es merken, wenn ein sterbender Körper ohne Seele zwischen ihnen hing? Das würden sie doch, oder? Sie hatten nichts darüber gesagt, sie hielten Leander für den schlafenden, bekifften Chuck, also …

»Leute, eines muss ich mal loswerden. Chuck riecht nicht gut. Und er fühlt sich klebrig an. Aber … es ist komisch …«, drang Seppos Stimme durch die Dunkelheit. Ich griff über Serdans und seinen Kopf hinweg und fühlte

Leanders Puls, direkt an seiner Halsschlagader. Er war noch da, schlug schwach, aber regelmäßig. »Mich stört's gar nicht. So, wie wir hier sitzen, habe ich das Gefühl, wir waren immer zu fünft. Das geht mir schon die ganze Zeit so. Wenn ich an uns denke, glaube ich jedes Mal, wir sind fünf und nicht vier.«

Serdan verspannte sich leicht. Auch meine Muskeln verhärteten sich einen Moment lang, bevor ich realisierte, was Seppo gerade gesagt hatte und eine warme, weiche Welle durch meinen Körper schwappte und sich auf Serdan übertrug – und auf Seppo. Und auf Leander. Und auf Billy. Seppo hatte Leander bemerkt! Ohne es zu wissen, aber er hatte Leander bemerkt!

»Ich glaub nicht an Geister oder so einen Scheiß, dass das klar ist, ja?« Billy räusperte sich. »Aber mir ging das auch so. Als wäre da noch jemand. Ich denke auch immer an fünf. Aber wer sollte das sein?«

»Vielleicht eine Art Energie«, mutmaßte Serdan, während ich brennend heiße Tränen wegzublinzeln versuchte. »Eine Energie, die entsteht, wenn wir zusammen sind. Keine Ahnung. Klingt das blöd?«

»Nein, klingt nicht blöd, finde ich.« Seppo nahm einen großen Schluck Cola und rülpste unterdrückt. »Sie fühlt sich gut an, diese Energie. Ich hätte sie vermisst, wenn ich nach Italien abgehauen wäre.«

Ich hätte dich vermisst, dachte ich. Und wenn wir Pech hatten, siechte unsere tolle gemeinsame Energie gerade in unserer Mitte dahin.

»Ich will sie bestimmt nicht verlieren«, sagte Billy reuig.

»Obwohl ich mich in der Band sauwohl gefühlt habe. War trotzdem blöd ohne euch.«

»Ich mag die Energie auch. Ich will sie zurückhaben. Und du, Luzie?«, fragte Serdan nach einer kleinen Pause. Noch einmal legte ich meinen Zeigefinger auf Leanders Halsbeuge, um seinen Puls zu überprüfen.

»Ich will sie auch zurück. Denn ich … ich liebe sie.«

Honig im Herzen

»Hey … was passiert hier …«

»Schlaf weiter! Alles gut! Ich muss nur noch …«

Neben meinem Ohr ächzte es vernehmlich und ich wurde ein paar Zentimeter in die Höhe gewuchtet. Eigentlich lag ich sogar ganz bequem und das Auf und Ab der Schritte war wie eine Schaukel, doch ich wollte nicht wieder einschlummern, bevor ich nicht wusste, wer mich trug. Und wohin. Zu welcher Uhrzeit!

»Seppo?«, murmelte ich, ohne meine Augen zu öffnen.

»Pah! Seppo! Der wäre nach zwanzig Metern schon zusammengebrochen … oder nach dreißig … aber ich …« Erneut ächzte es. »Ich … okay, ich muss auch mal eine Pause machen.«

Ich blieb stocksteif und rührte mich nicht, sodass mein Träger mich ablegen musste wie ein Stück Holz. »Luzie, das ist kalt da unten. Kalt und nass!«

Sollte ich es wagen und nachsehen, wer mich getragen hatte? Würde ich dann aufwachen aus diesem Traum? Oder war es tatsächlich wahr?

»Leander?«

»Certainement, wer denn sonst, chérie.«

»Das glaube ich nicht …« Wenn ich es glauben wollte, musste ich hinsehen. Ich blieb liegen und öffnete argwöhnisch ein Auge. Dann das andere. Wartete, ob irgendetwas Unlogisches passierte, obwohl ich es schon unlogisch genug fand, nachts von einem scheintoten Wächter durch die Stadt getragen zu werden. War es denn schon Nacht?

»Meine Eltern …«, dachte ich laut nach. »Sie werden mich umbringen. Dieses Mal werden sie mich umbringen!«

»Es ist erst kurz vor neun. Das ist okay für eine Vierzehneinhalbjährige, wenn am nächsten Tag schulfrei ist. Denke ich. Luzie … oh … aua …« Leander ließ sich auf seinen Hosenboden fallen und lehnte sich gegen eine Straßenlaterne. »Hier sind nicht viele Menschen unterwegs, das gebe ich zu, aber du liegst quer über dem Bürgersteig und redest mit einem Niemand. Ich weiß, du hast dich schon als Kind gerne quer über den Weg gelegt, wenn du sauer warst, aber es könnte seltsam rüberkommen …«

Oh ja, das konnte es. Doch ich richtete mich lediglich in den Schneidersitz auf und rieb mir die Augen. Leander war immer noch da.

»Reden muss ich aber mit dir. Ich habe Fragen! Viele Fragen! Ist mir doch egal, was die Leute denken. Wie geht es dir? Leander, das musst du mir sagen … du bist es doch, oder? Haben sie dich nicht erwischt?«

Leander hob die Achseln an und ließ sie wieder fallen. Er sah nach wie vor verhungert und ungewaschen aus, doch in seine verschiedenfarbigen Augen war ein zarter Glanz zurückgekehrt.

»Nein. Im Moment sind sie weg. Ich höre sie nicht mehr. Vielleicht wurden sie es leid. Vielleicht holen sie mich morgen. Ich sagte dir ja, das macht ihnen Spaß ... Aber weißt du was? Ich glaube, ich bin jetzt besser gewappnet. Ich fühle mich anders. Hier drinnen.« Er deutete auf sein Herz.

»Die Leere ist weg«, sagte ich wie zu mir selbst und sehr, sehr leise, aber ich hätte schwören können, dass Leander es gehört hatte.

Hatte er auch.

»Ja.« Er sah mich ernst an. »Die Leere ist weg. Nun ist mir, als wäre mein Herz gefüllt mit ... mit ... mit Nugat und türkischem Honig und Cola. Bis obenhin!«

»Und das soll dir im Kampf gegen die Brigade helfen?« Nein, ich hatte immer noch keine Lust aufzustehen. Ich war heute schon so oft aufgestanden und irgendwohin gerannt und jedes Mal war es zwecklos gewesen.

»Na ja, wer weiß ... Ich fühle mich stärker als vorher. Nicht körperlich. Körperlich ... uh. Ich könnte gut auf meinen Körper verzichten.« Leander blickte an sich herunter, als sei er ein hässlicher, stinkender Käfer. »Aber hier drinnen«, wieder deutete er auf seine Brust, »sieht es besser aus. Und wenn das so bleibt, kann ich damit vielleicht in Guadeloupe überleben, wer weiß, vielleicht bekomme ich ja ein süßes Negerkind zum Beschützen ...«

»Ein schwarzes Kind«, korrigierte ich ihn geistesabwesend.

Also war es doch nur ein schöner Traum gewesen. Leander trug mich nicht durch die Nacht, weil alles gut geworden war. Er konnte morgen schon fort sein. Ich war dieses Hin und Her so leid. Allerdings war es hier auf dem feuchten Asphalt wirklich nicht sonderlich bequem.

»Was ist mit den Jungs? Wundern die sich nicht, wo ich bin?«

»Sie haben geschlafen, wie du. Ihr saht aus wie Weihnachtsengel! Ich bin wach geworden, hab ihnen eine Nachricht geschrieben, dass du weg bist und sie nicht stören wolltest, hab mich gefreut, noch zu leben, dich gepackt und angefangen, dich nach Hause zu tragen.«

»Du musst mich nicht tragen, Leander.« Ich stand auf und streckte mich. Mein gebrochener Arm beklagte sich mit einem schmerzhaften Ziehen darüber.

»Ich will aber!«

»Nein.« Es fiel mir schwer, sein Angebot abzulehnen. So schwer. »Spar dir deine Kräfte. Am Ende werde ich durchsichtig und dann …« Musste ich das wirklich aussprechen? Nein, wir wussten es doch beide.

Stumm und in Gedanken vertieft liefen wir durch die Straßen, während ich zu verinnerlichen versuchte, dass es immer noch nicht vorbei war. Ich hatte ihn nur ein wenig glücklicher gemacht, das war alles. Mein Kopf kapierte das, sehr gut sogar. Aber es kam nicht in meinem Bauch an. Mein Bauch fühlte sich immer noch ruhig und wohl und war mit der Gesamtsituation äußerst zufrieden. Einen Reim konnte ich mir darauf nicht machen.

Auch nicht darauf, dass Mama mich erstaunlich milde empfing. Sie hatte sogar den Sessel aus dem Flur entfernt und zurück ins Wohnzimmer gestellt.

»Da bist du ja, mein Schatz«, begrüßte sie mich lächelnd. »Und, hast du alles hingekriegt?«

»Ja. Aber jetzt bin ich hundemüde und will nur noch duschen und ins Bett.« Vor allem Leander musste duschen. Dringend.

Mama nickte verständnisvoll. Sie sah mich anders an ... warum sah sie mich so anders an? Was war geschehen? Oder empfand ich sie nur anders?

»Du bist heute anders als sonst«, bestätigte Leander meine Befürchtungen, als wir uns auf Sofa und Bett verkrochen hatten. Er war nun wieder sauber, machte aber immer noch einen schwer angeschlagenen Eindruck auf mich; mehr krank als gesund. Die Fleischklößchen, die ich aus dem Kühlschrank gemopst hatte, stopfte er sich wie nebenbei in den Mund, vollkommen ohne Genuss und Appetit. Als würde ihm nichts mehr richtig schmecken.

Nachdem er unter der Dusche das Blut abgewaschen hatte, waren ein paar Schnitte auf seiner Stirn zum Vorschein gekommen. Er deutete an, dass er im Vollsuff in Glasscherben gestürzt war und es nicht gemerkt hatte. Mir reichte diese Kurzversion, eine ausführlichere wollte ich nicht hören. Vielmehr interessierte mich, was er mit »anders« meinte.

»Wie anders?«, fragte ich nach.

»Ruhiger. Besonnener. Nicht so dickköpfig. Man könnte fast sagen, intelligent ...«

»Ich bin intelligent!«, empörte ich mich.

»Jaaa. Aber meistens zeigst du es nicht. Heute Abend hast du alles richtig gemacht nach unserem Streit im Leichenkeller. Als hätte dir jemand gesagt, was du tun solltest.«

»Hm. Also …«, druckste ich herum. »So ähnlich war das auch. Ich … aber halte mich jetzt nicht für verrückt, ja?«

Leander horchte auf und rückte ein Stück näher, bis er fast vom Sofa fiel. »Erzähl schon!«, forderte er mich auf. »Was war los?«

»Ich kann das nicht genau beschreiben, aber wenn ich innehalte und … Oh, wie soll ich das erklären? Es ist immer da, doch ich höre es nur, wenn ein ruhiger Moment eintritt oder ich müde oder verzweifelt bin. Eine Art Melodie. Nur ein paar wenige Akkorde in einer Art Endlosschleife, die ich nicht kenne, aber sie sind da, unentwegt.«

»Hörst du sie jetzt auch?« Leander fixierte mich gebannt.

»Wenn ich mich konzentriere … Nein, ich höre nichts. Oder doch?« Ich war auf einmal vollkommen durcheinander.

»Entspann dich, Luzie … Und sobald du sie hörst, singst du sie nach, ja? Machst du das?«

Leander sprang auf, was ihn sofort zum Husten brachte, und löschte sämtliche Lichter. Dann legten wir uns auf unsere Lager. Ich wusste nicht, ob ich die beruhigenden, einlullenden Akkorde noch einmal hören würde und auch nachsingen konnte, bevor ich einschlief, denn sie machten mich müder, als ich ohnehin schon war. Sie würden in meinen Träumen bei mir bleiben, die ganze Zeit … jetzt hörte ich sie wieder, deutlich und klar …

»Singen, Luzie!«

»Dadada-dadadaaaa … dadaaaa«, summte ich schief und schräg. »Das ist alles.«

»Dadada-dadadaaaa?«, fragte Leander atemlos. »Sicher? Etwa so? Who's gonna drive you home … tonight«, sang er mir rauer Stimme. »You can't go on thinking nothing's wrong … who's gonna drive you home tonight …«

Ich fuhr hoch und knipste die Nachttischlampe an. »Das ist es!«, rief ich aufgeregt. »Genau das ist es! Jetzt fällt mir ein, dass ich es schon mal gehört habe, in meinem Kopf, vor ein paar Wochen! Kann das sein?«

Leander warf mir einen strafenden Blick zu, doch er konnte nicht verhehlen, wie stolz und glücklich er war. »Ja. Da war ich fast schon so weit gewesen. Dachte ich. Aber dann hast du es unterbrochen und –«

»Was hab ich unterbrochen?«, fiel ich dazwischen.

»Na, was wohl? Den Dreisprung. Luzie, weißt du, was das bedeutet? Ich hab es geschafft! Ich weiß nicht, warum, aber ich hab es geschafft! Ich hab den Dreisprung vollzogen. Meine Frequenz ist weg und du hast einen Ohrwurm. *Drive* von The Cars, ein One-Hit-Wonder aus den Achtzigern – den du übrigens für immer haben wirst, dein ganzes Leben lang, ich hoffe, das ist … genehm?« Er duckte sich, als würde ich ihm gleich eins überziehen. »Ich weiß, es ist nicht deine Musikrichtung, aber du durftest es ja nicht kennen und ich glaube, es kann einem niemals auf den Keks gehen, es hat einen schönen Text, einen fürsorglichen, liebevollen Text, und es wirkt beruhigend. Das wirkt es doch, oder?«

Ich nickte nur, unfähig, einen geraden Satz zu formulieren. Dann versuchte ich es doch.

»Heißt das, du ... wir ... aber wie hast du das gemacht?«

»Kompliziert, Luzie. Sehr kompliziert. Ich musste mehrere Akkorde übereinanderschichten, dazu kam meine eigene Frequenz, die ich ja verlieren musste, damit mich kein einziger Wächter mehr ortet ...« Leander stockte. »... keiner mehr orten kann. Nun bin ich nicht nur unsichtbar, sondern auch unhörbar.« Das stolze Strahlen wich aus seinem Gesicht. »Ich musste diese Schichtung Tag und Nacht hören, sie spielen ... Meine Frequenz bestand aus den Akkorden von *Child in Time*, weißt du? Ich musste mich intensiv davon beschallen lassen, um die Frequenz vernichten und die Kurzmelodie an dich weitergeben zu können. Es durfte nicht unterbrochen werden.«

Na super. Genau das hatte ich immer wieder getan, indem ich ihm die Stöpsel aus den Ohren gerissen hatte. Sogar den Live-Auftritt hatte ich unterbrochen!

»Warum hast du denn nichts davon gesagt?«

»Weil man das nicht darf, das ist tabu! Luzie, du bist der einzige Mensch, der je einen Wächter gesehen hat! Normalerweise funktioniert das mit dem Ohrwurm nur, wenn der Klient keine Ahnung hat. Es ist sozusagen unser Abschiedsgeschenk für unseren Klienten, verstehst du? Denn wir werden nach dem Dreisprung nicht mehr für sie da sein können, falls sie auf die andere Seite gerissen werden. Wir müssen ihnen etwas schenken. Sonst funktioniert das nicht. Und beschützen durfte ich dich die ganze Zeit auch nicht, das war das Schrecklichste überhaupt am Dreisprung … vor allem, als dieser Ralle dich beinahe verhauen hat und ich wusste, dass du verletzt bist …«

Ich verstand mal wieder nur Bahnhof. Leander hatte recht: Der Dreisprung war eine hochkomplizierte Angelegenheit. Keine Frage.

»Das sind aber nur zwei Sachen«, wandte ich ein. »Frequenz wechseln – was eigentlich, wechseln oder löschen?« Leander winkte ab, als sei das nebensächlich. »Na gut. Aber was ist der dritte Punkt? Es ist ein Dreisprung.«

»Ach, der …« Leander schaute trüb ins Leere. »Der allerschwierigste. Man muss von den Menschen wahrgenommen werden, ohne sich zu verraten. Von mehreren Menschen … Ich hab's dauernd versucht, aber es fühlte sich immer so an, als ob es rein gar nichts bewirkt hätte.«

»Oh, das hat es schon … und wie …« Stöhnend ließ ich mich in die Kissen sinken. Jetzt ergab alles einen Sinn. Leanders Kocherei. Sofies Ausquetschbuch. Die Fotos. Die Band. Sein Blog (den ich dringend löschen musste). Doch ich bangte im Moment um etwas ganz anderes.

»Sind wir jetzt in Sicherheit? Können wir … ich meine, können wir uns nahe sein, ohne dass ich unsichtbar werde und sie dich strafen?«

»Ja. Ja, das können wir. Aber ich … äh …« Leander sah mit krauser Nase an sich herunter. »Ich glaube, ich bin im Moment niemand, dem auch nur irgendjemand gerne nahe sein möchte.«

Ich sah das anders, behielt es aber für mich. Außerdem war ich überzeugt davon, dass es etwas mit unserem Gruppenkuscheln zu tun hatte, dass ihm der Dreisprung gelungen war. Ich hatte die Melodie erst danach benennen und nachsummen können, nicht vorher. Vorher war sie viel zu vage gewesen. Sie hatte mich geleitet, aber ein Ohrwurm war sie nicht gewesen. Erst die Nähe der Jungs hatte Leander die Kraft gegeben, seinen Dreisprung zu vollenden. Und ja, er war nicht mehr so hübsch wie vorher, weil er blass und ausgemergelt und auch ein bisschen krank wirkte. Aber er war immer noch mein Leander.

»Vielleicht sollte ich erst wieder gesund werden und mich an die neue Situation gewöhnen, bevor ich ... Oh, Luzie, ich sehe so schäbig und heruntergekommen aus!« Er packte sich den schlafenden Mogwai und drückte ihn gegen seinen Bauch, als wolle er seinen Körper mit dem Hund verdecken. »Ich bin ein Niemand. Jetzt bin ich wirklich ein Niemand.«

Ich dachte daran, wie Mama gefragt hatte, ob ich wieder mit Herrn Niemand sprechen würde, meinem erfundenen Freund aus Kindertagen, als sie eine meiner ersten Unterhaltungen mit Leander belauscht hatte. Tja, da war er nun, der Herr Niemand.

»Du bist kein Niemand, du bist unsere Energie«, berichtigte ich ihn gähnend. »Haste doch gehört. Alle haben dich gespürt. Sie mögen dich ...«

»Ach, chérie. Wie kann man denn jemanden mögen, den man nicht sieht? Das ist ja fast schon wie Religion.« Er streckte seinen Arm aus und fuhr mir zärtlich durch meine Haare. Sofort begann meine Kopfhaut zu kribbeln – ein sehr angenehmes Kribbeln. Wenn das Religion war, würde ich von nun an jeden Abend beten. Doch Leander nahm seine Hand wieder weg und stopfte sich mit kraftlosen Bewegungen das Kissen unter sein Kinn. Ob er ganz gesund werden würde? Und aufhören konnte, Alkohol zu trinken? Würde das Zeug ihm fehlen? Wie würde er darüber hinwegkommen, keine Frequenz mehr zu haben und unauffindbar für Sky Patrol zu sein? Aber das waren Dinge, über die ich jetzt nicht nachdenken wollte.

»Sing das Lied«, bat ich ihn müde. »Ich bin glücklich, wie es ist, Leander, ob du ein Niemand bist oder nicht. Also sing das Lied für mich ...«

Ich wollte es hören, wenn ich einschlief, mit der erlösenden Gewissheit, dass wir uns wieder nahe sein konnten, sobald Leander sich nicht mehr schäbig und heruntergekommen fand und sich an das Unhörbarsein gewöhnt hatte.

Wir konnten uns nahe sein. Ich durfte Leander anfassen. Nicht heute. Vielleicht auch nicht morgen. Aber irgendwann.

Romantisch, verrückt und absolut unwiderstehlich

Band 3

ISBN 978-3-7855-7264-1

Luzie geht auf Klassenfahrt und Leander will dabei sein. Einen unsichtbaren Wächter in einem Jugendherbergszimmer zu verstecken, ist ja schon schwierig. Richtig kompliziert wird es, als Leander herausfinden will, was es mit menschlichen Gefühlen auf sich hat. Und als hätte Luzie nicht schon genug zu tun, spielen plötzlich auch noch die Jungs verrückt: Seppo turtelt mit einer Austauschschülerin und Serdan spricht seit Tagen kein Wort mehr. In all dem Chaos bewahrt Luzie einen kühlen Kopf – und begreift, dass auch Leander manchmal beschützt werden muss.

Band 4

ISBN 978-3-7855-7265-8

Der Familienurlaub der Morgenroths stellt Luzie vor ungeahnte Schwierigkeiten: Wie soll sie Leanders durchsichtigen, aber sehr greifbaren Körper sieben Tage lang in einem winzigen Zigeunerwagen verstecken? (Überhaupt: Wie soll sie sich eine Koje mit einem nicht ganz unattraktiven Körperwächter teilen?) Das Problem löst sich auf eine sehr viel dramatischere Art als erhofft: Einige von Leanders Eigenschaften färben auf Luzie ab – und plötzlich braucht sie dringend die Hilfe eines guten Freundes.